月華後宮伝
～虎猫姫は冷徹皇帝に愛でられる～

織部ソマリ　Somari Oribe

ALPHAPOLIS WEB CITY SINCE 2000
アルファポリス文庫

https://www.alphapolis.co.jp/

第一章　朔月の妃

シャラン。シャラ、シャラン。

銀の簪《かんざし》が朝日を浴びて、囀《さえず》るヒソヒソ話のような音を奏で煌めいている。

凛花《りんか》は重い衣装の裾を持ち上げて、朝露でしっとりと湿った土の上にそっと足を踏み入れる。

「うん。ここも順調ね」

この段々畑の薬草園で育てている薬草は、ちょっと手が掛かる貴重なものばかり。高地であるが、海で温められた風が程よく吹き抜けるこの土地だからこそ育つ。もちろん土地だけではない。虫や鳥、雨に太陽、人の手。そのどれもが欠けてはいけない大切なものだ。

「……立派に育ってね」

伸びた新芽にそう語り掛けると、凛花はヒラヒラとした長い袖を押さえ、地面近くの余分な葉を摘まんでいく。

ああ、それにしてもズルズル落ちてくる袖が邪魔だ。凛花は行儀悪く舌打ちをし、思い切り袖をまくって作業を続けていると――

「うっわ！　凛花さま⁉」

ビクリと肩を揺らし、凛花は後ろを振り返った。突然聞こえた声の主は顔見知りの使用人。主従関係があるものの、彼は共に畑を世話してきた仲間だ。

「しーっ！　大きな声出したら見つかっちゃうでしょ⁉」

「見つかっちゃうでしょ⁉　じゃないっスよ！　あ〜あぁ、衣装汚したら侍女連中に怒られますよ？　ていうか随行組がそろそろ時間だってバタバタしてましたけど、こんなとこにいていいんスか？」

「え、もうそんな時間⁉　うわ、まずい」

背伸びして麓に目をやると、準備万端の馬車と随行者たちの姿が。凛花は慌てて畑から足を抜き、パパッと泥を払い袖を直して走り出す。

「それじゃ、私がいなくなってもここのお世話よろしくね！」

「任せてください！　凛花さま！　俺が育てたこいつら、ちゃーんと都に送りますから！」

凛花はにっこり笑って手を振ると、畑の段差を大股で跳び越えながら下っていった。

「お元気で！　凛花さま！」

「転ばないでくださいよ～！」

朝の手入れに訪れていた者たちが、仕事の手を止めそんな声を掛けていく。

「ありがとう！　皆も元気で……！」

凛花も走りながら手を振り返し、愛しい薬草園に別れを告げた。

「あーあぁ。こんな田舎じゃ他にゃないくらいの美人だってのに、凛花さまは相変わらずだなぁ」

「ほんとにねぇ。あの跳ねっ返りの姫さまが後宮なんて……大丈夫かね？」

使用人たちは心配しつつ、まあ、凛花さまならどこでもやっていけるさ。そう言い合って、煌びやかな衣装の背中を寂しそうな笑顔で見送った。

凛花の瞳と同じ色の青空に、その花嫁衣裳と銀の簪《かんざし》、それから珍しい銀の髪が映えていた。

◆

「まったく……！　お前は何を考えているのだ！」

「だってお父さま、どうしても出立前に見ておきたかったんだもの」

「気持ちは分かるがその格好で畑に入るなど……！　侍女たちが泣いておったわ！」

凛花は故郷を離れる馬車の中で、雲蛍州候である父から、恐らく最後になるであろう説教を受けていた。

今日、月魄国《げっぱくこく》の端、山と海に囲まれた小さな故郷――雲蛍州《うんけいしゅう》から嫁に出る。

いや、正確には後宮入りなので嫁入りではないのだが。

「ああ、もう国境《くにざかい》か。……迎えも来ているな」

窓から外を覗くと皇旗《こうき》が立っており、少ないながら護衛兵の姿も見える。凛花は思わず苦笑するが、これもお優しい皇帝陛下の心遣いだと受け入れるしかない。

普通、後宮入りの際にこのような迎えはない。

しかし雲蛍州は国のはずれ、比較的新しく併合された元小国だ。他州の土地をいくつも越えるには面倒があるだろうと、異例ではあるが皇帝から迎えが出されたのだ。この扱いは、雲蛍州が大切にされている証拠とも言えるが、それだけではないだろうと凛花は思っている。

（きっと跳ねっ返りって評判の私を警戒してでしょ）

何せ後宮入りなど体《てい》のいい人質のようなもの。

しかも凛花は雲蛍州候の一人娘なのに、占いだか神託だか、そんなあやふやなものによって後宮入りが命ぜられたのだ。『不満たっぷりの跳ねっ返りが逃亡しかねない』そんな風に思われていてもおかしくない。

（もし私に逃げられたら面目丸つぶれだものね）

凛花は囁かれている自分の評判を解せぬと思いつつ、しかし自分が普通の貴族の娘たちと違うことも理解はしていた。

だから国元で別れた母に『田舎姫や薬草姫と誹られても逃げてはいけませんよ』と言われても、従兄弟たちに『今の主上の評判は悪くない。いい子だから我慢するんだぞ』『女嫌いの主上に追い出されないようきっちり猫を被れ』などと言われても、反論せずニコニコと頷いた。

（猫くらい私にも被れる。だって私には、目的があるんだもの……！）

それに後宮入りは決して悪いことばかりではない。一族から後宮妃が出るということは誉である。中央との繋がりもでき、きっとこれからの雲蛍州の役に立つ。だからこそ、情と利益を天秤に掛け、父も大事な一人娘を後宮へと差し出すのだ。

凛花の乗る俥《くるま》の扉が外から叩かれて、凛花の父、雲蛍候はハッと顔を上げた。その表情は何かを堪えているような険しいもので、凛花は眉尻を下げ、父の手をそっと握る。

「お父さま。どうかお元気で。行って参ります」

――虞凛花《ぐりんか》、二十歳。

顔を隠す花嫁の面紗の下で、不敵に笑って言った。

凛花を乗せた馬車は、三日を掛けいくつかの土地を抜けながら街道を進んでいった。

当初は雲蛍州とさほど変わらぬ景色が続いたが、都に近付くにつれ街の様相は変わり行き交う人も増え、凛花もこっそりと窓を覗くのが楽しみになっていた。

そして、いよいよ『天満《てんまん》』の扁額《へんがく》を掲げた大きな門をくぐると――

「ここが皇都かぁ……！」

窓の外に広がる景色はさすが『全てが満ちる都、天満《てんまん》』と言われる街だった。

大通り沿いの建物はどれも高く立派で、店先に立つ色とりどりの旗や物売りの声で街中が賑わっている。人々の装いも華やかで、女子供の姿も多く治安も良さそうだ。

そんな中、白の衣の集団が目を引いた。あれは遠くに見えている神月殿《しんげつでん》へ向かう月官《げっかん》たちだ。

月官《げっかん》というのは、凛花が後宮入りするきっかけとなった神託を出した者たちのことだ。月の女神を祀る神月殿《しんげつでん》に属する神官であるが、民から敬われる存在であり、宮廷との関わりも深い。

しかし凛花は故郷でも馴染みのあった月官《げっかん》より、初めて目にする皇都のほうがよっぽど気になった。本当は窓から身を乗り出して見物したいところだが、顔を晒すことを禁じられているので、せめてもと窓に張り付く。

薄い面紗をこっそり上げ覗くと、華やぐ街並みの向こう、小高い丘の上に建つ荘厳な建物が目に入った。離れていても分かるくらい、艶のある黒瓦と陽に反射する金色。あの宮殿が、この国の中枢であり、皇帝が待つ場所――月華宮《げっかきゅう》だ。

「うわぁ……雲蛍州の城とは大きさが違いすぎる……！」

自分が入る後宮もあそこにあるのか。

そう思ったら、凛花の口からは無意識の溜息と言葉が零れ落ちた。

「迷いそう」

（まいったなあ。私、方向音痴なんだよね……）

後宮でどの程度の自由が与えられるかは分からないが、できれば書庫に通いたいし、許されるなら薬学の師を探して教えを乞いたい。噂に聞く主上は、女好きではないどころか女嫌いだという。それならば、跳ねっ返りと呼ばれる妃に興味を持つことはまずないだろう。だからきっと、時間はたっぷりあると思う。

（持ってきた薬草も育てたいし、小さな庭でいいから畑に改造させてくれないかなぁ）

凛花はそっと面紗を下ろし、俯き加減でそんな『私の考える楽しい後宮生活』に思いを巡らせた。そして、真実はさておき、護衛の目に映った凛花のその姿は、後宮入りを愁う美しい姫にしか見えなかったとか――

◆

「雲蛍州姫さま、本日よりこちらがあなたさまの宮、『朔月宮《さくげつきゅう》』でございます」

日没後、皇帝との謁見を済ませた凛花が連れてこられたのは、後宮の奥の端。皇帝の居所である輝月宮《きげつきゅう》から一番遠いと思われる小さな宮だった。

夜を待っての後宮入りは、古い嫁入りの作法になぞらえているとか、月の女神が作ったこの国では、大事は月夜に行うしきたりだとか……そんな理由からだ。

「本日この時より、雲蛍州姫、虞《ぐ》凛花さまは『朔月妃《さくげつひ》』さまと称されます」

「朔月妃？　……ああ、なるほど」

凛花は頷くと、下ろしていた花嫁の面紗を上げた。

(朔月妃、または虞朔妃《ぐさくひ》か。それにしても——朔ねえ……？)

『朔月』とは新月のこと。月のない真っ暗な夜の呼び名だ。この月華宮《げっかきゅう》の後宮では、妃たちは月を冠した名で呼ばれている。正妻である皇后『望月妃《ぼうげつひ》』を含め、妃は全部で九人。望月妃以下、上級月妃が三人、下級月妃が五人。上から順に満月に近い名を頂いている。

新月の名である『朔月妃』は九番目。凛花は最下位の妃ということだ。

「朔月妃さま、後宮は開かれたばかりでございます。序列も後宮入りした順というだけですし、皆様まだ下級月妃でございますので……」

「ああ。いいのよ、気にしてないわ」

　凜花はニコッと笑い侍女を見上げた。そう。見上げるほどにこの侍女は背が高い。凜花は踵の高い靴を履いているし、身長だって低いほうではない。だがこの侍女は、軽く頭を下げていても見上げるほどの長身なのだ。

「うちは国の端っこの本当に小さな国だし、私の評判だってイマイチでしょう？」

「いえ、そのようなことは決して。朔月妃さまの銀の御髪と青い瞳、それにその白い肌はとてもお美しく、噂とはあてにならな――あっ」

　しまった。と侍女が掌で口を押えた。やはり『田舎姫』『跳ねっ返りの薬草姫』という凜花の評判は月華宮《げっかきゅう》の奥にも届いていたようだ。

「あはは！　いいのよ、本当に。私も繕う気はないの。ね、あなたの名前を教えてくれる？」

「ご挨拶が遅れました。私は遼麗《りょうれい》と申します。麗麗《れいれい》とお呼びください。朔月妃さま、月にもたらされた出会いと機会に感謝いたします」

　ハッとした顔で慌てて跪き拱手《きょうしゅ》して、麗麗は初対面の決まり文句で挨拶をする。凜花は故郷ではあまり使う機会のなかったかしこまった挨拶に、『ああ、ここは本当に後宮なのだな』と思い、同じく定型の挨拶を返す。

「月のお導きに感謝と慈悲を。侍女仕事は一人じゃ大変だと思うけどよろしくね、麗麗。それから私のことは凛花と名で呼んでくれると嬉しいわ」

「はい、凛花さま。よろしくお願いいたします。それでは早速、お着替えをいたしましょうか！　あ、その前にお荷物がまだそのままでしたね。凛花さま、少々お待ちいただけますか？」

すぐに整えますので！　そう言った麗麗に頷いて、凛花は榻《ながいす》に腰掛けその様子を眺めていた。凛花に付けられた侍女は、テキパキと動くこの麗麗一人。歳の頃は凛花と同じか、少し上かもしれない。侍女は普通少なくとも二人、多ければ四、五人付く。さすがに女官や宮女は他にもいるようだが、専属の侍女がたった一人しかいないという状況をどう解釈するべきだろう。

凛花は荷物を解き、房室《へや》を整えはじめた麗麗を見守りながら思いを巡らせる。

（う一ん……。主上はお噂通り女嫌いで妃にも冷たい方なのか、それとも雲蛍州が侮られてるとか？　あ、それともやっぱり、占いだか神託のせいで後宮入りさせざるを得なかったことがそもそも気に入っていないとか……？）

――まあ、乗り気でなかったのは私もなんだけどね。

凛花は心の中でそうこぼす。

この後宮入りは元々、三年前に命じられたものだった。

三年前はまだ先帝の御代。先帝は後宮に美女百人ともいわれた女好きで、浪費癖も酷く、政務を顧みない皇帝であった。とはいえ、積み重ねてきた歴史と人材のおかげか、国が大きく乱れることはなかった。だが国庫は日に日に目減りしていき、後宮からはじまった官の腐敗はじわじわと進んでいく。

そんな時、政務に励み、慈悲深く臣民の声によく耳を傾けると評判だった太子――現皇帝が起ったのだ。父帝を隠居に追い込み、皇后をはじめとした妃とその一族を追放した。金を食うだけの後宮は空にし、あっという間に宮廷を掌握し皇帝となった。

そして『有能で慈悲深い太子』は、『有能だが冷徹で女嫌いの皇帝』と、その評判を変えることとなる。

（無駄遣いも、無駄な戦もしない良い皇帝だとは思うけど……）

現皇帝が即位して、凛花が世話をしていた薬草園にも国からの補助金が届きはじめ、畑の整備ができるようになった。

以前から、雲蛍州で採れる薬草は貴重なものが多く重宝されていたが、国の端にある田舎と軽んじる官吏も少なくなかった。届くはずの補助金は届かず、いつの間にか何処かへ消えていくのが常だった。それを正してくれた皇帝の印象は、噂はどうあれ凛花にとって悪くはない。

（でも、先の主上の隠居先が不明なままなのよね……？）

先帝だけではない。共に追放された皇后、後宮から出された多くの妃や公主たちは行方知れずのまま。代替わり後の混乱を避けるために秘されている……というのが表向きの理由だ。しかし宮中では、粛清されたのではないかとまことしやかに囁かれ、それが半ば真実となっている。

——そんな、劇的な代替わりから三年。

「白紙になったと思ってたんだけどなぁ」

思わずボソリと呟く。代替わりと同時期、凛花が十七歳だった頃に決まった後宮入りは、その後なんの音沙汰もなかった。

後宮の主は変わっているし、後宮を空にしたくらいの女嫌いらしいし、これは神託も命令も無効だろう！　凛花も、父である雲蛍候もそう胸をなでおろしていた。

しかし、それなのに。

一度は空となり閉められた後宮が再び開かれるとの噂が流れ、その直後、凛花のもとに後宮入りの命令が届いた。

(主上は何を考えてるんだろう。神託は無視できないものかもしれないけど……)

——というか、神託で嫁ぐことになった相手は先の主上じゃなかったの？　それとも、私が後宮に入ること自体が神託だったの？

凛花はそう、いまだ知らされていない神託の内容に思いを巡らせる。

月官《げっかん》の神託とは、そう滅多に出るものではない。歴史上記録されている神託は、天災や戦に関するものが多く、皇帝に関わる神託は、初代皇帝に下された『月の光りが届く限りの地を統《す》べよ』というものだけだ。

全ての神託が記録、公表されているとは限らないが、皇帝に関わる神託が特別なことは間違いない。だから、関係者である凛花であっても、その内容が容易には明かされないのも理解はできる。

（でもなぁ。なんで主上は後宮を開いたんだろう？　実は女嫌いじゃないとか？　だって後宮には既に数人の妃がいるらしいし……。世継ぎは必要だろうけど、もし本当に女嫌いなら皇后一人を娶れば十分じゃない？）

「うーん……？」

（神託の内容、主上は教えてくれるのかな）

自分の運命を曲げた神託だ。気にはなるが、考えたところで神託も、皇帝の意図も分かるわけがない。凛花はそう思い、考えるのを止めた。だって、顔も見たことのない皇帝のことなんて、いくら考えても分かるわけがないのだから。

「――さま、凛花さま」

そうっと肩を揺らされ、凛花はハッと目を開けた。どうやら麗麗を待っている間にうたた寝をしてしまっていたようだった。

「お待たせしてしまい申し訳ございません。お着替えをいたしましょう」

重い婚礼衣装を脱がされ単衫《ひとえ》となると、結い上げていた髪を解いて背中へ流す。

凛花はやっと緊張から解放され、「ほぅ」と一つ息を吐いた。

まだ夜は浅いが今夜は早く眠りたいなあ。そう思い、あくびを噛み殺したところで麗麗がパン！と手を叩いた。

「それでは湯殿《ゆどの》へ参りましょう、凛花さま！」

「わあ、嬉しい！あ、でも待って、それなら荷物の中に入浴剤があるからそれを――」

「いいえ、今夜はしきたりとして特別なものをお使いいただきます」

「え？そうなの？」

ここまできて更にしきたりとは。後宮入りまでの疲労を特製入浴剤で癒そうと思ったのに……と、凛花は小さく溜息をもらす。

雲蛍州の特産である薬草類……迷迭香や加密列《かみつれ》、生姜、それから少しの薄荷と柚子などを使った薬用の特製入浴剤で、その生産には凛花も関わってきた。

「残念……。せっかくの新作だったのになあ」

補助金が届くようになったおかげで、伝統的なものを改良し、新作を開発する余裕が生まれた。薬草や精油の加工に工夫を重ねたこれは、香りが豊かで効能も上がっており、雲蛍州の自信作となった一品だ。後宮でも、趣味と実益を兼ねた研究を続けようと、凜花は精油や乾燥させた薬草類をしっかり持ち込んでいる。そのうち自分の畑を持ちたいが、それは追々、折を見て願い出てみようと思っている。

「仕方ないわね。でも後宮って、入浴にまでしきたりがあるの？」

「……凜花さま。妃として後宮入りされたその夜には、主上のお召しがございます」

ピタリ、凜花は背を固まらせ、眠気から閉じかけていた瞼を見開き麗麗を見上げた。

「……えっ？　お召し……って……待って、それって」

「初夜でございますね」

（初夜でございいいいいますね⁉）

――凜花はすっかり失念していた。

後宮入りとは、皇帝への嫁入りだという当然の事を。

花嫁衣装を着せられてはいたが、新郎新婦が揃う婚礼の儀式のようなものは一切なく、夫となるはずの皇帝と交わした言葉は謁見での儀礼的なもののみ。お互いに素顔も知らず、肩を並べることすらまだしていない。

だから『結婚した』という実感はなく、課された仕事を全うしてやった！　という達成感があった程度だった。

「初夜……」

気が遠くなる。眠気は吹っ飛んだが、今度は別の意味で意識が飛んでしまいそうだ。

「とはいえ、先に入られた月妃さま方の時にもお召しはありませんでしたので、今夜もない可能性が高いと思われますが……」

「そ、そうなの⁉　よかった……。もう、それを早く言ってくれればよかったのに」

ホッと安堵の息を吐くが、慌ただしく乱高下した心臓のおかげで眩暈が起きそうだ。

「失礼いたしました。まさか凛花さまが初夜をお忘れになっているとは思わず」

「まあ、そうよね。私も忘れてた自分に驚いたわ」

それなりに悩んだ夜であるのに、緊張と疲労はこんなにも人を迂闊《うかつ》にさせるのかと、うっかりが過ぎた自分に呆れてしまう。後宮という場所を考えれば、それこそが仕事だというのに。

「う〜ん……やっぱり主上の女嫌いは噂通り筋金入り……？」

湯浴《ゆあ》みを済ませ、凛花はお迎えの準備を整える。だが、月が高く昇る頃になっても皇帝の訪れはなかった。しきたり通りの甘く華やかな薔薇の香りの湯も、麗麗が磨き上げた肌も、香油で梳いた髪も。全て無駄になってしまったが、しかし凛花はご機嫌だ。

覚悟の決まっていない初夜がお流れになってホッとしたし、至れり尽くせりの入浴は心地よく、あんなにも溜まっていた疲労が溶けて消えたよう。

「はぁ～最高……」

薄い寝衣《しんい》と羽織り姿の凛花は、小さな庭に張り出した、小さな露台で一人涼んでいた。冷たい飲み物を用意してくれた麗麗の姿も既にない。凛花が『今日はご苦労様』と本日の仕事終了を告げたからだ。

「……麗麗も大変だろうなぁ」

この朔月宮でどれだけの人間が働いているのか、宮を囲む壁の向こうに衛士《えじ》がいるのかいないのか。それはまだ分からないが、きっとその人数は多くはないと凛花は確信していた。

理由は目の前のこの庭。さすがに雑草はほとんど生えていないが、あまり手が入っている様子はない。後宮妃が眺める庭としては、よく言えば質素、正直に言えばみすぼらしい。細く頼りない庭木がひょろっと生えているだけなのだ。

(なるほどね……)

与えられた称号は、九妃の中でも最下位の朔月妃。宮は後宮の奥の端で、侍女はたった一人の上に庭はこんなもの。

(後宮での私の価値と扱いはこの程度か)

そう理解した凛花は、ニンマリと頬を緩める。

「ふふ。これなら色々できるんじゃない？　手始めにこの庭を薬草畑にしちゃおうかな」

元々がこの状態だ、勝手にいじっても文句は言われまい。

「いやでも一応、『庭の手入れと改造』の許可申請を出すよう麗麗にお願いしておくか」

そんなことを呟きながら、ふと見上げた夜空には、煌々と照る十三夜の月が浮かんでいた。

「……ふぅ」

持っていた硝子杯を小卓《しょうたく》に置き、凛花は深呼吸をしてゆっくりと息を吐く。

――抑えろ、抑えろ。

心の中でそう繰り返す。しかし身体の奥はざわざわと蠢き、生み出された高揚感が身の内を逆立てぞくぞくと肌を粟立たせていく。

月を眺める度に、満月に近付く毎に凛花が感じる不思議な感覚だ。心地よくもあり、心の片隅ではほんの少しの怖さが見え隠れしている。

(ああでも、すごくいい月……)

ぼんやり月を見上げるそのうちに、凛花の中の抑える気持ちが誘惑に溶けていく。

そして凛花が『変わりたい』と、そう願い月に意識を集中させると――

パサリ、パサッ……

凛花の寝衣《しんい》と羽織が、露台の床にひらりと落ちた。

◆

凛花は誰にともなく、言い訳のようなその言葉を繰り返していた。

家族と故郷から離され、着飾った姿で狭い馬車で旅をして、着いたと思ったら謁見のお支度。そしてそのまま後宮へ押し込められた。雲蛍州候の娘として淡々とこなしてきたが、実のところ凛花の心と体は、ギリギリのところを歩いているようなものだった。

こんな風にこっそり抜け出すなんて、後宮妃としても、秘密を抱えている身としても良くない行動だとは理解している。だけど今夜だけは、ほんの少しの息抜きを許してほしい。

（朔月宮の近くを歩いて、夕涼みをするだけだから……！）

トタタタ、と小さな足音を立てて、凛花は月明かりが照らす闇夜を一人走っていった。

衛士《えじ》に見つかったらどうしよう。そんな不安を抱えつつ歩いていた凛花だったが、予想していたよりも衛士《えじ》の姿は少なかった。

後宮という場所柄、ここには去勢した男性である宦官《かんがん》と女性しか入れない。そのせいで元々数が少ないのかもしれないし、有力な妃の宮周辺に集中しているのかもしれない。

理由はなんであれ、今夜の凛花にとっては好都合。のんびり夜の散歩を楽しめそうだ。

「わぁ……！　素敵な庭！」

しばらく行った先で見つけたのは、季節の花が咲き乱れる見事な庭園だった。月が映る池を橋から覗くと、睡蓮の下で眠っていた鯉が驚き跳ねて足先が濡れた。芳しい香りを放つ桃の花を匂ってみれば、黄色い花粉が鼻にたっぷり付いてくしゃみが出たし、その白い花弁に月光を浴び輝いている水仙や鈴蘭にも見惚れた。

故郷では見られなかった、図録でしか見たことのない花も沢山あり、凛花は目を輝かせ庭を駆け巡る。

ああ、楽しい！　朔月宮の庭は寂しかったけど、こんなに素晴らしい場所が後宮にもあっただなんて！　そんな風に夢中で散歩を続けていると、いつの間にか花の庭は終わり、趣の違う庭に迷い込んでしまったことに気が付いた。

「そろそろ戻ったほうがいいかな……」

空を見上げると月がだいぶ傾いているではないか。少しのつもりが、思っていた以上に時間が経っていたようだ。

「えっと……」

くるりと踵を返し来た道を戻ってみるが……、一向にあの花の庭に辿り着けない。それどころか明らかに見覚えのない壁が続いているし、どうしてか衛士《えじ》の姿も増えている。

「えっ、どうしよう、とりあえず衛士《えじ》を避けて……」

あっちへこっちへとウロウロしているうちに、凛花は完全に方向を見失ってしまった。

（まずい。これは、完全に……迷った）

近くに立つ衛士《えじ》の目から逃れるため、凛花は木陰に潜り込んで蹲《うずくま》る。

ひとまずはここでやり過ごそう。ああだけど、この後はどうしよう？　もう少し明るくなるまでここで待って、それから帰り道を探してみる？　身を縮こまらせそんな風に思い惑っていると、徐々に睡魔が凛花に忍び寄ってきた。

（まずい、眠い……。疲れてたのに、はしゃいで歩き回っちゃったから……）

こんな場所で眠るわけにはいかない。しかしそうは思っても、凛花の頭はこっくりこっくり舟をこぎ始めてしまう。

（んん……いけない）

睡魔に負けそうになる瞼をこじ開けなんとか顔を上げると、ぼんやりとした視線の先に小さな灯りが見えた。窓辺の布が揺れ、ほんの少しだけ窓が開いているのが分かった。

「ちょっとだけ……少し明るくなるまで、ちょっとだけ休もう……」

凛花は灯りがともる窓の隙間から房室《へや》へ入り込み、すぐそこにあった榻《ながいす》へと倒れ込む。背に掛かっているのは、ここの主の衣装だろうか？　凛花はほとんど無意識でその衣を引っ張り包まると、身を縮こまらせ目を閉じた。

微睡《まどろみ》の中、こちらへ近付いてくる足音が聞こえたような気がした――

◆◆◆

夜も更け、静まり返った月華宮《げっかきゅう》に足音が響いていた。

武官と文官、それから一際上等な身なりの男が一人。彼らの声と顔には、隠しきれない疲労が滲んでいる。

「ったく。紫曄《しゆう》、今が何刻だか分かってんのか？」

「……丑刻《うしのこく》だったか？　晴嵐《せいらん》」

「つい先ほど寅刻《とらのこく》になりましたよ」

「……細かい男だな、雪嵐《せつらん》は」

三人の男が、深夜の月華宮《げっかきゅう》でそんな会話を交わし並んで歩いていた。

中央で紫黒色をまとっているのが紫曄。高い位置で結った黒髪が艶やかになびいている。左右を固めるのはよく似た顔――いや、背格好も声も瓜二つ。双子の兄弟である雪嵐と晴嵐だ。その名から双嵐と呼ばれている彼らだが、名だけでなく、その言動でもしばしば月華宮《げっかきゅう》に嵐を起こしている。

「そりゃ細かくもなりますよ。晴嵐が大雑把ですからね。ああ、本日入ったあの姫ですが何事もなく宮へ入ったそうですよ」

「お、さすが雪嵐。興味のない女のこともちゃんと把握してんのな！　噂では相当な跳ねっ返りだって聞いてたけど、騒ぎを起こすような馬鹿じゃあなくてよかったよかった」

「紫曄、表向きは初夜ということになってますから、昼までしっかり寝るんですよ？」

「紫曄、新しい妃を冷たく放置したんだ。しっかり休めよ？」

「お前ら、妃も睡眠も他人事だと思って本当に……！」

礼を取る門衛《もんえい》たちの間を抜け紫曄が二人を振り向くと、双嵐は門の外で笑っていた。

特別な権限を多く持つ彼らであっても、ここから先だけは不可侵。

月華宮《げっかきゅう》の表と奥、公と私。この門から向こう側は、後宮。

紫曄──皇帝である彼以外、男が足を踏み入れることは許されない場所だ。

ハァ、と溜息を吐きながら、紫曄は静まり返った廊下を歩き、薄明りが灯された室へ入った。ここは紫曄がくつろぐための私的な空間である『輝月宮《きげつきゅう》』だ。この奥には皇后の住居となる望月宮があるが、そこは現在無人なので本当に静かなもの。

皇帝として常に人に囲まれその視線に晒されている紫曄が、私的な場でくらい一人にさせろと言ったので、ここには侍従《じじゅう》も衛士《えじ》も最低限しかいない。身の回りの世話をする侍従《じじゅう》など、夜遅い時間は休んでいるようにと命じられているので、深夜ここを訪れる紫曄の世話をしたことはない。

「雪嵐と晴嵐ならまだしも、その他の人間など疲れるだけだ」

気心の知れた幼馴染みならここへ入っても構わないというのに、後宮であるここに彼らは入れない。

「後宮など、面倒事しかない」

言い捨て、紫曄は乱暴に冠を取り帯も衣装も脱ぎ捨て、靴まで脱いで窓辺の榻《ながいす》にずっしりと身を預けた。昨夜脱いだ上衣《うわぎ》の下を探り、円柱型の綿枕《クッション》を引き寄せようとすると──何かが手に触れた。

「……ん?」

ふわっ。もふっ。

「ん？　なに……？」

紫曄は榻《ながいす》に半分寝そべり、上衣《うわぎ》の中の感触を辿った。

（ふわふわの毛並みで――毛並み!?）

これは何だ？　と、ぼんやりしている頭の中を疑問符でいっぱいにし、『もふ、もふ』と指先を軽く曲げ揉んでみた。温かくて、弾力があって……ああ、柔らかな毛と滑らかな手触りが心地いい。紫曄はそうっと上衣《うわぎ》をめくり中を覗き込んでみる。するとそこには、白っぽい毛玉が丸くなっていた。

「……猫？」

呟くと、不意に風が前髪を揺らし、気が付いた。ああ、窓が開けっ放しになっていたのかと、紫曄はこの毛玉の侵入経路を察してフッと笑った。

なんとも不用心極まりない。侵入者がこの猫だったからよかったものの、例えば人でなくとも毒を持った小さな生物や、おかしな物を紛れ込まされた可能性もある。

「これだからもっと人を置けと言われるのだろうな」

立場を考えれば当然だが気が進まない。現状でもこの体たらくだ。私的な場所にまで人を入れたら、煩わしさで症状が悪化することは目に見えている。

クマがくっきりと刻まれた己の顔色の悪さ、それから鉛を抱いているような体の重さと、鈍く痛む頭。誤魔化しきれなくなるのも時間の問題だろう。

紫曄はハァ……と重い溜息を吐き出し、スゥスゥ寝息を立てている毛玉を見つめた。それなりに重さのある上衣《うわぎ》の中で縮こまり、座面に顔を押し付け両腕で頭を囲ってしまっている。

「……おい、猫。苦しくないのか？」

眠る猫に遠慮し小さな声で呼び掛けたが、当然返答はない。紫曄は再び上衣《うわぎ》を摘み上げ、猫の上からそうっとどけた。

姿を露わにした猫は、白地に黒の虎柄で太い尻尾をしていた。紫曄がそろりと撫でてみると、尻尾の先だけを『ふよ、ふよ』と小さく左右に振った。

「おぉ……」

そのまま撫でていると、猫はうつ伏せていた顔を僅かに上げ、閉じたままの目をピクピクと震わせた。そして小さな口から『プぷぅ……ぷプ』と、寝言のような鳴き声を漏らすと、両の手で頭をギュッと抱え丸まった。

「もしかして、寒いのか？」

紫曄は猫を潰さないように気を付け榻《ながいす》に寝転ぶと、縮こまる体を胸に引き寄せそうっと抱いた。すると薄い単衫《ひとえ》姿の胸にふわふわの毛が触れ、その感触は紫曄をギョッとさせた。掌で感じるとは段違いの柔らかさと滑らかさ、そして温もり。トクトク、トクトクという小さな鼓動は、儚いくせに熱い体温を素肌に伝えてくる。

猫を温めてやるつもりだったのに、これでは自分のほうが温められているようではないか。紫曄は胸元の猫に頬を寄せて苦笑する。

「なあ、猫。温かいか……？」

囁き訊ねてみたら、猫の耳がピピピッと小刻みに振れた。うるさかったのか？　紫曄はフッと笑ってお詫びに喉を撫でてやる。すると白い虎猫は『プゥ……ぷぅぅ……』と気持ちよさそうな寝息を立て、ゴロゴロと喉まで鳴らしはじめた。

「そうか。気持ちいいか。……可愛いな」

特に動物が好きだと思ったことはなかったが、疲れた時に触れる温もりとはこんなにも心に染み入るものだったのか。紫曄はそんな風に思い、心地よい手触りに誘われるまま、そのままふわふわの首筋に鼻を寄せた。するとどうしてか、猫の毛が急にブワッと逆立った。

「まだ寒いのか？」

迷い猫のくせにいい匂いだ。甘ったるくもったりとした乳のようでもあり、華やかな薔薇の香りのようでもある。

「すぅーっ……はぁ……」

紫曄はギュ……と猫を抱きしめ、頬ずりをして匂いを嗅いで、その温もりを堪能した。

◆◆◆

凛花はゆるゆるとした眠りの中、ふとした違和感から薄目を開けた。

耳をそばだて窺っていると、急に風の流れを感じ背後が少し明るくなった気がした。

（あれ……？　上衣《うわぎ》の中に潜ってるのに明かり……？）

おかしいなと思ったが眠気はまだ強く、凛花はそのままの姿勢でじっと気配を探った。

（うん。他に異変はないし……まぁいいや……。もうちょっとだけ……寝ちゃお……）

「おい、猫。苦しくないのか？」

夢うつつの中、話し掛けられた気がしたが、凛花は『うるさいなあ』と顔をしかめ、苛立ちから耳をピピッと振った。

（私、猫じゃないし……こう見えても虎……立派な白虎なんだから！）

そう。上衣《うわぎ》の中で丸まる猫は——凛花は今、虎の姿に変化《へんげ》していた。

雲蛍州に伝わる昔話に『山で月見を楽しむ人虎《じんこ》』の話がある。花を愛で、酒を飲む気さくな大虎は決して人を襲わない。山と国の守り神だと、民の信仰を集めた時代もあった。だが、まさか、雲蛍州を代々治めてきた虞《ぐ》一族が『月見の人虎《じんこ》』の正体だとは誰も思っていない。

凛花の生家である虞《ぐ》一族には、稀にこのような特性を持つ者が生まれるが、ただのお伽噺、古い言い伝え。皆がそう思っているくらい、人虎《じんこ》の存在は虞《ぐ》一族によって完璧に秘されてきたのだ。

もちろん凛花も『虎に変わる体質は決して人に知られてはいけない』と幼い頃から言い聞かせられてきた。だが凛花は、その性格とのびのび育った環境のせいか、強固な秘密であるとの意識が薄かった。

こんな風に、月夜の晩に虎に変化《へんげ》し散歩を楽しんでしまう程度には——

「おぉ……」

（ちょっと、気安く触らない……で！　撫でるならもっと優しく……ん、ん……？）

なんだかさっきより明るくて眩しい。それに誰だか知らないけど寝てるんだからほっといて、大人しく寝かせてよ！

凛花はそんな気持ちで眉間に皺を寄せ、苛立たしげに牙をグワッと見せた。……が、実際は「プぷぅ……ぶプ」という不明瞭な音にしかなっていない。

「もしかして、寒いのか？」

寒くない。とにかくまだ眠いの……もういいや、寝直そう。知らない誰かのことなど無視をして、凛花は両腕で顔を覆いググッと縮こまった。そうしたら次の瞬間、ふわりと優しげな何かに包まれた。なんだろうこれ？　眩しい明かりを遮ってくれて丁度いいし、上衣《うわぎ》とは違ってじんわり伝わる温もりが心地いい。

「なあ、猫。お前も温かいか……？」

（うん。でも猫、猫って……虎にしては可愛らしい大きさかもしれないけど……。ああ、あったかい……）

「そうか。気持ちいいか。……可愛いな」

（可愛い……？　ふふっ……あ、これ何の香りだろ……高貴でスッキリしていて華やかさもあって……うん、うん。いい匂い。私この匂い好きかも……――）

喉を撫でる指にスリッと擦り寄って、凛花はハッと閉じていた目を見開いた。

（――指？　えっ？　これ、ひ、人！　このあったかいの人肌だぁ……!!）

ああ、虎に変化《へんげ》していてもハッキリ分かる。日に焼けていない肌、撫でる掌と指、温もり、伝わってくる鼓動。今、自分を抱きしめているのは人。それも男だ……！

そう思った瞬間、凛花の全身の毛がブワッと逆立った。

（も、もう少しで指を舐めるところだった……！）

焦りと警戒から震えまで湧き上がってくるが、男の手は止まらないし、逆立った毛の意味も理解していないよう。腕で更に凛花を抱き込むと、耳元で「まだ寒いのか？」と的外れなことを言い、その鼻先を毛に埋めた。

（ちょっと⁉　か、嗅がないで！　うそ……！）

まさかのことに凛花は再び毛を逆立てるが、男のほうも再び強く抱きしめる。

凛花を撫でる掌は大きくて優しくて、囁く声は甘く、柔らかく、艶があって低すぎず、虎となった凛花の耳によく響く。

（いい声……人の時より耳がいいからか心地いい。それにこの人撫でるの上手……）

凛花は逆立てた毛を徐々に落ち着かせていく。

（でも、誰なんだろう……？　それにここどこ……？　人が来るような場所でうたた寝だなんて……）

そう自身の迂闊《うかつ》さを呪っても、伝わる体温と、トクン、トクンという穏やかな心音が眠気を呼び戻してしまう。徐々に力が抜けて、目もトロトロと閉じていき、凛花の思考は鈍っていく。

「お前、いい匂いだな」

（だって……特別な入浴剤……。ああ……気持ちいい。虎型で人に撫でられるなんて久し振り……）

凛花がこの姿を人に見せたのは、両親以外では初めてだ。変化《へんげ》する身体を支配しきれていなかった幼い頃以来のこと。

幼い時分は本当に子猫のようだったその姿も、凛花が成長するにつれ、小柄とはいえ猫ではなく虎だとハッキリと分かるようになった。

猫よりも太い四肢、鋭い牙と爪、厚い掌に強い力。凛花はじゃれているつもりでも、飛びつかれた母親が怪我をしたこともあった。夜にこっそり畑を駆け回り、番犬に追い掛けられたこともある。そして畑の作物は駄目になってしまい、大目玉をくらった。

そんな小さな事件をいくつか経て、凛花は秘密の意味を理解し、虎化《とらか》も虎の膂力《りょりょく》も支配してやる！　と、月夜に繰り返し変化《へんげ》の練習をした。

それから、もし自分が怪我をさせてしまった時のため、薬草や傷薬の研究にも積極的に加わった。その成果である傷薬は、帯飾りと一緒にいつも凛花の腰に下げてある。

今の凛花は、月に意識を集中し『変わりたい』と願わない限り変化《へんげ》はしない。それに小鳥を撫でられるくらい、力の加減も上手になった。だから傷薬の出番がきたことはないのだが、この傷薬は今、雲蛍州の特産の一つとなっている。

「猫……お前は温かいなあ」

半分眠りに落ちかけていた凛花の耳に、また心地よい声が注がれる。

（うん……私も温かい……）

こんな気持ち初めて。ただ撫でられ、愛でられることがこんなに心地よくて安らぐことだったなんて……私、知らなかった――……。

凛花は抱きしめられた胸にそっと口元を寄せ温《ぬく》い肌をぺろりと舐めた。それは猫や虎の愛情表現だったが、夢うつつの凛花にとってはまるで無意識の行動であった。

◆◆◆

「くすぐったいな」

フッと笑って呟いて、紫曄は悪戯な猫の喉を指で撫でてやる。

その温もりだけでなく、無防備に自分に縋り付いてくる愛らしさが堪らない。紫曄はギュ……ッと抱きしめ、つい猫の柔らかな頬に口づけまでしてしまう。

「猫、どこから来た？　お前は誰かの飼い猫か？」

猫――凛花は微睡《まどろ》みつつ『違う。飼い猫じゃない』と口を開く。

「わぅ……ぷ……む」

しかし漏れ出た声はこんなもの。寝ぼけているせいもあるが、そもそも虎型の時に人語は喋れないのだ。

「綺麗な毛並みをしているし……誰の猫だろうなぁ」

こんな場所に迷い込むとはなんとも迷子の才がある猫だ。後宮の周囲は衛士《えじ》が固めているから、外から侵入するのは難しい。となれば、いずれかの妃の宮の猫だろうか。

「今夜のことは秘密にしてくれよ？　猫」

「……むぷぅ？」

見たところ、この猫に気になる点はないが、飼い主が後宮妃であった場合ちょっと面倒だ。進んで後宮を訪れない紫曄に、猫をだしにして近付こうという企てかもしれない。いや、無断で皇帝の宮に猫を放り込むほどの博打は打たないか。まさか猫に毒を食わせてここへ入れ、猫を害されたと泣きつく作戦か？

「おい猫。お前、体調は大丈夫か？」

紫曄は両手で猫の全身にくまなく触れた。どこもかしこもふわふわで、痛がったり苦しんだりする素振りもない。それどころか猫は気持ちよさそうにゴロゴロと喉を鳴らして、むにゃむにゃ寝言を言っている。

「考えすぎか。ハァ……」

もしもそんなことをする妃がいたのなら、処罰として後宮から追放してやったのに。紫曄はそんな風に思うが、『今はまだ難しいか……』と心の中で呟き、また溜息を吐く。

「ん？　そういえばお前、首輪もしていないのか」

紫曄はちょっと考えて、自身の頭に手を伸ばすと、髪を結っていた紐をしゅるりと引いた。長く艶やかな黒髪が肩から胸にさらりと零れ落ち、その毛先が凛花の耳をくすぐった。

「んにゃぁ……？」

「ああ、すまない。起こしてしまったか？　ほら、猫。ちょっと首を上げてみろ」

凛花は未だぼんやり。まだ覚醒しきっていない顔で紫曄の命に大人しく従い顎を上げた。

「……いい子だ」

紫曄は首をそっと支え、髪紐をゆるく巻いてやる。髪紐は金糸を交えた絹の組紐で、淡い紫から濃い紫への濃淡が美しい。その両端には小振な宝玉の飾りがついており、ただの猫の首輪には豪華な品だ。

「この首輪をしていれば、どこに迷い込んでも邪険にされることはない」

「ぷぅ……？　む……むぅ」

首周りに違和感を覚えたのか、凛花は目を閉じたまま紫曄の胸に軽く爪を立ててむずがる。

「お、立派な爪だな？　もう少しだから大人しく……こら、この毛玉め」

爪を出す手を押さえ込むと、今度は首を軽く振って『いやいや』をする。そんな姿に笑いながら、紫曄はなんとか紐を蝶結びにしてやった。

「ほら、素敵だ」

白い毛並みによく映えるその紫色は、名に紫の字を持つ『紫曄のもの』だという証にも見える。もしも今、凛花が人の姿をしていたなら『何を勝手に付けてるの⁉』と抗議しただろう。だが今の凛花は虎。紫曄にとってはただの温《ぬく》い迷い猫だ。

「ぷ……ぃ？」

なんだろう？ と、寝ぼけまなこの凛花が首元の紐を小突くと、端の飾りがシャラと小さな音を立てた。

「気に入ったか？ よく似合っているぞ」

紫曄は満足したように微笑むと、ぽやっと見上げてくる凛花の額を撫で、そのまま鼻筋、ヒゲの根本、閉じたままの目元までをゆっくり撫でる。

「これで今夜は俺の飼い猫だな」

紫曄は凛花のもふもふの頬に口づけ抱き寄せる。するとなんだか愛しさがこみ上げてきて、髪紐が飾られた首元を獣のようにはむっと甘噛みした。

「む、きゅ……！」

凛花はハッとし手足をジタバタ動かすが、がっちり抱き込まれていて全く歯が立たない。甘噛みされるのも、抱きしめられるのも別に嫌ではない。だけど、ぼんやりしつつも残っている人としての意識が、あまりにも親密な触れ合いに警鐘を鳴らしたのだ。

凛花は思い切り脚を突っ張り抵抗を試みるが——

「もう少しだけ……お前の温もりを分けてくれ。頼む、猫」

そんな風に甘えられては抵抗も長くは続かない。凛花は高鳴る心臓を秘かに抱え、仕方ない……と、頬を擦り付け許しを与えてやる。

「願いを聞いてくれるのか？　いい子だな」

嬉しそうな声、優しい指。心地よさに身を任せてしまえば、凛花の瞼は再びうとうとと眠気に揺れてしまう。そして、ぼんやり思ったのだ。この心地よい声に聞き覚えがあるような……？　と。

（この声……どこで聞いたっ……け？）

考えるがどうにもまとまらない。虎としての気持ちよさ、眠気が優先されてしまい、人としての思考に集中できない。

「ああ、いい子だ……」

うっとり呟くその声と指に陥落した凛花は、誘われるまま、トロトロと微睡《まどろみ》に落ちていった——

◆

チチ、チチチ、と鳥の囀《さえず》りが聞こえ、凛花はそろりと目を開けた。温かなものに包まれているのに、何故か足先は冷えていて、冷たい風が撫でる背中も寒い。

(えぇ……なんで窓が開けっ放しなの？　春先とはいえ朝はまだ冷えるのに……)

凛花は暖を求め、胸や頬に感じる温もりにぐいぐいと擦り寄った。すると、フッ……と吐息が耳をくすぐって、そうっと髪を撫でられた。

(ふふ。撫で上手な手……気持ちよくて温かくて……)

「……ッ⁉」

ハッとして、ぱっちり、今度こそしっかり目を開けた。そして目の前に広がる肌の色に、凛花は絶句した。自分をがっちりと抱き込む腕。それから頬に触れる温もりと、滑らかな肌。薄い単衫《ひとえ》越しにも分かる引き締まった筋肉の感触、それから鼻腔をくすぐる高貴で華やかな香り。

(あ……この香り、覚えてる気がする)

凛花は記憶を辿ろうと、目を閉じそっと匂いを嗅いだ。

(確か昨日は……湯浴みの後に露台で涼んで……。そうだ、十三夜の月が綺麗で、ついつい虎に変化《へんげ》して散歩に出たんだった……！)

美しい花の庭を見付けていつの間にか道に迷ってしまって……。そのうちに疲れ果て、眠気に襲われどうしようかと思った時に、窓が開いていたここに忍び込んだんだ。

昨夜の自分を振り返った凛花は、そのあまりにも迂闊《うかつ》な行動に我ながら呆れた。

しかし言い訳ではあるが、昨日は平常心ではなかったのだ。非日常すぎる事柄が目白押しで、頭も気持ちも許容量いっぱいになってしまっていた。

（――でも、知らない場所で、知らない男の人に抱き込まれて、撫でられて一緒に眠っちゃうなんて⁉　私、何をしてるの……⁉）

虎に変化《へんげ》している時は、思考や行動が『虎』寄りになるとはいえ……と、昨夜をそこまで反芻して、凛花は再びハッとした。

――寒い。足先と肩が冷たい。だけど頬や胸、指先に感じるのは人肌の温もり。

（わ、私……虎じゃない！　人に戻って……は、裸だ……‼）

どうしよう、どうしよう、どうしよう⁉

凛花の頭の中が一気に動揺と困惑で埋め尽くされる。虎に変わっている時は当然ながら衣装を着けていない。だから、人の姿に戻った時には裸。下着さえも付けていない素っ裸だ。

凛花は抱きしめられている腕から抜け出そうと身を捩るが、がっちりと抱き込まれていてどうにも叶わない。それどころか、同じく薄着の男――紫曄も温もりを求めているのか、凛花を抱く腕に力がこもった。掌で肩を抱き込み、脚を絡めグイと体を押し付けてくる。

「ん、むっ……！」

ギュッと抱き寄せられた凛花は、紫曄の胸に顔をうずめ唇を押し付けてしまう。

（な、なんでー⁉）

恥ずかしいやら温かいやら、縮こまった腕でなんとか抵抗を試みるが、紫曄の腕はびくともしない。

凛花は混乱する頭でこの窮地からの逃げ道を探すが、きつく抱きしめられているせいで、息が苦しくて思考が全くまとまらない。

「ん……っ、むぅ！　むぅン～‼」

（もうこっそり抜け出すなんて無理！　お願いだから離して……！）

凛花は自由にならない手で紫曄の胸をドンッ！　と叩く。

「……――こら、猫。じゃれる……な⁉」

仕方なさげに笑いゆるりと目を開けた、紫曄の瞳と凛花の瞳が交差した。

凛花の青空色の瞳に映るのは、ちょっと疲れた顔をした黒髪の男。

紫曄の紫の瞳に映るのは、零れんばかりに目を見開いた銀髪の女。

互いの間に落ちた一瞬の間を逃さず、凛花は思い切り腕を突っ張り紫曄の腕から逃れた。しかしここは狭い榻《ながいす》の上。男女二人が悠々と寝転べるはずもない。

「わっ……！」

座面からはみ出た凛花の体は、グラリと傾き床に落下しかけた……が、そこに紫曄の腕が届いた。

素肌の背中を掌で支え、細い手首を掴まえる。そんな気はなくとも再び抱き合う形となり、二人の胸がぺたりと重なって、凛花の心臓がドキリと飛び跳ねた。

「あ、あの」

言葉を発した凛花の口を、紫曄の大きな掌が瞬時に塞いだ。

「ん⁉」

「誰だ、貴様」

低い声だった。凛花の耳に残っている『猫……お前は温かいなあ』『いい子だ』という あの甘い声とは全然違う。いや、同じ声ではあるのだが、昨夜の柔らかく温かな囁き声と、この硬く冷たい声では印象が違いすぎる。

「誰かと聞いている」

抱き留められていた体が反転し、凛花は後ろ手を取られ、座面に顔を押し付けられた。

「むっ……！」

「静かにしろ」

背中から浴びせられる声は更に冷たい。凛花の心臓が、先程までとは違う意味合いで逸り出す。

(ここは多分、まだ後宮内のはず。ならば、そこにいる男は一人しかあり得ない)

ドクドクという大きな鼓動が頭を揺らす。

(冷徹で女嫌いの皇帝……って言われてたよ、ね?)

じわり、凛花の首筋に冷や汗が滲んだ。

何か言わなければ。申し開きをするなら今しかない。そうは思うが、押さえ込む腕に手加減は一切なく、喉が潰され呼吸するのが精一杯。そんな、ただ焦ることしかできない凛花の目に、立て掛けられていた豪奢な剣《つるぎ》が映った。

(まさか――)

サアッと血の気が引いた。

『冷徹で女嫌いの皇帝』という評判と、謁見の間で聞いた冷たい声、放っておかれた初夜、それから容赦なくねじ伏せるこの腕。

(斬り捨てられるかもしれない……)

そう思った凛花は、ギュッと目をつむり覚悟を決めた。だが――

「どういうことだ？　昨夜は確か猫の子を抱いて……？」

聞こえてきたその言葉に、凜花はいい加減に腹が立った。虎に変化《へんげ》してしまう体質は秘密だし困ることもあるが、不思議と嫌悪感はなく、何故か誇らしささえ感じていた。だから、紫曄が『猫』と呼ぶことが本当は気になっていた。

（この男……猫呼ばわりで気安く撫でまわした上に今度は猫の子扱い？　私は立派な成人女子で、虎の姿だって立派な一人前の虎だっていうのに⁉）

そう思ったら、我慢ができなかった。そして、ガブリ！　凜花は口を塞ぐ掌に噛み付いた。ああ、牙がないのが残念！　そんな気持ちで思いっきり、だ。

「痛ッ……⁉」

「猫じゃありません！」

グッと背を捩り、背後の紫曄に向かって言った。

「はっ？」

「あっ」

しかし勢いのままに睨み見上げた皇帝の、冷たさと怒り、苛立ちまで滲ませた瞳と目が合って、凜花は自らの迂闊《うかつ》さと愚かさに再び冷や汗を滲ませた。

「なんだと？」

ああ、やってしまった。低く響く皇帝の声に、凜花はクルッと顔を戻し座面を見つめた。

（馬鹿……！　虎のばか！）

この状況で言うことではないし、噛むのも悪手。そんなことは凛花にも分かっている。だけど夜が明けたばかりのこの時間、凛花の中には『猫と呼ばれ悔しかった白虎』がまだ燻っていたのだ。人の理性では抑えきれないこの無鉄砲さは、夜の名残があるこの時間と、満月に近い時期特有のもの。自由が利く故郷なら誤魔化せることも、閉鎖的で味方もいない後宮では致命症になる。

ああ、やっぱり虎化する体質は治さなくては……！

凛花は改めてそう決意して、まずは今、この状況をどう乗り切るかに思考を戻し巡らせた。

面食らっている皇帝の隙をつかなければ、今度こそ手討ちだ。逃げ出すなら今しか——と思ったところで、冷たい風が肩を撫ぜ、背中に肌寒さを感じて絶望した。

（そうだった！　私ってば裸……！　どうやって逃げるのよ⁉）

その辺に脱ぎ散らかされている衣は明らかに男物だ。凛花が羽織って逃げれば目立つことは確実。ならば宮女でも見つけて追いはぎ……なんてできるはずがない。それこそ処罰されてしまうし、故郷にも迷惑を掛けてしまう。

「お前、その首の紐……」

「え？」

思考の間に男の声が挟まれた。しかし先程までの底冷えするような響きはなく、そこに滲んでいるのは困惑と、少しの戸惑いだろうか。凛花は次の言葉を待ち、背後の気配を窺った。すると突然首筋に触れられて、思わずビクリと肩を揺らした。背中に流れる髪をよけられて、うなじを露わにさせられる。

（な、なに？　主上、何をするつもりなの……？）

女嫌いのくせにまさか、まさか……と不安が膨らんで、ドッドッドッと心臓が大きく鳴る。自分は全裸で、対する男も薄い単衫《ひとえ》一枚。それにここは、後宮だ。

「やっ……！」

凛花は焦りと恐怖で身を捩る。

「大人しくしろ」

「や、やめて、見ないで……！」

「見せろ」

「嫌……！」

顔だけで振り向き睨むと、『シャラッ』と背中のほうから澄んだ音が聞こえた。凛花は何の音だ？　と首を伸ばすが、押さえつけられた姿勢では見えやしない。

「ハァ……。勘違いするな。俺が見たいのはお前の体ではない」

「は⁉　体じゃないって、でもどっちにしろ見えちゃうでしょう⁉　何言って……」

虎の残滓《ざんし》か、また声を荒らげかけた凜花の背中に、バサッと上衣《うわぎ》が掛けられた。

「わっ！」

「頼む。静かにしてくれ」

紫曄は凜花の耳元で囁き、チラリと扉に視線を向ける。

（ああ、あまり騒ぐと人が駆け付けてくるかもしれないのか……）

凜花は口を噤《つぐ》んで大きく頷く。

「よし。次はその上衣《うわぎ》を羽織れ。いいか？　手を離すから暴れるなよ？」

言い聞かせられ、凜花はコクリ、コクリと再び大きく頷いた。

腕を解かれた凜花は、背中に刺さる視線を感じつつ上衣《うわぎ》をもぞもぞ羽織る。チラリと後ろを窺えば、目に入ったのは艶やかな黒髪と印象的な紫色の瞳だ。

（顔は初めて見たけど、紫の瞳は皇族特有のもの。やっぱり、どう考えてもこの人、皇帝だ……）

凜花はクラりと一瞬眩暈を感じ、借り物の上衣《うわぎ》の前を合わせ掻き抱く。ああ、肌触りが良すぎてとっても心臓に悪い。

それに首に巻かれたこの紐も勘弁してほしい。こちらも手触り最高で、紐の両端には管玉《ビーズ》の飾りまで付いている。そして極め付きはその色だ。

（この濃い紫色は、皇族だけに許される特別な色じゃない……！）

凛花はハァ……と押し殺した溜息を吐くと、意を決して背後の男を振り返った。すると管玉《ビーズ》がシャラと鳴り、凛花は視線をチラリと背中に向けた。

「気になるか？　それは昨夜、猫の首に巻いた俺の髪紐だ」

「昨夜……？」

ぼんやりとした記憶を辿り、確かにそんなことがあった気がする……？　と、凛花は小さく頷く。するとまた管玉《ビーズ》が華奢な音を奏で、凛花の視線が引き付けられた。

「仕草まで猫のようだな」

フッと、小さな笑みと共に向けられたその言葉に冷たさはなく、凛花は目を瞬いた。

まるで昨夜の男に戻ったようで――と、そう思った瞬間、ぼやけていた昨夜の記憶がブワッと蘇った。

昨夜、その手に撫でられ喉を鳴らしてしまったこと。愛でられ、抱きしめられ、うっとり擦り寄って胸を舐めたこと。それからその体温と甘い声……全てを思い出した凛花は、首から頬、耳までもを一気に朱に染め上げた。

（な、なんてことしたの私⁉　ああでも、待って……？）

凛花はキュッと衣を握り締め、観察するような視線を向ける紫曄の顔を窺った。

（私がやったのは、皇帝の居室への無断侵入、数々の無礼、それから私の秘密も知られて……。これ、最悪処刑、よくて追放。悪趣味だったら見世物なんじゃ……⁉）

サーッと血の気が引いて、火照った身体が急激に冷めていく。

「お前、昨夜の猫なのか？」

「……虎です」

凛花自身、否定するのはそこじゃないだろうと呆れるが、しかし、どう考えても秘密は既にバレているのだ。処罰されるなら、猫ではないことだけは否定しておきたい。

それは凛花の中の、白虎の矜持だった。

◆◆◆

（――誰だ、跳ねっ返りで土にまみれる田舎者で、売れ残りの薬草姫だなんて言ったのは）

紫曄は凛花を上から見下ろし、思わず息を呑んだ。

小声で「虎です」と反論した頬はほのかに赤く、首には髪紐の首輪。己の深紫の上《うわ》衣《ぎ》に隠され、引き立てられた白い肌にはつい喉が鳴りそうになり、呑み込んだ。それから薄闇に浮かび上がる銀の髪と、透んだ泉のような青い瞳に目を奪われた。

「お前、朔月妃だな……？」

「――ッ！」

凛花は沈黙し頷く。反論がないのは今度こそ何の相違もないからか？　それにしても初見ではなんとも思わなかったのに、こんなに面白い女だったとは。

後宮入りの挨拶は受けたが、婚礼衣装を着ていた女は面紗を被っており、その顔は分からなかった。声は聞いたが、言葉を交わすこともなかった。形式的な挨拶であったし、妃として受け入れても本来の意味で妻にする気などなかった。だから初夜だって、いつも通りに捨て置いた。

それなのに、何故か彼女はここにいて、一晩を共にしてしまった。

「俺の自己紹介は必要か？」

「い、いえ。存じ上げております。……主上」

さすがに対峙しているのが誰なのかは理解していたか。紫曄はまあ当然だなと頷きつつ、それにしては……と思った。

妃の口から聞かされる言葉は『はい』『仰せのままに』が最多。次いで露骨なおねだりと張りぼての賛辞。だというのに、この女はどうだろう。

先程まで男の力で組み伏せられ、立場でも屈服させられ、加えてほぼ裸という身の心細さ。どこを取っても勝ち目などないというのに、この窮地に至ってまだ「虎です」などと、言いたいのはそこなのか？　と思うような反論をする心の強さ。図太さ。

「面白いな」

見上げる凜花の顔は訝しげで、傾けた首に結ばれた髪紐がまたシャラと音を鳴らす。

(あの猫の中身がこの女か)

ぞわ、と己の身の内に、正体の分からない何かが湧き上がり、じわりと体温が上がった気がした。夜に括りつけた首輪代わりの紐が、今は目の前の女の首を飾っている。自分は確かに、この女を一晩抱き枕にして組み伏せていたのだ。

(これはなんという感情だ?)

この、征服感にも似た高揚感。口に出すには憚られる類の何かを含んだ満足感。あ あ、彼女が自分の顔を見上げてくれていて助かった。自身の昂ぶりを感じ、紫曄は こっそり溜息を吐く。

そしてふと、窓から差し込む薄明りに気が付いた。

「朝……?」

鳥が囀《さえず》り、独特の静けさを湛えた朝。夜を越えた朝だ。

「俺は……寝てたのか?」

「多分、よく寝てらっしゃいました……よ?」

紫曄の独り言に、凜花が恐る恐るという感じで返す。

「知らぬ間に眠ったとは……」

それは紫曄にとって、凜花が猫であった事実よりも信じ難いことだった。しかしいくら疑っても、久し振りに痛みを感じない頭と軽くなった体、スッキリとした視界が教えてくれている。自分はいつの間にか眠り、心地よく朝を迎えたのだと。

（眠れたのは、猫……朔月妃のおかげ……？）

まさか、あの占いが真実だとでもいうのか？　紫曄は信じられない気持ちで目の前の妃を見つめる。

「聞きたいことは色々あるが……ひとまず帰れ、朔月妃」

「……お言葉ですが、主上。あの……帰り道が分かりません」

「…………は？」

「いえ、あの、昨夜は散歩をしてて、そのうちに迷ってしまって衛士《えじ》を避けながら進んだらここに辿り着きまして……。その、ひと休みしようと潜り込んだので……ここがどこだかよく分からず……」

恥ずかしそうに小首を傾げ、紫曄を見上げる姿は甘える猫のようで愛らしい。が、その内容は『迷子です』と言っているだけだ。

しかし、正直に情けないことを言った凛花は正解だった。無意識ながら、凛花は昨夜から、紫曄にとっての正解を出し続けている。ここへ迷い込んだことから始まり、虎だと主張し、今、適当な嘘で取り繕わなかったことまで。全て綱渡りだが、最善の道を選んでいる。

もし凛花が嘘を吐いたり、誘惑したりしていたのなら、紫曄は容赦なく全裸のままここから叩き出していただろう。基本的にそういった、後宮妃らしい後宮妃が嫌いなのだ。

「お前には野生の勘だとか、帰巣本能だとか、そういったものは備わっていないのか？」

「私、人なので」

「今の今まで虎だ虎だと言っていたのは誰だ」

「私ですが、だって、猫ではありませんから！」

そこは譲れない！　と、猫のような虎がクワッと牙を剥いた幻が見えたが、迷子の虎が牙を剥いたところでなんの威力もない。

凛花は気まずそうに目を逸らし、紫曄はハァと大きな溜息を吐く。

「気は進まぬが仕方ない。人をやってお前の侍女を呼び寄せる。侍女の名はなんという？　信用できる侍女を連れてきているだろう？」

その言葉に凛花は眉を寄せ、大きく首を傾げた。

「お言葉ですが主上、私は侍女を連れてきておりません」

「何？」

予想外の返答に紫曄も首を傾げるが、そういえば……と思うことがあった。

彼女は一人で月華宮《げっかきゅう》へ来た。こちらから迎えをやったが、普通なら州候である父親や侍女、献上品など様々と共に訪れるもの。

しかし凛花は品物も人もなく、雲蛍候の挨拶すら書状一枚だった。凛花のたった一人での後宮入りは、後継ぎであった一人娘を、三年前の神託で奪った皇帝への抗議と受け取っていたが――

「何故、連れてこなかった？」

「……許されませんでしたので。故郷の者とは、全て国境《くにざかい》で別れました」

「何だと……？　国境《くにざかい》で？　それじゃあお前、道中も一人だったのか」

「はい」

――信じられない。

とんでもない悪意から、彼女は一人で後宮入りさせられていたのだ。

州候の姫を、後宮に入り妃となる者をそんな風に放り出させた……。迎えの兵や宮女が悪さをしなかった幸運に感謝すると共に、紫曄は腹の底にひんやりとしたものを感じた。こんな思いもよらぬところで、まだ三年目の新米皇帝であることを思い知らされるとは、と。

これは、先帝の下で好き勝手していた官吏がまだ残っている証拠だ。特に、紫曄が進んで足を踏み入れない後宮はその傾向が強く、管理を受け持つ宦官《かんがん》の長もその一人だ。

「……それは、申し訳ないことをした。手違いだった。本来なら後宮へは侍女を伴い入る。それから故郷の者たちも、希望するなら月華宮《げっかきゅう》までの随行が許され、州候は拝謁も叶う」

「え……っ、そうだったのですか」

凛花は驚き一瞬複雑そうな表情を見せたが、次の瞬間にはニカッと笑い、言った。

「でも、よかったです！　両親は確かに心配してましたし、悔しがってもいましたが……。今はちょうど貴重な薬草の収穫時期なんです。私の随行に人を割かずに済みましたし、お迎えに来てくださった皆も良い方ばかりでした。主上には感謝しております」

薬草の収穫などと、また少しずれたことを言い笑う凛花に、紫曄もつい笑みをこぼしてしまう。

「雲蛍候にはあとで書状を送り、後宮入りに際した手違いを詫びよう」

雲蛍州は国にとって大切な土地だ。珍しい薬草が採れることもあるが、国の端に位置するその地は他国と隣接している。現在、隣国とは友誼を結んでいるが、遡れば戦火を交えた間柄だ。穏やかな風土の雲蛍州は、両国の緩衝材として重要な役目を担っている。

（雲蛍候に不信感を持たれても、お互いにいいことはない）

小さなほころびや不満は、いつ良からぬ方向に利用されるか分からない。それに、この娘をこのように育てた父親だ。きっと悪い人物ではないはず。

（そんな人間に恨まれたくはないし、恨ませたくもない）

紫曄はそう思い、皇帝とは面倒で嫌な仕事だと、なんだか疲れた気分で榻《ながいす》に腰掛けた。

「ハァ。……ああ、お前も座ればいい」

立たせたままにすることもない。そんな軽い気持ちで凛花の腕を引いたが、凛花がギクリと身を固くしたので、紫曄はハハ！　と笑い声を上げた。

後宮で女に触れ警戒される皇帝は、なかなかいないのでは？　凛花の斬新な反応が紫曄には可笑しくて堪らない。

「なっ……なんですか、なんで笑うんですか！」

心細そうに羽織の胸元を掻き寄せて、凛花は紫曄を拗ねたような顔で睨む。

「大丈夫だ、手を出したりはしない。そうだな、ひとまずお前に着替えを……」

「――主上、お目覚めですか？」

房の扉の向こう側から声が掛けられて、今度は凛花だけでなく、紫曄もギクリと体を固まらせた。

紫曄は扉に向かって「少し待て！」と言うと、凛花に「静かにしていろ」と言い付け、床に散らばった衣を適当に着て扉へ向かった。

（ど、どうしよう……!?）

凛花は身を縮こまらせ、扉と紫曄の背中を見つめていた。

あの声はきっと皇帝付きの侍従《じじゅう》だ。いや、声が高かったので女官だろうか。今、もし、扉の向こう側にいる人物に見つかってしまったらどうすればいい？　どうにかしようがあるのか？　この状況で――!?

ほとんど裸に近い凛花の姿はどう見ても普通ではない。その前に、皇帝の私室に女がいること自体がおかしい。臥室《しんしつ》にいるのならまだしもここはただの居室。

（どう見ても侵入者だ。しかも裸……皇帝に夜這いを掛けた不審者として捕縛されるのが当然では……!?）

凛花はどうか見つかりませんようにと……！　と羽織った上衣《うわぎ》を頭から被り、榻《ながいす》の陰に丸まり隠れた。速まった鼓動が身中に響いてうるさい。

（どうしよう。静かにしているようにと言って私をここに残したってことは、主上は私を隠してくれるつもりよね？）

さっき『帰れ』とも言っていたし、侍従《じじゅう》に侵入者として引き渡すようなことはしないだろう。しかし、凛花にはまだ皇帝――胡《こ》紫曄という男のことがよく分からない。

謁見で儀礼的な挨拶を交わした時、虎の姿で抱かれた夜、押さえ付けられた朝。それからついさっき、後宮入りについての手違いを詫びた姿。評判と同じかと思えば違っていて、その顔がコロコロと変わるものだから捉えどころがない。分からない。信用しきれない。

（まあ、私が昨晩の虎だって理解してくれて、話をしてくれただけでも信用するべきとは思うけど……）

どれほど理不尽な目にあってもおかしくなかったのだ。相手は皇帝、国の最高権力者。だというのに、紫曄は凛花の秘密をあっさりと受け入れ、信じてくれた。

（おかしいよね？　皇帝ともあろう人が、こんなに簡単に私のことを受け入れる？　……あ。もしかして主上も、私の虎化《とらか》のような重大な何かを抱えている……とか？）

「——神託？」

凛花が後宮へ入る羽目になった元凶だ。まだ知らないその内容は、人虎《じんこ》なんて珍妙な存在が気にならないほどの内容だというのか？

「え、虎化《とらか》が気にならないくらい重大なことって……何？」

まさか、自分を後宮へ入れないと国が亡ぶとか、世継ぎができないとか、本日から白虎は国の神獣です！　とかそんなことか？　と、凛花は思い付く限りの重大な事柄を並べてみる。だが、どうにもしっくりこない。

そもそもだ。皇帝はこの神託を信じているのだろうか？　朔月宮の庭はあの様で、初夜は放棄。神託で迎えた大事な妃という扱いには思えない。

「分からないなぁ……」

凛花は閉じられた扉を見つめ呟いた。

◆

しばらくの後、重い扉が開いた音がして、凛花は隠れながらそちらを窺った。

「おい？　ああ、そこか。猫、出てこい」

「……だから虎ですってば」

榻《ながいす》の上から覗き込まれ、ホッと息を吐きつつ凛花が立ち上がると――

「あ！　そちらが朔月妃さまですね！」

紫曄の後ろからそんな声が飛んできた。

「えっ」

他にも人がいたのか！　と、凛花は咄嗟に背もたれに身を隠したが、紫曄が『大丈夫だ』と頷いたのを見てそうっと顔を出す。すると目に入ったのは、意外な姿の人物だった。

「月にもたらされた出会いと機会に感謝いたします。はじめまして、朔月妃さま。僕、黄兎杜《こうとと》と申します」

にこにことと微笑む可愛らしい男の子が、そう名乗った。

「え？」

この子が主上の侍従《じじゅう》？　背丈は隣に並ぶ紫曄の腰ほどで、子供らしい丸い頬に高い声。どう見ても子供だ。

「わぁ……朔月妃さまって、とてもお綺麗な方ですね！　ね、主上」

「まあそうだな。その髪と目は我が国では珍しい」

「もう、珍しいだけではないじゃないですか」

確かに凛花の容姿は月魄国《げっぱくこく》では相当に珍しいものだ。皇都に近ければ近いほど、人々の髪は黒が多く、瞳も暗い色が多い。雲蛍州のように元々は違う国で、後に吸収された辺境の地になればなるほど、金や銀、赤などの目立つ色の髪や目を持つ者が多い。そのせいか宮中では、黒髪でない人間を差別する者も少なくないと聞いていたが……

（この主にしてこの侍従《じじゅう》なのかな。珍しいものにも物怖じしないっていうか）

「朔月妃さま、我が主はこのようにお言葉が足りない方ですけど、これでもお美しいと褒めてらっしゃるつもりなんです。お許しくださいね」

「え、ええ。大丈夫よ」

凛花を見上げる笑顔は八歳程度。しかし、それでも男だ。まさかこの幼さでもう宦《かん》官《がん》になっているのか？　と、凛花はつい複雑な気持ちで見つめてしまう。

「この者は信用できる者から借りてきた。この通りまだ子供だが、しっかりしていて頭も切れる。末は高官かという秘蔵っ子だ」

「主上ってば！　お褒めに預かり恐縮です！　御治世はしっかり支えて差し上げますから、僕が大人になるまで頑張ってくださいね？」

「ああ、斃《たお》れぬよう努力するさ」

皇帝に向かって随分と遠慮のないことを言う子供だ。秘蔵っ子って、一体どこの秘蔵なの？　あっ、まさか主上の追放されたはずの弟とか、実は隠し子とか……？　なんて。凛花は二人の気さくなやり取りを眺めぼんやり考える。

「おい、猫。寝るなよ？」

「ですから主上、猫じゃないです。あと寝てません！」

「まあいい。いそぎこれを着ろ。宦官《かんがん》の衣装だ。早朝のこの時分ならば人目につかず朔月宮に帰れるだろう」

「あ、はい。えっ、でも私は道が……」

「兎杜が案内をする。まったく、猫のくせに方向音痴だとか本当にどうなってるんだ」

「だから猫じゃないですってば！　と……っ」

「虎です！」と口にしかけたところで、紫曄がずいっと顔を近付け「お前、口にしていいのか？」と小声で言った。兎杜の前で『虎』と言ったところで意味不明ではあろうが、しかし才気溢れるというこの子には聞かれないほうがいい気もする。

凜花がチラリと兎杜を窺うと、兎杜はニコッと笑い生温かい視線を返した。

「お可愛らしい愛称ですね！　仲がよろしくて何なによりです」

「兎杜、猫っていうのは別に……」

「大丈夫です。主上だけの特別な呼び名なんですよね？　誰にも言いません！」

後宮の近くで暮らしているので、僕にも少しですが分かります！　と、兎杜は頬をほんのり染めて胸を張る。

「それにしても……朔月妃さまは初日から大変でございましたね」

「え？」

眉を下げ、気遣わしげな兎杜の言葉に頷きかねていると、紫曄が耳元で囁いた。

「分からぬか？　猫の愛称に、目立つ容姿のお前がこんな場所でその格好だ。兎杜なりに後宮らしい事情を察したのだろう」

迷子になり皇帝の私室へ侵入し眠りこけ、帰り道が分からなくなる妃……なんていう事情を察したと？

「何故か男物の上衣《うわぎ》だけを着ている新参の妃、こっそり帰すために外部から兎杜を呼び、宦官《かんがん》の衣装を用意した俺。後宮風に事情を考えれば――『古参の妃が意地悪く新参者の初夜を潰したが、美しい妃に心を奪われた皇帝が無理矢理に私室へ連れ込む。寵愛を受けた妃の衣装は駄目になり、これでは帰れないと新参の妃が泣く……』ので、兎杜を呼んだというところか」

「寵愛……⁉　他人事のように言って、皇帝って自分のことじゃないですか……！」

「まぁ、昨夜の過ごし方も、後宮風に言えばそうとも言えなくないかと思ってな」

二人の脳裏に浮かんだ『昨夜の過ごし方』とは、虎猫の凛花を撫で、愛でて抱きしめぐっすり眠った一夜だ。

「いやいや、猫っ可愛がりしただけですよね？」

「文字通り、そうだな」

「ほ、本当に仲がよろしいのですね！　猫っ可愛がり……えへへ、ちょっと照れますね……」

子供らしいふくふくとした頬を染め、兎杜はもじもじそんなことを言う。

「事情……ですか？」

「兎杜、違うの……！」

「ほら猫、兎杜のことはいいから早く着替えろ」

あたふたと照れているのは凛花だけ。紫曄はなんでもない顔でそう言って、凛花に宦官《かんがん》の衣装を投げた。手早く着替えた凛花は髪を結うと、頭巾を被って目立つ髪を押し込み隠した。

「それでは主上、お暇《いとま》いたします。あの……ご迷惑をお掛けしました」

「ああ。悪くない迷惑だった」

またそういう言い方を……！　凛花はそう恨めしげに見上げるが、照れる兎杜が可愛らしいので、まあ許そう。

「兎杜、できるだけ人目に付かない道を選んで行ってくれ」

「かしこまりました！　それでは朔月妃さま、参りましょう」

兎杜はニッコリ笑うと、よいしょ！　の掛け声と共に、凛花が入ってきた窓へ手を掛けた。

「できるだけ人目に付かないように……とのことですので、壁伝いに歩き庭園を抜けていこうと思います」

「でも衛士《えじ》がいるでしょう？」

「はい。でも大丈夫です。僕は後宮への立ち入りを許されていますが、外部の者ですので目立たぬよう裏道を通ってるんです」

だから衛士《えじ》たちとは顔見知りなので問題ないと、兎杜は緊張気味の凛花に向けて微笑む。

「そうなのね。……ねえ、聞いてもいい？　兎杜は宦官《かんがん》……なの？」

「いいえ、僕は宦官《かんがん》ではありません。まだ子供ということで後宮の出入りを許されているんです。実は、主上のお側にお仕えしてますが、僕の正式な所属は月華宮《げっかきゅう》大書庫なんですよ」

「大書庫⁉」

思わぬところで『書庫』と聞き、凛花は前のめりになった。噂に聞く『月華宮《げっかきゅう》大書庫』の存在は、凛花が後宮入りに悲嘆しなかった理由の一つだ。

凛花には、後宮で成したい目的がある。

それは、『人虎《じんこ》』という珍しすぎる体質を改善すること！　それにはまず、国中の書物が集まるという大書庫へ行きたいと思った。人虎《じんこ》や人狼など、人が獣に変わる話は古今東西いくつも残っている。凛花と同じく月を見ることが引き金となるお伽噺や神話もある。

だから凛花は、一族以外の変化《へんげ》の事象について書庫で調べ上げ、できれば改善策を見付けたいと思った。改善できないまでも、変化《へんげ》への衝動や、内なる虎の影響力を抑えられたらいいと考えている。

（それに、もしかしたら虎化《とらか》は一族に伝わる病ではなく、呪《まじな》いかもしれないしね……）

もしも呪《まじな》いだとしたら、書物や医薬ではなく神月殿《しんげつでん》に頼るしかない。しかし『人虎《じんこ》』は一族の秘密。それに神月殿《しんげつでん》が虎化《とらか》をどのように解釈するか分からない。

（月の使徒だとでも思ってくれたら幸運だけど、月の女神への冒涜とも言われかねない。それにもし使徒と解釈されたとしても、解呪はせず、神獣だとかで監禁される可能性もある）

正直、神月殿《しんげつでん》は怖い。神託一つで皇帝の妃を選出できる機関だ。凜花としては、あまり関わり合いになりたくないのが本音ではある。

「兎杜、大書庫はどんなところ？」

「そうですね……とにかく広いです！　場所は輝月宮《きげつきゅう》の手前辺りで、主上も私的なお時間によくいらっしゃるんですよ」

主上は読書がお好きなのかと思ったが、私的な時間ということは夜だろうか。後宮へ行かず書庫へ籠るだなんて……やっぱり女嫌い説が濃厚か？　と凜花は思う。

「書庫にはですね、黄老師《ろうし》という『大書庫の主』と呼ばれる方がいて……まあ、僕の曽祖父なんですがね！」

「へえ！　ご自慢のおじい様なのね？　ね、老師はどんな方？　司書のお仕事をされているの？」

「はい！　老師はとっても厳しいんですけどお茶目なところのある方で、あ、櫨染色《はじぞめいろ》の袍《ほう》を着て、白い顎鬚を蓄えているので、見掛けたらすぐに分かると思います。司書のお役目もしてますが、本来は学者で、専門は薬学と神仙《しんせん》についてなんですよ」

「神仙《しんせん》？　老師は神月殿《しんげつでん》とも親しくされてらっしゃるの？」

もし親密なら警戒すべき相手かもしれない。凛花は心の中でそっと身構える。

（櫨染色《はじぞめいろ》は、神聖な月の色とされる『黄』に近い色だ。赤みがかった深い黄色なんて、神月殿《しんげつでん》に近いか、よっぽどの地位でなければ着ることを許されないはず）

「いえ、そういうことではありません。創世神話に、『月の女神さまが土地をお創りになり、その御使いが万能薬を授けてくださった』というくだりがありますでしょう？　だから薬学を研究する上で、神仙《しんせん》や神話の研究は欠かせないそうなんです」

「ああ、それは分かるわ」

薬草の栽培が主産業である雲蛍州でも、古い言い伝えから薬草の原種を見付けたり、神話が栽培方法の手掛かりとなることがあった。

（そうだ。なんでそこにもっと着目しなかったのか……！　故郷を出る前に、虞《ぐ》一族に関する言い伝えをもっと調べておくべきだった……）

あのお伽噺、『山で月見を楽しむ人虎《じんこ》』の虎はどんな虎だった？　何を食べ、何を飲んでいた？　蔵の奥に、一族の人虎《じんこ》についての言い伝えが眠っていたかもしれないのに！　凛花は、もう調べに行くことはできない故郷を思い、悔しげに目を伏せる。

「朔月妃さま。もうお祭しのご様子ですが……」

「え？」

「残念ながら、朔月妃さまが書庫へお越しになるのは難しいかと。その、大書庫は月《げっ》華宮《かきゅう》の表側にあるんです」

「あ……ああ、そうよね」

曇った表情をそのように解釈してくれたのか。しかし、それは困った。後宮妃は特別な行事でもない限り、外へ出ることは叶わない。

「ですが貸し出しはしていますので、読みたいものをお申し付けください！　僕が持って行きますから！」

「わ、嬉しい！　兎杜が特別に出入りできているのは、そのお役目もあるからなのね？」

「はい。先日も薄月妃《はくげつひ》さまにご本をお届けしました」

（薄月妃さま……確か、朔月妃である私の一つ上の位の方よね？）

後宮入りの前に勉強した序列表を思い浮かべる。そして凛花は、数日後に控えている『先輩月妃への挨拶回り』のことも思い出してしまい、うんざりとした気分になった。

（挨拶用の手土産は手配できてるはずだけど、月妃《げっぴ》さま方の人柄も頭に叩き込まなくちゃ）

　侍女の麗麗に聞けば分かるだろうか。一応の人となりは予習してきたけど、情報が古いとも限らない。後宮で目的を達成するためにも、この挨拶回りは失敗できない。

（私は、主上の寵を争うことなんかせず、薬草畑を作って、書庫通いをして体質改善に励むんだから……！）

　ああ、それなのに。後宮入り初日から早速やらかしてしまった。

　この朝帰りは、絶対に誰にも見つかってはならない。万が一、人の口に上るようなことになったら、凛花の計画はいきなり頓挫してしまう。

　挨拶回りは荒れ、後宮の闘いに巻き込まれ、体質改善どころか、自身と雲蛍州の安全のために時を費やすことになる。

「はぁー……」

「朔月妃さま？　お疲れですか？　……あっ！　お、お疲れですよね、失礼しました！」

　と、やはり後宮らしい解釈をした兎杜が顔を赤くして言う。

「ううん、大丈夫よ。……ねえ、そういえば、兎杜は主上と親しげにお話してたけど、主上って皆に対して気さくな方なの？」

「いえ、皆に対してでは。政務中の主上は正反対の雰囲気ですし。ええっと……老師は朝が早くて、僕も早朝から一緒に書庫へ行くんですけど、主上もよくいらしてるんです」

「早朝に？」

「はい。主上もお忙しいので、自由になるお時間が早朝なんだそうです。幼い頃から曽祖父に付き従っている僕のことも主上は可愛がってくださって……書庫で朝食をご一緒したりしてるんですよ」

「お食事を？　黄老師も兎杜も、随分と主上に信頼されているのね」

（面倒事に発展しかねない私のことも任せたくらいだし、書庫の老師は特別な方なのかな……）

「はい！　光栄なことです。あ、でも朔月妃さまという寵姫《ちょうき》ができたなら、もう早朝には来なくなっちゃうかもしれませんね……」

「ちょ、寵姫《ちょうき》って！　私はそんなんじゃないのよ？」

「そんな、ご謙遜を。とても可愛らしい愛称で呼ばれてらっしゃったではないですか。ふふ、朔月妃さまはお美しいだけでなく、お可愛らしい方なのですね！」

「いえ、本当に違うの……あと猫でもないのよ……」

私は虎なのよ……。凛花はそう心の中で付け足し呟いた。

◆

「さあ、朔月妃さま。こちらがあなたさまの宮、朔月宮ですよ」

「ありがとう！　兎杜！」

裏道を通ってきたので、ここは凛花が涼んでいたあの寂しい庭のちょうど裏手だ。目の前の塀を乗り越えれば、開けたままの大窓よりこっそり中へ戻ることができる。

「それじゃあ私はこれで。よっ……」

「さ、朔月妃さま⁉　待って！　塀を乗り越えるなんて無理ですよ！」

凛花はよじ登ろうと塀に足を掛けた。薬草畑で仕事をし、野生の薬草や茸を採取するために崖を登ったこともある。だからこのくらいの塀……と思ったのだが、侵入者を想定しているのか微妙に反っているし、崖とは違いツルツルしていて手や足を掛ける隙間がない。

「そうね。意外と難しいみたい」

「早く下りてください！　僕が今、侍女か宮女を捕まえてくるので通用口から――」

「そこで何をしている！」

ザッ、と砂利を踏み締める音がして、塀に張り付く凛花に矛が突き付けられた。

「朔月妃さま‼」

兎杜が声を上げ、矛と凛花の間に立ち腕を広げる。

「兎杜⁉　待て、今……朔月妃さまと言ったか⁉」

「そうです！　だから麗麗、矛を収めてください！」

兎杜の口から覚えのある名が出て、凛花はそろり顔だけで後ろを振り向いた。

「麗麗……？　あの、私です。ごめんなさい、矛を収めてください」

「凛花さま……！」

何故こんな早朝に、こんなところに麗麗がいるの⁉　凛花は矛を構える、勇ましい姿の侍女を見つめた。そして兎杜も、驚いた顔で麗麗を見上げ硬い声で言う。

「その衣装……もしかして、麗麗は朔月妃さまの侍女なんですか？」

「そうだ。兎杜は何故こんなところに？　何故朔月妃さまとご一緒なのだ？　兎杜が凛花さまを連れ出したのか？」

矛を下げた麗麗ではあるが、未だ柄を握る手から力を抜いていない。それに低く厳しい声色は、利発とはいえまだ幼い兎杜を怖がらせるには十分すぎる。

「麗麗、違うの！　勝手に散歩に出て、迷った私を兎杜が送ってくれただけなの！」

「――兎杜が、ですか？」

凛花が大きく頷くと、麗麗の顔色がサァッと変わった。そして完全に矛を収め、まだ体を強張らせている兎杜に駆け寄り訊ねた。

「兎杜。まさか、凛花さまは後宮からお出になられたのですか」

「いいえ！　出ていません！　えっと……どうしようかな、ここで話すのはちょっと。でも麗麗、朔月妃さまは後宮の範を犯してはいません。安心して。大丈夫です」

その言葉を聞き、麗麗は顔色を戻しフゥと息を吐いた。月妃といえども、後宮の外に出てはならないという禁を破ったのなら、生温い処罰では済まされない。

「よかった……肝が冷えた」

兎杜は後宮の外の人間。麗麗は、外へと迷い出てしまった凛花を、兎杜がこっそり連れてきたのではと思ったのだ。

「僕もヒヤリとしましたよ！　武器を取るなんて麗麗らしいですけどね。さ、お話ししておいたほうがいいこともありますし、中へ入れてください。麗麗」

「そうですね。凛花さま、兎杜もこちらへ」

麗麗は、宮女が使う通用口からこっそり二人を招き入れた。序列最下位である朔月宮は人が少ないので、こんな裏手での騒ぎに気付く衛士《えじ》はおらず、下働きもまだ寝床の中。こうして凛花は、難なく朔月宮へと戻った。

「凛花さま、このような場所ですがご容赦ください」

「ええ。私もこんな格好だしね」

　ここは訪れた客人を待たせるための小さな間だ。外部の者であり、一応は男である兎杜を通せる場所は限られている。それに今は、凛花も宦官《かんがん》姿。用心をするに越したことはない。

「それで、兎杜。どのような経緯で凛花さまを見つけたのです？」

「はい！」

　とてもいいお返事である。ああ、嫌な予感しかしない……！　そう思う凛花をよそに、兎杜は満面の笑みで事と次第を麗麗に説明をした。

「お疲れのご様子で書庫に現れた主上に命ぜられ、宦官《かんがん》の衣装を用意し朔月妃さまをお連れしたのです」「房室《へや》におられた朔月妃さまは、主上の上衣《うわぎ》を羽織っただけのお姿でしたので、御寵愛を受けたのでしょう」と。

　兎杜の言葉は止まらず、言葉を聞く毎に麗麗は目を見開き、凛花を見ては息を呑んだ。そして「お二人はとっても、とっても親密なご様子でした！」と兎杜が言葉を結ぶと、麗麗は跪き凛花の手を取り言った。

「凛花さま、おめでとうございます。お体はいかがでしょうか？」

「いえ、あのね麗麗……」

　すっぽかされたはずの初夜が成った。どの妃も寵愛を受けていない今、最下位の妃で、新参者の凛花が一気に他の妃を追い越したことになる。後宮妃としてはこの上なくめでたいことだ、本来ならば。

「あの、麗麗、私からも説明を……」

そこに兎杜が『もう一つ、とっておきのお知らせです！』と追い打ちを告げる。

「主上は朔月妃さまを『猫』と、それはそれは愛おしげに呼んでらっしゃったんですよ！」

「なんと……！　愛称まで賜ったのですね、凛花さま」

「え、いいえ、違うのよ麗麗！　兎杜もね、アレはそんなんじゃないのよ、ほんとに！」

大きく首を振り否定して、跪いたままの麗麗を覗き込む。すると、少しダブついていた凛花の襟元から、シャラリと音を立て紫の紐が零れ落ちた。

「り、凛花さま、この紐は……」

「あ、これは……」

それは紫曄が、猫の首に巻いた髪紐だ。

「私物を下賜されたなんて……！」

皇帝『紫曄』の名と、その瞳と同じ紫色の見事な紐だ。誰から受け取ったかなど聞かなくとも分かる。麗麗はニンマリ顔の兎杜と顔を見合わせて、そして凛花を見上げて誇らしげに頷いた。

「いやだから、そんなんじゃないんだってば……」

すっかり崩れた言葉遣いで呟くが、凛花が何を言っても二人は照れ隠しとしか取ってくれない。ここは後宮。皇帝の寵愛を受けることが、妃の一番の仕事であり目的だ。いくら「違う」と凛花が言っても、初々しい妃だと微笑まれてしまう。しかし、だからと言って「抱き枕になっただけだ」と真実を告げても、虎の姿だったことを言えなければ、今度はただの惚気になってしまう。

（ああもう、どうして後宮って場所はこうなの……！）

凛花がそう頭を抱える中、麗麗は喜びが溢れたのか、壁に立て掛けていた矛を手に取り、ブゥン！　と一振りし、溌溂《はつらつ》とした笑みを浮かべていた。

兎杜を帰した後、凛花は宦官《かんがん》の衣装から楽な部屋着へと着替えを済ませる。

「ねえ？　麗麗って普段はああいう感じの喋り方なのね」

「……お見苦しいところをお見せしました」

「ううん、ちょっと驚いただけよ。それよりも！　麗麗は矛を使えるの？」

「はい。我が家は代々武官の家系ですので、ある程度は仕込まれております」

「そうなのね。頼りになるわ」

いや、麗麗の腕は『ある程度』などではないだろう。武術の心得はないが、日常的に護衛を受けてきた凛花だから分かる。

(麗麗のあの構えと鋭さは嗜みを超えてる)

後宮で侍女をしているのが不思議な腕なのでは？　と凛花は思った。そして、それからもう一つ。

紫曄と話し、凛花は確信したことがある。現在の後宮において、朔月妃に仕えることは貧乏くじでしかない、と。後宮入りの際の手違いだけではない。きっと凛花がまだ気付いていないだけで、細かな手違いがこの宮には様々起きていそうだと。

そんな中で、侍女としても有能そうで武術の心得もある麗麗が、何故自分に仕えてくれたのか凛花は疑問に思う。

「そうだ、兎杜とも知り合いだったのね」

「はい。あの子とは以前の職場の関係で知り合いまして……。後宮で顔を見掛けたのでとても驚きました」

(以前の職場？　麗麗も新参者なの？　なるほど、それなら私に仕えてくれた……ううん、私に付けられたが正解かな？　納得だわ。麗麗は貧乏くじを引かされたのね……)

申し訳ないと思うが、これぱっかりはどうにもならない。たいした後ろ盾もない辺境州の姫である凛花には、何かをしてあげられるだけの力はないのだ。

「ところで凛花さま、宮女官長《きゅうじょかんちょう》へのご報告は如何いたしましょう」

「宮女官長《きゅうじょかんちょう》に報告？」

昨夜の、いわゆる『御寵愛』の件か。

「はい。我々、後宮の女官と宮女を統括している者ですが……如何いたしますか？」

凛花はわざわざそれを訊ねてきた麗麗の意図も含め、ちょっと考える。だって、もし『御寵愛』の報告が義務ならば、麗麗は凛花に訊ねたりしないだろう。

（今の後宮に皇后は不在。月妃《げっぴ》の中から寵愛を受ける者が出たならば、宮女官長《きゅうじょかんちょう》としては知っておきたい情報のはず……）

「麗麗、報告は少し待ってくれる？」

「理由をお伺いしてもよろしいでしょうか」

（あれ？　もしかしてこれ、私がどの程度まで仕えるべき主人なのか、見極めるための質問だったりしない？）

そう感じた凛花の頭には、紫曄の口から出た『後宮入りの際の手違い』という言葉が浮かんでいた。

もし、その手違いが他の妃の意地悪だったのなら、『御寵愛』に関しては慎重になったほうがいい。立場や視点が変われば、寵愛は利にもなるし損にもなる。損ならまだいいが、皇帝からの愛なんてものは、毒にも薬にもなる扱い難い劇薬と同じものだ。

(それにしたって、寵愛なんて言われるのは不本意ではあるのだけどね……⁉)

だが、望むと望まざるとに関わらず、凛花はもう、後宮という舞台にしっかり上げられてしまった感が否めない。

(ああ……私の体質改善研究暮らしの計画が遠ざかってしまう)

せっかく後宮の奥の端っこの宮を貰ったのに！　と凛花は憤るが、虎の本能に負けて散歩に出たのは自分だ。こうなったからには仕方がないので、少しでも計画に近付けるよう路線変更して臨むしかない。

「麗麗、私は現在の後宮についてよく知ってから考えたいと思うの。だから報告は保留にしておいて」

「かしこまりました。ですが多少の噂は流れると思われますが……？」

「そうね。でもね麗麗、昨晩の件は事故のようなもの。主上だってあっさり忘れるわ。もうお召しなんてないでしょうし、報告が遅れようが噂が流れようが大丈夫よ」

凛花はカラッと笑って言ったが、麗麗は首を傾げ「お言葉ですが……」と口を開く。

「凛花さま、首の紐は執着とも申します」

「ああ」

(でもこれは私の首に巻いたわけじゃなくって、ただの猫の首輪代わりなのよね)

しかし虎化《とらか》は秘密であるが故に、真実を言うことはできない。

「でもほら、外しちゃえば関係ないわ」

凛花は首に巻かれた紐をあっさり外して、滅多に開けないだろう宝石箱に仕舞って言った。

第二章　皇帝の抱き枕

数日後の朝、凛花は麗麗を伴い厨房に顔を出していた。もちろん本来は、凛花が足を踏み入れるような場所ではない。

「さ、朔月妃さま⁉　このような場所にいらっしゃるなど……！」

予想外の人物の登場に、厨師長《ちゅうしちょう》は裏返った声を上げ、下働きたちは床に平伏した。

凛花や女官、宦官《かんがん》の朝食は済んでいるが、下働きたちはこれからやっとの時刻。他の宮に比べれば規模が小さく、人の少ない朔月宮でもこの時間は忙しい。突然現れた主など正直邪魔でしかないが、そんなことを言えるはずもなく皆ただ恐縮している。

「厨師長《ちゅうしちょう》、皆も邪魔をしてごめんなさいね。さ、顔を上げて仕事を続けて？」

凛花は精一杯『朔月妃』らしさを意識して、滅多にやらない良家の子女風の振る舞いで微笑む。ここは雲蛍州ではないので、素の凛花では駄目なのだ。ここでは美しく慈悲深い後宮妃であると、額づく価値のある主だと思わせなければならない。それも妃の仕事のうちと凛花は思っている。

「それで厨師長《ちゅうしちょう》、お願いしていた『月妃餅《げっぴもち》』は書き付け通りに作れましたか？」

「はい！　ご指示通りに！」

『月妃餅《げっぴもち》』とは、後宮に入った妃が挨拶回りの時に持参する菓子で、月を模した掌大の丸い餅のことをいう。妃自身の自己紹介を兼ね、出身地や家にちなんだ趣向を凝らすのが慣例だ。

「こちらにご用意しております！」

厨師長《ちゅうしちょう》にしては年若い男が、緊張の面持ちで箱を差し出した。

並んでいる餅は全部で十個。白いものと翡翠色のものが五つずつ。その数は皇后望月妃と八妃、皇帝を意味している。

「白は加密列《かみつれ》と食用菊を散らした『花餅《はなもち》』で、翡翠色は蓬《よもぎ》を混ぜ込んだ『翡翠餅《ひすいもち》』になります。餡は白餡と小豆餡にいたしました」

使われている材料はどれも雲蛍州らしいもの。安眠や気持ちを穏やかに鎮めたり、美容効果などがある。

「うん！　見た目も香りもいいし、味も……美味しいわ。ありがとう厨師長《ちゅうしちょう》。後日、皆にも振る舞い菓子を届けますね」

凛花がそう言い微笑むと、麗麗は積んであった月妃餅《げっぴもち》の箱をひょいっと片手で持ち上げた。中身の餅だけなら重さはそれ程でもないが、これは月妃《げっぴ》への贈り物だ。箱は文箱《ふみばこ》に似ており、優美な装飾が施された漆塗り。予備も含め十箱となればなかなかの重さと高さになる。

「ご苦労様でした、厨師長殿《ちゅうしちょう》。さ、凛花さま参りましょう。お支度をしなくては！」

見事すぎる麗麗のその腕力に、凛花のみならず厨房中の目が釘付けになっていた。

◆

それから少し後、銀の髪を結い上げ、着飾った衣装の凛花が朔月宮の門を出た。

他の後宮妃——序列順に上から弦月妃《げんげつひ》、眉月妃《びげつひ》、暁月妃《ぎょうげつひ》、薄月妃——のもとへ入宮の挨拶に向かうため、各宮へ通じる大通りを歩く。この時間は、宮女の姿も多い。凛花の姿に気付き、道を開けた彼女たちのお仕着せの色は様々だ。紅梅色《こうばいいろ》、鴇鼠色《ときねずいろ》、金茶色《きんちゃいろ》、薄萌木色《うすもえぎいろ》と、それぞれが仕える妃の色をまとっている。それは女官も同じで、凛花が連れている麗麗と二人の女官は朔月妃の色である白藍色《しらあいいろ》の帯を締めている。

身に着けている色や衣装によって、所属や身分が一目で分かるのが月華宮《げっかきゅう》だ。

「それでは凛花さま、最初は――」

「お待ちください」

と、麗麗の言葉を遮り声が掛けられた。朔月妃である凛花がいる場で、このような声掛けは無礼であり得ない。

だが、声の主を目にした侍女たちは一斉に拱手《きょうしゅ》の礼を取った。声の主は藤色の帯を締めた宦官《かんがん》。その淡い紫色は、皇帝の従者の印だったからだ。

「朔月妃さま、このような場所でお声掛けをするご無礼をお許しください。主上がお呼びでございます。今すぐお越しください」

その言葉に、凛花は小首を傾げて微笑み、麗麗たちは目を丸くしたり瞬いたり。そして周囲の宮女たちは足を止め、こっそり耳をそばだてた。

昼間の後宮に、皇帝の使者が訪れる意味は唯一つ。夜伽《よとぎ》の命だ。

「使者殿、今すぐと申されましたか?」

麗麗が訊ねる。聞き違えか? と思ったのは凛花だけではなかったようだ。使者は夜の予定を伝えるではなく、今、凛花を呼びに来たのだ。これは異例のことで、困惑するのも当然だ。

「はい。今すぐにとの仰せです」

凛花は麗麗と顔を見合わせ、小さく頷き口を開く。

「ですが使者殿。本日はこれから月妃《げっぴ》さま方とお約束が……」

「主上がお呼びでございます。朔月妃さま」

柔らかい言葉とは裏腹に、宦官《かんがん》の瞬きをしない目は『皇帝の命が聞けないのか？』と言っている。

「……かしこまりました。それでは麗麗だけ私についてきてください。あとの皆は、急用ができてしまい伺えなくなりましたと月妃《げっぴ》さま方に謝罪に回ってくれるかしら」

凛花は微笑み女官たちに告げると、麗麗と共に早足の宦官《かんがん》を追いかける。その道中、凛花は貼り付けた笑顔の下で紫曄へ毒を吐いていた。

（昼間っからなんなの⁉　こんなの絶対に噂になるし、他の妃から睨まれちゃうじゃない！　どうしてくれるのよ……⁉）

通常予定を伝えるだけの使者が、妃を皇帝のもとへ連れ出した。このことは瞬く間に後宮内へと伝わっていくだろう。閉ざされた後宮で、噂は娯楽であり命綱でもある。どれだけの噂を仕入れ、自分を取り巻く状況を正しく把握しているか。それがここで生き抜く術だ。

（そのくらい私にも分かるけど……）

どこかの宮女、女官とすれ違う度に刺さる視線。黒く、重く圧し掛かる後宮の空気を感じ取り、凛花は俯きそうになった。

だがその時、麗麗の手がそっと背中に触れた。『ああ、ここは後宮妃として俯いてはいけない場面か』と凛花は悟り、微笑みしっかりと顔を上げる。そして小声で麗麗へ言った。

「麗麗。あとで月妃《げっぴ》さま方へお詫びを送ります。それから挨拶訪問のお約束の取り直しをお願いできるかしら」

「かしこまりました」

(あ〜あ。実家の厨師に無理を言って教えてもらったお餅だったのになあ。厨師長《ちゅうしちょう》にも朝早くから作ってもらったのに……月妃餅《げっぴもち》、無駄になっちゃって勿体ない!)

傍目には、誇らしげな様子に見えた凛花だったが、その内心はこんなもの。しかし道を譲る女官や宦官《かんがん》たちは、『新参者のくせに生意気な』『土まみれの薬草姫がいい気になって』と、凛花に聞こえるようにヒソヒソ話を交わす。

(『土まみれの薬草姫』って、悪くないな)

薬草は故郷、雲蛍州の主要産業だ。自らも薬草栽培に携わり、誇りを持っている凛花にとって『土まみれの薬草姫』は誉め言葉だ。凛花はクスリと笑うと、ますます誇らしげに見えるよう、ツンと顎を上げ歩いていった。

連れてこられた場所は輝月宮《きげつきゅう》。この時間、紫曄は表側で政務を執っているはずだが、後宮妃である凛花を呼ぶため、わざわざこちらへ移動したのだ。

「主上、朔月妃さまをお連れいたしました」

「ああ。お前たちは下がれ。朔月妃はこちらに」

使者の他、室内にいた従者は命に従い扉の外へ。護衛と麗麗は入室を許されたが扉の前で待機だ。凛花は溜息を押し殺し、『正しい対皇帝作法』を思い出し静々と数歩前へ出ると、跪き首を垂れた。

「今更そういうのはいらん。いいからここまで来い」

紫曄が呆れたような声で言い、凛花を雑に手招く。凛花は少々ムッとしたが、大人しく紫曄の傍へ寄った。

「うわ」

あの朝以来の紫曄の顔に、凛花の口からそんな声が出た。

「……お前、本当に度胸のある女だな」

「失礼いたしました。……ご機嫌麗しゅう。主上」

ご機嫌など麗しくはなさそうだなあ。凛花は目の前の男にそう思った。立派な冠を着け、幾重にも重なる煌びやかな衣をまとった姿はまさしく皇帝だ。

しかし、気怠げに頬杖をつくその顔色は随分と冴えない。

「いい。お前にそういうのは期待していないし、望んでもいない。今更だ、普通に話せ」

そう言われても、さすがの凛花でも麗麗がいる前で、皇帝に向かって普通に話すのは勇気がいる。が、今更だと言われれば本当にその通りなので、まぁいいかと頷き口を開いた。

「ではお言葉に甘えて。主上、物凄いクマと顔色ですが……お忙しいんですか？」

「忙しい。しかしそれだけではなくてだな……」

頬杖のまま斜めに視線をくれて、凛花をじっと睨むようにして見つめると、紫曄は突然凛花を抱き寄せた。

「うわっ⁉」

「………チッ。違う」

「は？」

「朔月妃、猫になってくれ」

腰をグイッと抱き寄せ凛花を膝の上に乗せると、紫曄は小さな声で呟いた。

「はい？　主上、今なんて？」

「今すぐ猫になってくれ。お前の、あの柔らかい毛並みと温もりが欲しい」

今度は小声ではあるが、凛花をぎゅっと抱き寄せその耳元で言う。そしてその小声は、壁際の麗麗の耳にも届く。しかし聞こえるのは一部分だけで、今の言葉は『今すぐ……お前の…………欲しい』といった具合になってしまっていた。

新米侍女にはいささか刺激が強い内容で、麗麗は頬と耳を赤くさせ、足元の絨毯の柄を見つめた。侍女として壁際に控えている間、麗麗は人ではなくて壁だ。主である凛花に呼ばれない限り、そのまた主である皇帝紫曄に許されない限り、声を発することも動くこともしてはならない。今、麗麗に許されているのはここにいることだけ。

会話が聞こえてしまうこと、見えてしまうことは仕方がない。だが、意図して見聞きしてはいけないのだ。でも――

(凛花さま、やっぱり御寵愛は本物ではないですか……！)

麗麗は、耳に入ってしまう会話と、目の端に映る二人の姿を噛みしめ、心の中で矛を振り回しそう叫ぶ。その時、凛花がチラリと麗麗を見た。まさか心の声が聞こえるはずないが、麗麗はドキリとして背筋を正してしまう。

「……主上、今すぐ虎になるのは無理です」

凛花は麗麗に聞こえないよう、小さな小さな声で言う。

「何故だ」

紫曄は切羽詰まった顔で、額がゴツンとぶつかる程の距離で凛花に迫る。

その紫色の瞳はギラギラしていて、凛花は思わず息を呑み、腕を突っ張りその胸から逃れようとする。が、反抗的な腕は紫曄にあっさり捕らわれて、凛花は再び抱き込まれてしまう。

「猫になれないのは何故だ。答えろ、朔月妃」

「で、ですから！　あの、その前にちょっと離れて……！」

（もう！　疲れた顔してるくせに無駄に迫力はあるし、かすれ気味の声は色っぽいし……なんなのこの人！）

心臓が高鳴ってしまうのが悔しい。断られるなんて思っていない、皇帝らしい偉そうな態度が気に障るというのに胸が騒ぎ出してしまう。

凛花だって、元小国の辺境州だが跡取りの姫だった。それも一人娘。凛花の許しなく触れるような者はおらず、こんな風に正面から求められたこともない。あんな風に裸を見られたり、一緒に眠ったりした男も紫曄以外にはいない。

「駄目だ。お前、離したら逃げるだろう」

「皇帝相手に逃げれるわけないでしょう……!?」

「スルッと猫になって窓から逃げそうじゃないか」

「だから……！」

ぽんぽん交わされる言葉は、内緒話のようなヒソヒソ声だ。

ただ小声で話しているだけなのに、吐息が耳元をくすぐること、お互いの体温が伝わること、それから麗麗に見られていること。その非日常性が凛花の心臓をおかしくさせ、どんどん顔に熱が集まってきてしまう。

「月が出ていないから、今は無理なの……！」

今は虎にはなれない。凛花は壁際の麗麗に聞こえてしまわないよう、紫曄の耳に唇を寄せて言った。

「月？　夜ならいいのか？　どういうことか説明しろ」

なんでこの人こんなにしつこいの!?　そんなに猫が好きなの!?　凛花は執拗に食い下がる紫曄に呆れ、少々苛立ち心の中で重い溜息を吐く。

（適当に誤魔化して逃げ……いや駄目だ。むしろ私の秘密を知ってしまったこの人とは、一度ちゃんと話さなきゃいけない。この前は口止めも何もできなかったし……）

「主上、二人だけでお話がしたいです」

凛花は、麗麗にも扉の外にいる侍従《じじゅう》たちにも、更なる誤解を受けることを覚悟して、紫曄に人払いをおねだりするしかなかった。

◆

「それで？　話とは？　猫になる気になったか？」

二人きりとなり、凛花は溜息まじりで『体質』について話した。

月夜にしか虎に変化《へんげ》しないこと、虎が持つ特徴や能力は、満月に近い時期ほど昼間でも影響を受けること。

「だから、今は虎になれません。無理です」

「……チッ。せっかく時間を作ってきたというのに」

失礼すぎるその舌打ちに凛花はムッとしてしまう。まったく、こっちにだって予定があったのに、自分の都合ばかり！　と。

「そんなにお忙しいのに、どうして私を呼び出したのですか？　それに、何故そこまで虎の私をご所望で？」

「……眠れないのだ」

「え？」

紫曄はハーッと深く大きな溜息を吐き、抱えていた凛花の肩口にもたれかかる。

「不眠症だ。即位してから徐々に眠れなくなった。ここ一年はまとまった睡眠を取れていない」

「え？　でもこの前は……」

（私のことを抱き込んで、朝までぐっすり眠っていたじゃない？）

凛花が逃れることができなかったくらい、あの時の紫曄は深く眠っていた。なのに不眠症？　凛花は何が目的でそんな見え透いた嘘を？　と膝の上から紫曄を見下ろす。

「ああ。お前を――猫と戯れて、抱いていたら眠れたんだ」

「偶然じゃないですか？　ほら、疲れに限界がきて気絶したとか……」

「違う。気絶するなら四日目だ」

自信を持って言うことではないが、紫曄は経験上分かっている。こんな生活をもう一年も続けているのだ。自分が眠りに落ちる周期は把握している。

「朔月妃。お前のふわふわの毛並みと、柔らかく温かい体と肉球だ。絶対にアレのおかげで眠れたんだ。その証拠にだな、一昨日も昨日もいつもと同じで眠れなかった。二日連続で早朝に書庫へ行く羽目になった。だから――今夜こそは猫のお前を抱いて眠りたい。寝かせろ」

――眠りたい。

人間としての自然な欲求を口にする紫曄の言葉には、本人も気付かぬ熱が籠っていた。それは睡眠に対する欲であるが、凜花を欲しがる熱にもなっていて、真正面で聞かされる凜花はなんとも堪らない。『猫』への言葉だと分かっていても、こんな風に見つめられ、哀願されるように言われては、その熱に当てられ、悔しいがやっぱりドキリとしてしまう。

皇帝のくせに、さっきまでは傲慢に命令していたくせに、二人きりになった途端理由を話してお願いしてくるなんて。この人、俺様かと思えば意外と甘え上手なんじゃないの？　凛花の胸には、正体不明のモヤモヤがじわりと滲む。

「……猫じゃなくて、虎ですけどね？」

凛花はまたその言葉を口にした。モヤモヤと、ドキドキのお返しをしてやりたいが、何ができるわけもなく、言い返すこともこのくらいしか浮かばない。

その顔色を見れば、眠れない紫釉が不憫でならない。眠れないのは辛いだろうと、凛花は痛みを感じてしまっていた。

「虎？　いや、猫だろう。あんなに小さくてふわふわして柔らかい虎がいるか」

「いますもん。せめて虎猫って呼んでください、主上」

そして、凛花はふと思う。こんなに虎猫を求めているのなら、引き換えに自分の願いも叶えられるのではないか？　と。凛花の願いは、虎化《とらか》の体質を秘密にすること。

それから――

「取り引きをしませんか？　主上」

「何？」

「私は主上のお願いを聞き入れ虎猫になりましょう。ですからその代わり、私のお願いも聞いてください」

凛花はニッコリと笑い、紫曄はぎゅっと眉を寄せた。

「取り引きだと？　皇帝であり、月華宮《げっかきゅう》の主である俺と？　妃であるお前が？」

「はい。たった一つだけ、私のお願いを叶えてください。主上なら簡単なことです」

「……それが叶えば、大人しく俺の『抱き枕』になるんだな？」

「はい！」

抱き枕にくらいなってやる。ただ体温を貸して寝かし付けてやればいいだけだ。後宮妃として身を差し出すのは正直抵抗があるが、虎の体を貸し出してモフモフされるだけならば。それで願いを叶えられるのなら、不本意だけど『抱き枕』になろうじゃない！　凛花はそう思い、大きく頷く。

「分かった。取引をしよう。お前の願いを言ってみろ」

「私に、大書庫の黄老師をご紹介ください！」

「老師を？　何故だ。それにどうして黄老師を知っている？」

「兎杜に聞きました」

なるほど、と紫曄が頷く。兎杜は黄老師の曽孫だし、凛花が知る先としては納得だ。

「私には、やりたいことがあるのです」

凛花がこの後宮でやりたいこと。それは書庫で『人虎《じんこ》』について調べることだ。それこそが、凛花のもう一つの願い。

「私は薬草の産地である雲蛍州の者。薬草や薬学についても学び、後宮に入ろうとも故郷のために役立ちたいと思っています。ですから大書庫の主であり、学者でもあるという黄老師に教えを乞いたいのです！」

（うん、我ながら尤もらしい理由！　本当は『虎に変化《へんげ》する体質の改善』を調べたいんだけど、今の主上にそれを言ったら絶対に却下されるだろうしね）

「……お前、そんなに立派な姫だったのか？」

「あら。民に交じって畑仕事をすると聞いてますよね？　私は意外と立派で、故郷の産業発展に熱心な姫なのです！」

「胡散臭い。……が、分かった。老師に話は通そう」

やった……！　凜花は胸元でグッと拳を握りしめる。思った通りだ。紫曄は虎猫の凜花が欲しい。だからきっと、このくらいの願いなら叶えてくれると思ったのだ。

「お前、取り引きの条件は紹介だからな？　もし老師に師事することを断られても、しっかり『抱き枕』になれよ？」

紫曄は浮かれた顔を見せる凜花に、チクリとそう言った。

そう。凜花が持ちかけた取り引きは黄老師への紹介のみ。その結果までは約束していない、穴だらけの甘っちょろい取り引きだ。

「もちろんです。ご紹介いただければ、私はいくらでも主上の抱き枕になります」

分かってますよ。と、凜花は妙案でもあるのか涼しい顔で微笑む。てっきり顔色を変えると思っていた紫曄は肩透かしをくらう形だ。

「本当だな？　まったく……お前は何を考えているのだか。そもそもだな、後宮妃であるお前を俺の枕元に侍らすことに、取り引きも許可も要らないのだが？」

「まあ、主上。私の中の『虎』の許可が必要ですよ？」

「お前の中の……？　どういうことだ」

「確かに、主上はいくらでも、どんな風にでも、私のことをお好きにできるでしょう。ですが虎に変化《へんげ》するのは私です。私の意思……気持ちが伴わなければ、私は虎にはなれません」

変化《へんげ》は自動ではない。凜花に変わる気がなければ、どんなに月夜にうずうずしても勝手に虎にはならない。

「ほー。それは随分と生意気な猫だな」

「虎ですからね！　尊大でも当然でしょう？　猫と一緒にしないでください」

まったく。まだ猫呼ばわりするのか！　取り引きに『虎と呼ぶこと』と付け加えればよかったと凜花はちょっと思う。

「あと、虎化《とらか》のことはどうか秘密に」

この願いは口にしなくとも叶えられると確信していたが、ついでに一応伝える。

「お前も余計なことは言わないことだ」

凜花は皇帝紫釉にとって弱みとなる不眠症の事実を握っている。虎化《とらか》と不眠、秘密と秘密で相殺だ。

「しかし、なるほど。……お前の気持ちか」

凛花の虎化の条件は面白い。気持ちなどという不確かなものが必要だとは。

(それではこの猫を、その気にさせてやらなければな)

紫曄は久し振りに感じる感情の揺れを面白く思った。こんな取り引きを言い出したことといい、皇帝である紫曄を一人の人間扱いしているような言葉といい、この娘は本当に変わっている。きっと優しい環境で、真っ直ぐ素直に育ったのだろうとも思った。

(一応、元跡取り娘らしく言葉の裏や影響も考えられるようだが……)

元々の気質のせいか、やはり素直で甘いなと紫曄は苦笑する。

『主上はいくらでも、どんな風にでも、私のことをお好きにできるでしょう』と言っていたが、分かっていない。

皇帝の立場を使える紫曄は、やろうと思えばどんな手を使ってでも凛花を好きにできるのだ。例えば、手近なところなら侍女の麗麗をどうにかするとか、故郷を燃やすとか、一族郎党皆殺しだとか、やろうと思えばどれもできなくはない。ただ損失も大きいのでやらないだけだ。今のところは、だが。

(もし、この先もずっと眠れずに精神が苛まれていけば、そんな暴君になる未来もあ

るかもしれない）

実のところ紫曄は、満足に眠れないことよりも、自分がそうなってしまうかもしれないことが怖かった。元々が合理的な性格だ。納得いく理由と利が得られるのなら、そんなことも多分できてしまう。

しかし、だ。

紫曄の膝の上で、自分が提案した『取り引き』が成されると信じている凛花を見ると、そんな凶暴な気持ちも恐れもフッと消え笑ってしまう。

（ああ、甘ったるい。人のままでもこの女は……温かいな）

そんな風に思って、紫曄は思わず膝上の凛花を抱きしめた。

「ちょっ、主上？　あの、ごめんなさい。今は本当になるのは無理で……。眠いんですよね？」

「……ああ」

「少しだけでも横になっては？　目を閉じるだけでも少し楽になると思います。あ、そういえばお食事は？　ちゃんと取ってますか？」

「食事？　まあ、それなりに……」

予想していなかった質問で、紫曄はつい視線を逸らし、適当な返事をしてしまう。

「どうした？」

「ちょっと失礼しますね」

紫曄の顔をじっと見ていた凛花は、その首筋にそっと手を添え、それから自分の腰に回された手にも触れてみる。

(うーん……首も手も冷えてるなぁ？　目は逸らすし適当な返事だし、これは絶対に食事をおろそかにしているでしょ)

不眠症は病だ。病を治すには薬が必要となるが、薬とは医師が用いるものだけではない。薬草だって、薬にもなれば、お茶にも料理にも使われることもある。温かく美味しい食事は、腹だけでなく心も満たすもの。

(上手く眠れないのは、忙しさだけじゃなく、他にも色々な要因が絡んでいるんじゃない……？)

「主上って、毎日どんな風に過ごされてるんですか？」

「はあ？　どんなって……仕事をしている。意外とやることは多いし、細かいし、面倒だし任せられる奴は少ないし……。まあ、眠れないせいで時間だけはあるから構わないが、仕事は多いな」

「うわ……仕事しかしてないんですね」

(これは多分、おろそかにしているのは食事だけじゃない。もっと息抜きもして、日に当たったって適度な運動をして、ゆっくり入浴をして……。ああでも、いま私がうるさ

いことを言ったってどうにもできない）

『虎猫』の自分を差し出すだけで、この人は本当に眠れるのか。誰かが傍にいて、支えて安らぎを与え、少しずつ改善していくのが一番いい方法なのではないか？

「……主上。本当に寵姫《ちょうき》をお作りになってみては？」

「はあ？　何故そんな余計な仕事を増やさなくてはならない。面倒すぎる」

紫曄は綺麗な顔を思いきり歪めて、心底嫌そうに吐き捨てる。

「今は猫だけでいい」

そう呟いたところで、扉の外から「主上、お時間です」と声が掛けられた。

◆

「それでは、主上。取り引きの件よろしくお願いいたします」

「ああ」

「それから――麗麗、その包みを頂戴。主上。失礼は重々承知ではございますが、どうかこちらをお持ちください」

「なんだ？」

紫曄が頷くと、侍従《じじゅう》が手を差し出し麗麗から白藍色《しらあいいろ》の包みを受け取る。ずっしり五つだ。

「月妃餅《げっぴもち》です。本日は挨拶回りの予定でしたので！」

少しの嫌味を込めて凛花は笑顔で言ってやる。そして紫曄の傍へススッと寄ると、察した紫曄が腰を屈め凛花に耳を貸す。

「蓬《よもぎ》を使ったものと、加密列《かみつれ》を使ったもの二種類が入っています。どちらも気持ちを穏やかにし、安眠の効果があります」

紫曄以外には聞こえないよう小声で言った。常に控えている侍従《じじゅう》たちとはいえ、聞かれないほうがいいかな。そう思ってのことだったが、凛花が大小凸凹背丈の彼らをチラリと見ると、大のほうは慌てて目を逸らし、小のほうは赤い耳を見せ俯いていた。

「それは……ああ、月妃餅《げっぴもち》は故郷の特色を出すものだったか」

偶然にしてはぴったりのものを作ったなと、おかしくなって紫曄は小さな笑みをこぼす。

「いえあの、主上に対してお菓子を使い回しするなんてそこは本当に申し訳ないんですけど、丁度いいお菓子ですし……主上、あまりお食事を召し上がっていないでしょう？　あっ、でも甘いもの食べられますか？　あと……もうお耳は大丈夫ですよ？」

この距離感はちょっと近すぎたなと、凛花はそっと紫曄から離れようとする。侍《じ》従《じゅう》たちの照れた反応を見たせいか、凛花も急に恥ずかしくなってしまったのだ。

「ああ。甘いものもたまにはいい」

紫曄は離れようとする凛花の背に手を回し、何故だか凛花を傍に寄せた。

「あの？　主上……？」

「いや、こういう気遣われ方は悪くないものだと思って、つい」

紫曄の元まで来るものは、全て好みを把握した上のものだ。こんな風に好みを聞かれたり、余りものを貰ったりするのは紫曄にとって新鮮なこと。そのせいか、今は猫でもない凛花を離し難く感じてしまい、つい引き寄せてしまった。

「な、なんですか、ついって。ほら、主上、侍従《じじゅう》の方がハラハラしてますよ？　次のお時間が迫っているのでは？」

大きいほうの侍従《じじゅう》が、その通りです！　と頷く。が、紫曄は甘えるようにじっと凛花の青の瞳を覗き込む。

「……あー、でもこれからお仕事に戻る方にこの効能はあまり良くなかったかもしれませんね？　えっと、でもこれ、蓬《よもぎ》はちょっと苦みもありますし、加密列《かみつれ》は甘さ控えめでスッキリです。お仕事の合間に摘まめば気分転換になるかもしれません。あと、よかったら側近の方々にもどうぞ！　余ってしまうのは本当に勿体ないので！」

至近距離で見つめられ、なんだか余計に羞恥心を煽られた凛花は、目を泳がせながらペラペラと必要のないことまで口にする。

楽しそうに、何かを期待するように自分を見つめる視線が恥ずかしい。後宮へ来て初めて見た紫色の瞳に、知らぬ間に魅入られてしまいそうで恐ろしいのかも……？

なんてことまで思って、その視線から目を逸らす。

「ええっと……あと――」

「主上、お話中に申し訳ございませんが、お時間が……」

侍従《じじゅう》から遠慮がちに急かす言葉が出て、紫曄は「分かった」と言い凛花を手離した。

紫曄はそのまま追い立てられるようにその場を後にし、凛花はホッとし頭を下げ見送る。そして足音が遠のき、さあ自分たちも宮へ戻ろうと顔を上げると、向こうから小さなほうの侍従《じじゅう》が戻ってきたのが見えた。

「朔月妃さま。御召状《おめしじょう》は侍女にお渡ししましたので、よろしくお願いいたします」

「え？　御召状《おめしじょう》？」

「はい！　今晩も主上をたっぷり眠らせて差し上げてくださいね！」

「あっ」

覚えのある声と喋り方にハッとしよく見てみれば、小さな侍従《じじゅう》は兎杜ではないか。

兎杜は「それでは！」と言うと、足早に去っていった。

「ねえ、麗麗？　兎杜って侍従《じじゅう》の仕事もしていたの？」

「はい。勉強だと言えばあの子を侍従《じじゅう》にすることは可能ですから。その……主上はまだ、後宮に信頼できる者が少ないのかと……」

「……そうなのね」

（ここへ来てまだ数日。後宮のことも、主上のことも分からないことだらけね）

「それにしても『仕事』かぁ」

「主上でございますか？　お忙しい方です。その、お寂しい気持ちはあるかと存じますが……」

「えっ？　違うの、そうじゃないのよ⁉」

麗麗にまた勘違いされてしまった。先程の膝上でのやり取りを見られていたし、仕方がないかもしれないが、そうではない。

さっき凛花が『……主上。本当に寵姫《ちょうき》をお作りになってみては？』と言った時の紫曄の返事は『はあ？　何故そんな余計な仕事を増やさなくてはならない。面倒すぎる』というものだった。

皇帝である紫曄にとっては、後宮で期待されるアレコレは仕事なんだなあ……と凛花は思ったのだ。後宮と皇帝の関係について、凛花はまだ正しく理解していなかったのかもしれない。後宮や妃を避ける、紫曄の気持ちについてよく考えていなかった。

「ただね、皇帝って大変なのねって思っただけで……」

「後宮妃も大変なお役目ですよ？　凛花さま」

「そうねぇ」

確かにお世継ぎを産むという仕事は大変だ。だが凛花は、自分には関係ないしなぁと、この時はのんきにそう思っていた。

◆

凛花は薄い衣の上に上衣《うわぎ》を羽織り、窓辺で薄黄色の月を眺めていた。今宵の月は十六夜。凛花の中の虎が『早く変化《へんげ》したい、月の光りを浴び駆けたい』と心で叫んでいる。

「麗麗、早く帰ってこないかなぁ……」

凛花がこのような薄着で一人ぼんやりしているのには理由がある。正式に御召状《おめしじょう》をよこされた凛花は、早くから夜の支度をして紫曄の訪問を待っていた。

だが、待てど暮らせど紫曄の訪問がない。

料理は冷めてしまったし、湯も冷める。それに、このままでは厨師も宮女たちも休むことができない。そこで凛花は、麗麗に紫曄の予定を確認しに行かせたのだ。

「来ないなら来ないでいいけど、変化《へんげ》できるなら早く変わりたい……」

はぁ～と、凛花は月を眺め溜息を吐いた。

心の奥にいる虎猫がうずうずと焦れている。月を見て自動的に変化《へんげ》してしまうことはないが、満月の前後は変化《へんげ》への欲求が強くなる。それから虎としての能力――例えば嗅覚が鋭くなったり、身のこなしが俊敏になったり、足が速くなったり身軽になったりもする。無性に肉料理を食べたくもなるので、この時期の凛花はいつも体型と体重の管理に気を遣う。

「そういえば主上、昼に持たせたお餅食べたかな。まだ仕事でもしてるのかなぁ」

皇帝がこんなにも激務だとは想像してしなかった。眠れもせず、食事もままならない程に擦り切れるだなんて……と、凛花は昼間見た紫曄の顔を思い浮かべる。

（もしかしたら『冷徹な皇帝』の噂って、顔色の悪さとクマの濃さ、寝不足からくる不機嫌さが原因なんじゃないの？）

あの整った顔では凄みも迫力も増す。それにあの艶のある声も、不機嫌な時には震えるほど冷たくなると凛花は知っている。榻に全裸で押さえ付けられた時に聞いたからだ。

「……あ、麗麗かな？」

パタパタと忙しない足音が聞こえ、凛花は窓から身を乗り出し覗いてみる。だが見えた姿は他宮の者で麗麗ではなかった。薄萌木色《うすもえぎいろ》の帯を締めた彼女は凛花の姿には気が付かず、少し遠い小さな路地を通り抜けていった。そのまま眺めていると、様々な色を身に着けた宮女官たちが足早にその小路を抜けていく。

（なるほど。あの路地は抜け道なのね）

後宮は広い。こういう道は意外と沢山ありそうだ。凛花がそんなことを思っていると、小路からこちらを観察する二つの視線に気が付いた。

（なに？　うーん、あの女官たちの帯色は……紅梅色《こうばいいろ》か。どの妃の色だっけ）

『あら、すっぽかされの猫が顔を出しているわ』

『まあ。お行儀の悪い猫ですこと！』

凛花の耳に、そんな嘲笑交じりの会話が聞こえた。もちろん彼女たちが大声で話しているわけではない。今は満月期。凛花は夜目が利くだけでなく、聴力も上がっていた。普通ならその視線には気付かない距離だし、女官たちの姿もその帯色も見えない。だが、今の凛花にはしっかり見えるし聞こえている。

（猫、猫ってなんなのあの子たち。それにどこかへ行く途中って感じでもないし……もしかして朔月宮を見ているの？）

感じが悪いな。凛花の目に映るのは、揃いの銀の簪《かんざし》を挿し、蔑むような笑みを浮かべた顔だ。

「あ、麗麗」

大股でこちらへ向かってくる姿を見つけ、凛花は知らずうちに寄せていた眉間の皺を解放した。

「凛花さま、大変申し上げにくいのですが、今夜のお召しは取り消しとなりました」

「そう。……それで？」

　麗麗の表情はどこか冴えない。実直そうな性格の麗麗は隠し事には向かないのだろう。何か不満を持っている、そんな顔だ。

「麗麗、遠慮なく言ってみて？」

「今夜は……弦月宮をご訪問されるそうです。」

「弦月宮？　ああ、紅梅色《こうばいいろ》は弦月妃さまのお色だったわね」

　宵の口だというのに、随分と宮女たちが忙しなく動いているとは思ったのだ。窓から見えた宮女の衣は、弦月宮のものである紅梅色《こうばいいろ》が多かったことにも頷ける。

（あの覗き見してた女官たちも紅梅色《こうばいいろ》の帯だった。なるほど……弦月妃さまの目になっていたってことか）

「ねえ、麗麗。弦月宮の女官って、揃いの銀の簪《かんざし》をするものなの？　それともどこの宮でも揃いの簪《かんざし》を着けるものだった？」

　もしも妃が用意する慣例でもあったなら、急いで手配しなければならない。後宮には、決まり事と同じくらい慣例や暗黙の了解が多いので、手助けをしてくれる優秀な侍女の存在が大きい。

「いえ、そういった習慣はございません。それから揃いの銀の簪《かんざし》でしたら、それは弦月妃さまのお気に入りの侍女たちですね。――凛花さま、どちらでご覧になったのですか？」

「あー……さっき、窓から見えたのよ」

「他宮を覗くとは。無礼にも程があります！　私がいれば追っ払いましたのに！」

麗麗はギリリと拳を握り締める。

「駄目よ。弦月妃さまは、今いる月妃《げっぴ》の中では最上位でしょう？　余計ないざこざは避けましょ」

そう麗麗をなだめるが、覗きの理由はそれかと凛花は納得した。

今夜皇帝が向かうのは弦月妃のもとだ。きっと弦月妃は、消沈し悔しがる凛花の顔を見てくるよう侍女に命じたのだろう。

(現最上位の妃ってことは、今、皇后に一番近い妃ってことよね)

「いざこざを起こさないにはもう遅かったかな……」

銀簪《かんざし》の侍女たちは『猫』とハッキリ言っていた。それからあの嘲笑だ。少なくとも弦月宮には、凛花が皇帝のもとで一夜を過ごしたことだけでなく、猫と呼ばれていることも知られているということだ。

(朝帰りはどこからか漏れると思っていたけど、不本意な猫の呼び名まで知られてるなんて。どこから漏れたのか……？）

　知っているのは兎杜と麗麗、それから皇帝の侍従《じじゅう》や護衛？　そんな皇帝に近い立場の人間が情報を漏らすなんてことをする？　凛花は僅かに首を傾げた。

「凛花さま、弦月宮の者に何かされませんでしたか？　実は今夜の主上のご予定が変更になったのも弦月妃さま側からねじ込まれたようなのです。もしも何かがあったなら、この麗麗にお話しください！」

「え？　弦月妃さまから主上に？」

　さすがにそれは驚きだ。しかも皇帝が決めた予定を変更させるなんて、弦月妃の後ろ盾はよっぽど強いということ。

「確か……弦月妃さまは祖父が宦官《かんがん》だったわね」

「はい。現在、後宮を取り仕切っているのが弦月妃さまの祖父です。後宮の主は皇帝ではありますが、今は宦官《かんがん》たちの力がとても強いのです。主上は後宮を避けておいででしたから……」

「ああ、女嫌いって言われてるものね」

「はい。今となればそうではなかったと分かりますが……。ですから凛花さまとの初夜の件と、本日昼間の呼び出しの件で様々な噂が流れたようで」

「噂ね」

噂どころか、ほとんど事実なことに頭が痛む。

（宦官《かんがん》か。まさか本当に、後宮における主上の侍従《じじゅう》が信用できないなんて。一体何を見返りに情報を流したのか……）

「兎杜を侍従《じじゅう》に付けるのも納得ね」

「はい」

「まあ、私にはどうにもできないことだわ。さ、主上のことも弦月妃さまのことも一旦忘れましょう。麗麗、着替えを手伝ってくれる？　髪も綺麗に結ってくれたのにごめんなさいね」

「いいえ、凛花さま。お支度など気になさらないでください」

（ハァ。主上は来ないのか～。不本意ではあるけど、来るなら心置きなく虎に変化《へんげ》できると思ったのになあ……）

今夜は明るい月が出ている。後宮へ入った初日の夜以来、凛花は虎化《とらか》していない。だから今夜は、虎になれる！　と凛花の中の虎猫が期待に胸を弾ませていた。

（うう～ん。ちょっとだけでも散歩に出られたらいいんだけど……夜は麗麗が目を光らせてるのよね。困ったなぁ）

虎化《とらか》の欲求を抑えることはできるが楽ではない。もし数日ではなく、ひと月我慢をしろと言われたらちょっと難しい。凛花は紫曄を迎えるための衣装を脱ぐと、寝衣《しんい》に袖を通し小さな溜息と共に月を見上げた。

「凛花さま……」

麗麗の目には紫釉に会えないことを憂いているように見え、凛花の髪をほどくと中庭へ連れ出した。

「凛花さま。とてもよい月夜ですのでお月見をされませんか？」

紫曄を迎えるために多少整えられた庭に席を作り、菓子とお茶を用意した。少しでも気分転換になればという、麗麗の精一杯の気遣いだ。

「あ、ありがとう……麗麗」

こうして、凛花はたっぷりと月の誘惑を浴び、内なる虎を抑え夜を悶々と過ごすことになった。

（心遣いは嬉しいけど、嬉しいんだけど……ああもう、月が綺麗！）

◆◆◆

「お？　見てみろよ雪嵐、見事な月が出てる」

窓辺に腰掛けて言ったのは、皇帝紫曄の側近である胡晴嵐。宮中で知らぬ者はいない、双嵐《そうらん》と呼ばれる双子の弟だ。腰に剣《つるぎ》を佩《は》き、襟元を寛げただらしなくも見える装いが彼らしい。

「晴嵐、お月見はまたにしなさい。こちらの確認が先ですよ」

広い卓子《たくし》の前でそう返したのは、同じく側近である胡雪嵐。右目に片眼鏡を着け、襟元をキッチリと合わせた装いが美しい双子の兄だ。

「いやでもさ、ちょっと珍しい月じゃねえか？　アレ」

二人がいるのは通称『双嵐房』。紫曄の執務室の隣にある室だ。もちろん二人も側近としての執務室を持っている。だが結局は、雪嵐と晴嵐、それから紫曄とも案件を共有しながら検討、処理したほうが早いとのことで、ここが三人の溜り場兼執務室となっている。

「どれですか？　月に兎でもいました？」

広げていた絵図を机に置き、弟が座る窓から空を覗いた。すると夜空に浮かぶ月と、その周囲を囲う白く明るい輪が出現していた。

「――月暈《げつうん》か」

雪嵐は眉をひそめ、空を見上げて呟く。

確かに珍しい月だ。これが出た翌日は雨とも言われているが、月を名に冠するこの国において、このような月の変化《へんげ》は吉凶を占う意味合いが強くなる。

「しかもほら、月光に照らされた空が紫色に見える」

「ハァ……。また月官《げっかん》たちが騒ぎそうですね」

数日前、神託の妃が後宮入りをした。そして双子を含めた多くの予想に反して、紫曄が朔月妃と一夜を過ごした。それだけでも大騒ぎだというのに、紫曄は今夜も後宮へ赴《おもむ》いている。

「なあ？　これって吉兆だっけ」

「まあ、大体はそうですね」

きっと神月殿《しんげつでん》は、今頃空を見上げて意味合い付けの検討をはじめているだろう。吉凶など、結局は人が決めるのだ。それは神託も同じこと……と、二人は思っている。

この二人、胡雪嵐と胡晴嵐は、皇帝紫曄の従兄弟であり幼馴染みだ。現在は側近として仕えている。

双子はよく似た容姿をしているが、その性格や得意分野は正反対の真っ二つ。垂らした前髪右側が長いのが兄、雪嵐で、左側が長いのが弟、晴嵐。二人とも黒髪ではあるが、光に透けると青く見えるという不思議な特徴があり、凛花の銀と並んで珍しい。

兄の雪嵐は、母方の叔父で冢宰《ちょさい》である『雹舌君《ひょうげつくん》』の下で腕を磨いた文官。弟の晴嵐は、先帝の弟で将軍でもある父『弓雷公《きゅうらいこう》』の下、武勲を重ねた武官だ。無愛想だが生真面目な雪嵐には、彼に憧れ慕う若い官吏が多くいるし、気さくで明るく社交的な晴嵐には、性別を問わずあちこちに顔見知りがいる。

若くして皇帝となった紫曄にとって、二人の才能と人柄は得難いものであり、大切な両腕だ。

「紫曄は気付いてんのかな、これ」

「月見をする気分じゃないのでは？　だって今は弦月妃のところですよ？」

雪嵐は手にしていた『後宮に関する報告書』を指ではじき、せせら笑う。

とっくに政務が終わったここに二人がいたのは、もちろん月見のためではない。調査を命じてあった、後宮に関しての報告書に目を通すためだった。

「やはり弦月妃とその祖父が面倒ですね。紫曄を宮へ招き、朔月妃との予定を取り消させるなど本来なら許されない」

雪嵐は蓋椀《がいわん》で二人分の茶を淹れると、白藍色《しらあいいろ》の包みを片手に弟を手招く。

「まあ、弦月妃の家は先々代から後宮に居座ってるからなぁ」

宦官《かんがん》とは去勢した男性だ。子孫を残す術を持たないはずだが、実はそうでもない。権力と金を持った宦官《かんがん》は、親類から養子を迎え家を継がせることが多い。ついでに妻や妾を複数持つ者はもっと多い。

「紫曄もよく大人しくご招待を受けたよなぁ。どんなお誘いだったんだ？」

「予想通りでしょうけど『御召状《おめしじょう》の送り先をお間違えではございませんか』から始まり『輪を乱す猫が後宮に迷い込んだようで』とのたまい『親睦を深めたく存じます』

で締めくくられてましたね」

今の後宮で『猫』と言ったなら、浮かぶのはニャアと鳴く猫ではなく朔月妃のことだ。

「うわぁ～皇帝に喧嘩売っててさすがだな。ま、この調子で言われちゃ逆に顔出さないわけにもいかないか」

「そうですね。それにまだ手懐けきっていない猫を守るためかもしれませんね」

雪嵐は手元の白藍色《しらあいいろ》の布包みを開けながら言う。包まれていたのは黒い漆塗りの箱だ。蓋にあしらわれた山々と花の蒔絵がなかなかに美しい。

「へぇ。本当に入れ込んでるんだな。しっかし紫曄の奴、俺たちにその猫の話をしないってのはどういう了見だ？」

「さあ？　照れてるんですかねぇ」

「あいつにそんな繊細なとこがあるか？　……いや、あるか」

意外と繊細だったんだよなと、二人はここ一年のクマが刻まれた紫曄の顔を思い浮かべる。

「噂の猫が、何をどうやって紫曄をぐっすり眠らせたのか……」

紫曄が眠れたことは喜ばしいが、その方法が皆目見当もつかず雪嵐は眉根を寄せる。

紫曄の不眠症を知っているのは雪嵐、晴嵐と、黄老師に兎杜の四人だ。老師は薬学にも通じているので、様々な煎《せん》じ薬《ぐすり》や薬湯《やくとう》、香も試した。双嵐の二人は幼馴染みとして幼い頃のように共に眠ったり、気晴らしに街へお忍びで出掛けたりもした。しかし、何をしても駄目だった。

「俺らにできなくて朔月妃にできることかぁ」

「晴嵐、下世話なことは言わないように」

はいはいと笑って晴嵐は卓上の箱に手を伸ばす。自分には白の餅を、雪嵐には緑の餅を手渡した。

「これさあ、紫曄も食べたんだろ？」

「ええ。噂の猫妃からの差し入れだそうですけど……」

二人は摘まんだ月妃餅《げっぴもち》を眺め、ボソリと思わず呟く。

「紫曄、よく食べ物を受け取ったな」

「紫曄、よく食べ物を受け取りましたね」

よく似た声と言葉が重なった。紫曄は立場もあり、口にするものは信用している者からしか受け取らない。食べるなんて論外だ。それなのに、まだ会って数日の新参者から受け取った。あの妃は一体どんな呪《まじな》いを使ったのだろう？

「あ、これ白餡なのか。菊の香りがいいな……。おい雪嵐、こっちも食べてみろよ。甘さ控えめでしっとりの皮とすごく合ってて美味い」

「こちらもなかなかですよ。蓬《よもぎ》で中身の餡には……胡桃が混ぜ込まれてる？　食感がいい。晴嵐も食べてみなさい。こちらの餡は甘みが強くて、蓬《よもぎ》の香りと苦みが丁度いい」

それなら今度はそちらを食べようと、二人は餅を摘まみお茶を飲んで、もう一度最初に食べた餅を口に放り込む。

「なあ、餌付けされたんじゃねぇの？　紫曄」

「有り得るな。朔月宮の厨師はいい腕をしてますね」

二人はもう一つ、もう一つと止まらない手に笑い合う。

「しかし本当にさ〜、寝かし付け上手な猫ってどんな妃だよ。朔月妃って雲蛍州の姫だろ？　妙な薬でも盛ったんじゃねぇ？」

「なくはないな。あの土地には特殊な薬草もあるといいますし」

紫曄は様々な薬物に耐性がある。毒薬から媚薬まで、一般的なものでは効果がない。だが、自ら薬草を育て調合もするという跳ねっ返りの薬草姫なら？　それこそ、人を意のままに操るような禁止薬を作ることもあり得るのでは？

「報告書の内容には少々不審というか、不思議な部分もありますし……」

何故、初夜の場が朔月宮でなく紫曄の輝月宮《きげつきゅう》だったのか。どうして臥室《しんしつ》ではなかったのか。

「そうなんだよな。保護して連れ込んだって噂だろ？　だとしても一緒に眠るかぁ？」

「ですよねぇ。しかし、寝惚けて気紛れでということも考えられますし」

「寝不足が酷かったしなぁ。……な、紫曄ってこの夏で二十七だったよな？」

「ええ。即位してもう三年。後宮を開くのが遅かったくらいです。世継ぎは早いに越したことはない」

「まぁ、先の主上みたいに多すぎても困るけどな」

「幸か不幸か公主様ばかりでしたけどね。夭折《ようせつ》された公子様はいらっしゃいましたけど」

先帝は政治にはあまり関心がなく、後宮で妃と過ごす日々を好んだ。女好きといわれているが、実際は過剰に慈悲深く何も考えずに後宮を拡大させていっただけだ。ちなみに退位した時の皇后は、亡くなった公子の母で、太子である紫曄よりも年若い娘だった。

「う～ん……悪い猫ちゃんじゃなきゃいいんだけどなぁ」

「そうですねぇ……。うん。では、噂の猫を引っ張り出して試してみましょうか」

雪嵐は何か思い付いた風に頷くと、傍らに丸めてあった絵図を卓上に広げた。そこにあったのは陣形図と『公開調練』の文字。

「丁度いいと思いませんか？」

雪嵐はニヤリと笑うと、絵図と公開調練の計画書に何やら書き込んでいく。

「なるほどね。じゃ、俺のほうはこれでどうだ？」

晴嵐は計画書にあった部下たちの出番を一つ減らし、そこに新たな部隊名を書き入れた。部隊名は『月妃隊』だ。

「猫も初夜の噂を知った月妃《げっぴ》たちも、面白いものを見せてくれたらいい余興になるんですけどね」

そして雪嵐は月妃隊の指揮官欄に『兎杜』と書き入れ、簡単な陣形図を描いていく。

出来上がった計画書を眺めニンマリ笑うと、二人はそっくりな悪だくみの顔で、まだ月暈《げつうん》が輝く空を見上げた。

「ろくでもない駄猫だったなら、この吉兆の月を凶兆ってことにして追い出せばいい」

「もしも善い猫だったなら、この吉兆は朔月妃の手柄にしてあげればいいですね」

双子はそう言って、吉兆の月暈《げつうん》の月が昇っていくのを見守った。

◆◆◆

麗麗は肩を落とし廊下を歩いていた。

今夜のため、あの銀の髪がより美しく見えるよう、しかし簪《かんざし》を抜けばするりとほどけるよう結った髪は無駄になってしまった。

「はぁ。時間ができてしまったし鍛錬でも――」

独り言をこぼしたその時、麗麗の耳に微かな足音が聞こえた。ここは凛花の臥室《しんしつ》に近い場所で、こんな時刻に近付く宮女はいないはず。麗麗は衣装から紐をしゅるりと抜き取り、片手でぶらりと垂らし持った。これは用心のため、細い金属を編み込み、飾りに見立てた錘を端に付けた麗麗特製の紐だ。衛士《えじ》を呼ぶまでの時間が稼げればいい。麗麗はそう頭の中で算段をつけ、人影が現れるのを待っていると――

「しゅ、主上……⁉」

月明かりが照らしたのは予想外の人物だった。麗麗は手にした紐をサッと後ろ手に隠すと、衛士《えじ》のように背を伸ばし、両の踵を付けてビシッと直立した。

「ああ、お前か。朔月妃は？」

「只今おやすみのご挨拶を……」

「それなら丁度いい」

麗麗は混乱と困惑の中、下げた目線で紫曄を盗み見た。

その姿は寝衣《しんい》に上衣《うわぎ》を羽織っただけで供も連れていない。今夜は弦月宮を訪れているはずでは？　まさか弦月宮で夕餉だけを共にし、その後こちらへ……？　皇帝が後宮を訪れたなら朝まで妃と過ごすのが通常のこと。これでは弦月妃の面子が丸潰れで、朔月宮は少々面倒を被りそうだ。

「朔月妃のところへ案内を」

「はい。しかし、お言葉ではございますが主上、このように突然では……」

「自分の妃に会うのに何か問題が？」

　低く冷たい声に、麗麗の背が再び伸びる。

「いいえ！　ですが朔月妃さまのご準備が整っておりません。少々お待ちいただけましたらすぐにお支度を……！」

　ああ、あの時ほどいてしまった髪をそのままにしておけばよかった。寝衣《しんい》も香を薫《た》き込め準備したほうを着せればよかった！　お化粧もすっかり落としてしまったけど、せめて紅だけでもさして差し上げたい……！　皇帝を迎える凛花が恥ずかしい思いをしないよう、麗麗は最低限だけでも整える時間がほしいと訴える。

「準備か。侍女としては気になるかもしれんが、こちらは気にしない。朔月妃の体一つで十分だ」

　紫曄が見せた、甘やかとも優しげとも違うその微笑みに、麗麗は目を瞬《しばたた》き思わず頬を赤くさせてしまった。麗麗の目には、舌なめずりでもしそうな、『これから奪いに行くのが楽しみだ』という笑顔に見えたのだ。実際には『早くもふもふの毛並みを撫でたい、抱き枕にして眠りたい……！』という熱い睡眠欲が滲んだ笑顔だったのだが。

◆

「凛花さま、もうお休みでしょうか」

「麗麗？　まだ大丈夫よ。どうしたの？」

何事か起きたのか？　凛花は起き上がり牀榻《しょうとう》の幕布《まくぬの》をそっと開く。すると――

「寝かせろ、朔月妃」

「主上⁉　び、びっくりしましたけど⁉　え、麗麗どういうこと？」

凛花は突然現れた紫曄に目を丸くして、麗麗に声を掛ける。だが返ってきたのは
「おやすみなさいませ。凛花さま」という事態の説明になっていない挨拶だけで、すぐにパタリと扉が閉められた。

「侍女には俺から言っておいた」

「はい？　言っておいたって何をです？」

「いいから」

「い、いいからって……」

凛花を見下ろす紫曄は牀《しんだい》に腕をつくと、凛花の目を覗き込む。

「もっと灯りを落とすか？ それとも月明りが必要か？」

紫曄が、焦れた囁き声で言った。天幕に囲われ小部屋のようになっている牀榻《しょうとう》で、身に着けているのはお互い薄い寝衣《しんい》一枚。肌が触れ合わなくとも、少し傍に寄ればその熱が伝わってしまう。

「おい」

紫曄の一言に、凛花はビクリと肩を揺らした。田舎とはいえ州候の一人娘としてそこそこ箱入りであった自覚はある。色恋沙汰には無縁ではあったが、凛花だってこんな状況でドキリとしないほど乙女心を捨ててはいない。

「おい？」

凛花が無言で見上げていると、焦れたか呆れたのか紫曄は凛花の肩をトンと押し牀《しんだい》に転がした。

「抱き枕を所望する。取り引きしただろう？」

あっ、と思う間もなく押し倒され、まるで睦言のように囁かれた凛花は白い頬を真っ赤に染めた。紫曄の腕と長い黒髪に囲われて、目に入るのはその期待を隠さない紫色の瞳だけ。そういう期待でないことが分かっていても、鼓動が逸ってしまうのはどうしようもない。

「主上って……本当に女嫌いなんですか？」

「は？」

「いえ、その……なんだか場慣れ？　してらっしゃるような気がしまして……」

熱いままの頬で恨めしげに見上げると、紫曄はふはっと笑い凛花の隣に寝転んだ。

「まぁ、女嫌いではなく、後宮嫌いが正しいな」

（後宮嫌い？　どういう意味？）

凛花はゴロリと紫曄のほうを向くと、紫曄は曖昧な笑顔で言葉を続ける。

「俺は幼い頃を後宮で過ごしたが、いい思い出がない。後宮という場所も、月妃《げっぴ》たちも女官も好まない」

ああ、そうか。凛花は当たり前のことを今更思い出す。

皇帝の子供たち――太子も公子も公主も皆、後宮産まれの後宮育ちだ。紫曄にとって後宮は、自分の妃を置く場所でもあり、実家のような場所でもあるのかと。

（いい思い出がないって……）

凛花は既知の情報を思い浮かべその言葉の意味を想像する。

現皇帝の生母は彼が幼い時に他界している。妃に加え寵姫も多かった先代皇帝の後宮は、少し聞いただけでもゾッとしたりウンザリしたりする話ばかり。よほど心身と後ろ盾が強くなければ、文字通り生き残れなかったんじゃないかと思う。

（皇后が亡くなった後は長らく新皇后を立てなかったし、後宮は壮絶だったんじゃ……）

少なくとも子供にとって楽しい環境ではなさそうだ。それに皇帝の唯一の男児でありながら、後ろ盾となる母がいない状況は難しい。

「お前も色々と噂は耳にしているだろう？　幼い時分に弟公子を手に掛けたとか、父を廃した後、月妃《げっぴ》ともども『月宮殿《げっきゅうでん》』送りにしたとか」

『月宮殿《げっきゅうでん》』とは、月の女神が住まう宮殿のこと。人が暮らす大地が現世《うつしよ》、神が存在する月は幽世《かくりよ》。この世とあの世。

紫曄は褥《しとね》に広がる凛花の髪をくるくると指に巻き付けたり、薄明りにかざしてみたりして言う。あれほど求め、見つめていた凛花の顔など一切見ていない。

「主上だって、私の噂を聞いてますよね？　どうです？　私は『田舎者で土まみれの、跳ねっ返りの薬草姫』という評判通りでしたか？」

凛花は逆にそう聞き返し、紫曄の噂についての返答を誤魔化した。紫曄の陰った表情を見ればその噂に傷付いていることが分かるし、所詮、噂は噂でしかなく真実は分からない。

「お前は……いや、噂以上だったな」

「えっ」

「ハハ！　まさか虎猫の妃がくるとは思っていなかった」

「ああ、まあそうですよね」

一瞬、自分はそれほどまでの跳ねっ返りだったか⁉　と軽く衝撃を受けたが、それを言われては納得するしかない。確かにこんな妃は、後にも先にもいないだろう。

「朔月妃……お前、何という名だ？」

「え？　虞凛花です。申し訳ございません、私、名乗っておりませんでしたか」

月華宮《げっかきゅう》へ来て最初の挨拶は、緊張しすぎていたので記憶も朧気だ。もしかしたら雲蛍州州候の息女としか言わなかったかもしれない。

「いや、名乗っていたが、覚える気がなかったので聞いていなかった」

「……そうですか」

(本当に後宮と関わる気がなかったのね。『神託』で押し付けられたとはいえ、大した後ろ盾もない最下位の妃なんて、関わる必要性ないものね)

あの夜、凛花が虎になり散歩に出なければ、お互いが望んでいた通り関わることは一切なかったはずだ。

「凛花」

「えっ⁉　はい」

「名で呼んでも？　本当は月妃《げっぴ》と呼ぶのも好きじゃない」

「……はい。どうぞお好きに」

「凛花」

吐息と一緒に名を呼ばれ、ふわりと抱き込まれた凛花は身を硬くした。

「わ……、あ、あの？」

「……寝たい」

くぐもった重い声は『これじゃない』と言っているよう。普通の妃なら失礼な！と憤る場面だが、凛花は体から力を抜いてフフッと笑う。

「そうですね。主上は本当にお疲れみたいですし……私もなんだか疲れちゃったし、寝ましょうか」

◆◆◆

凛花は牀榻《しょうとう》から出て、閉じられた窓布の前に立つ。

「あの、主上。少し後ろを向いていてくれますか？」

振り返った凛花の頬が少し赤い。見るなと眉を寄せるその顔に、紫曄は今更何を恥じらうのかと思ったが、大人しく目を背けた。視線の外で、凛花が帯を緩めサラリと寝衣《しんい》が肌を滑る音が聞こえる。今欲しいのは、凛花の裸体ではなくふわふわ毛並みの虎猫だ。あの白い背中を盗み見て機嫌を損ねさせることはない。

（だが……あの背中は綺麗だったな）

紫曄の脳裏に浮かんだのは、シミ一つない真っ白な背中。くびれた腰、流れる銀の髪。伏せた時の太腿が意外とむちっとしていて――。無意識に目を閉じその時の光景をなぞっていたら、瞼越しに朧気な明るさを感じた。

そして紫曄の耳に『パサリ』と布が落ちた音が聞こえた。

「ン、にゃ……」

控えめな鳴き声がして、紫曄の太腿にトンと小動物の重さが加わった。パッと目を開けると、あの夜抱いた白い虎猫がそこにいた。

◆◆◆

「ニャッ！　ん、ゃあ～……」

（主上！　ちょっ、苦しい～……！）

虎猫の凛花は人語を発することはできないが、心の中ではもちろん言葉を話している。紫曄に抱きしめられている今も、ただ黙っているわけではないのだ。

紫曄は虎の凛花を抱きしめる。撫でて、柔らかな胸元に鼻先をうずめ頬を擦り付け「はぁ……」と吐息を漏らす。そして凜花も、虎の姿で撫でられることは心地よく、思わず「んなぁ～……」というか細い声を漏らした。

「はぁ……猫……。凜花……」

「な～ぅ？」

応え鳴く凜花の背を、紫曄の大きな掌がゆっくり、ゆっくりと撫でる。ごろごろ鳴る喉が教える通り、指先で頬をくすぐってふかふかの耳を優しく摘まんで揉んでやる。そのうちに、凜花の体からはすっかり力が抜けて、青い瞳はとろり蕩け出してしまう。

（おかしいな……。私……寝かせるための抱き枕なのに……私のほうが寝ちゃうか……も……）

凜花の手は紫釉の胸の上。濃い桃色になったぷにぷにの肉球で、小さく足踏みをして甘えてしまう。そしてそのまま首から頬へとフミフミし続け、首を伸ばしこびり付いているような黒いクマを舐めてやる。

すると紫曄が「ははは！」と珍しく声を上げて笑い、凜花を抱いたままゴロンと牀《しんだい》へ寝転んだ。

「猫、くすぐったい。あとちょっと痛いな」

「う、にゃぉ？」

小さくとも虎だ。猫よりもぶ厚い舌でざりざり舐められた目元は少し赤くなっている。凛花は目をぱちくりまたたくと、謝罪を込めて今度は額をベロリと舐めた。

「ぶふっ……！」

紫曄の顔面に凛花の柔い腹毛が押し付けられて、心地いいやら口に毛が入るやら、紫曄は可笑しくなって虎猫凛花の顔をくしゃくしゃっと揉み撫でた。

「なぉ！　なぅ！」

やりすぎです！　と凛花の長い縞々尻尾が紫曄をパシパシ叩く。

こんな風に転がりながらじゃれ合うのは楽しくて、敷布も掛布もすっかりぐしゃぐしゃだ。春とはいえ、このまま眠ってしまったら風邪をひいてしまうかもしれない。凛花は頭の片隅でそんなことを思ったが、紫曄が撫でるままに身を任せた。

しばらくすると二人は無言になり、紫曄は再び凛花を抱きしめ銀の毛並みをただ撫でた。目を閉じている紫曄と凛花、一人と一匹の体温と鼓動が少しずつ重なっていき、熱を分け合っていく。

――トク、トク、と身体に響く心音が、こんなにも心地よく安らぐことだったなんて。そう思ったのはどちらか、それとも二人ともか。

紫曄は分け合うことをしてこれなかったし、凛花は真綿で包まれた箱入り。長じてからは重ねることなどしていない。

そして凛花は思った。自分の体が紫曄を温めて、スー……スー……という軽やかな寝息を引き出せたことが嬉しいと。

（私に下った神託って……もしかしてこのためだったりして……？）

凛花は「グルるぅ……」と喉を鳴らすと、眠る紫曄の瞼をそうっと舐めた。朝までぐっすり眠れますように。そんな祈りを込め、凛花も瞼を閉じた。

◆

「麗麗、主上はもう少し寝かせて差し上げましょう」

「かしこまりました。凛花さま」

朝日が昇り明るくなった頃、凛花はそっと牀榻《しょうとう》を抜け出した。そして臥室《しんしつ》から少し離れた場所でウロウロしていた麗麗を見つけてそう言った。

「ですが凛花さま、主上はお忍びでいらしたのですよね？　このまま寝かせていて大丈夫でしょうか……」

もしかしたら起こしてやって、早めにこっそり帰すのがいいのかもしれない。だが紫釉はよっぽど睡眠不足だったのか、凛花が腕から抜け出しても全く気付くことなく眠っている。目の下のクマは薄れても消えないまま居座っている。その顔を見てしまった凛花はどうしても起こす気になれない。

「主上は早朝、書庫へ行くこともあるって聞いたわ。だから抜け出していても問題ないとは思うんだけど……あ、そうだ」

書庫へ行った時は、朝食も書庫で取っていると言っていたはずだ。

「麗麗、書庫の兎杜へ言伝《ことづけ》をお願いできる？　それからもう一つお願いがあるんだけど――」

凛花は麗麗の後ろ姿を見送って気軽な衣装へ着替えると、故郷から持ち込んだ数少ない荷物を漁っていた。

「あ、あった！」

引っ張り出したのは三つの小瓶だ。

一つ目の瓶は、色とりどりの果実を乾燥させ細かく切ったもの。二つ目は、月を溶かしたような濃い黄色の蜂蜜で、三つ目の瓶は乾燥させた爽やかな香りの薬草だ。

「竈《かまど》があったらなぁ……」

凛花はぽつり呟いて、小さな露台のある寂れた庭に視線を向けた。

◆◆◆

「凛花さま、ご用意ができました」

　庭の露台から麗麗が呼ぶ。用意された食卓には、湯気を立てている粥と、今そこで蒸していた蒸籠《せいろ》、それから小皿に盛られた刻んだ葉と小瓶が並べられていた。

「ありがとう、麗麗。ほら主上、こちらへどうぞ」

　紫曄は凛花に連れられ、寝衣《しんい》に上衣《うわぎ》を羽織っただけの姿で食卓に着く。

「これはお前が用意を？」

「いえ、主上は書庫で朝食をいただくことがあると伺っていたので、兎杜にお願いして分けてもらいました」

「これが？　いや、少し違うようだが……」

　黄老師の朝食は、いつも決まって粥と棒状の油条《揚げパン》だ。粥は鶏の出汁で炊き、赤いクコの実を載せただけ。たまに豚や鴨の燻肉《ハム》を付け足したり、時には揚げ肉、塩辛い漬物を載せたりとお好みで食べている。老齢ではあるが、味の濃いものや脂っぽいものが好みのようだ。

　しかし紫曄はその逆。味が濃く、塩分も多い燻肉《ハム》や揚げ物には手が伸びず、そのまま粥を食べていた。サクサクの油条《揚げパン》も、老師はご機嫌で粥と共に楽しんでいるが、紫曄はあまり食べていない。というか、慢性的な寝不足のせいで胃腸が弱っていて、脂っこいものを体が受け付けないのだ。

「ええ。主上はお粥以外はあまり口にされないと聞いたので……ちょっと手を加えてみました！」

「……お前が？」

「はい！」

「……ここで？」

「はい！」

凛花はにっこり微笑む。だが紫曄は、まだ火が燻っている小さな竈《かまど》を見て、思わず額を抑え軽く項垂れた。一体どこに庭先で煮炊きをする妃がいるのか……と。

「朔月宮の厨房に朝食を申し付けるのは色々と面倒ですし、少し変化を付ける程度ならと思いまして。さ、お喋りはこのくらいにして、温かいうちに食べてみてください」

「……分かった」

紫曄は戸惑いつつ、見た目はいつもと同じ粥に匙を入れた。トロリとした粥はまだ熱々で、ふんわり立ち上る湯気がしっとりと顔にまとわりつく。

「主上、熱いですからね？　よーくフーフーしてから食べてくださいね」

「あ？　ああ」

言われた通りにフーッと息を吹きかけると、紫曄は出汁の香りに気が付いた。食べ慣れたいつもの粥だというのに、鶏の香りに気が付いたのは初めてかもしれない。

場所が違うからか？　それとも凛花が言う手を加えたせいなのか。紫釉はそっと粥を口に入れる。その途端、生姜の香りが口から鼻へとふんわり広がった。それから少しの辛味と、スッキリとした青物の風味も感じた。

「美味い……」

ほうっと、吐息と共にこぼれたその一言に、向かい側に座った凛花がにっこり微笑んだ。

「よかったです」

「この青物はなんだ？　葱でも芹《せり》でもなさそうだが？」

紫曄は匙を止めずにそんな質問をした。普段は食材に興味を持つことなどないが、こんなにも食べやすく、素直に美味しいと思った粥を少し知ってみたくなったのだ。

「ああ、茴香《ういきょう》の葉です。手持ちの薬草を入れようかと思ったんですけど……ふふっ！　いいものが採れたので入れてみました！」

「採れた？」

「はい！　ほら、そこに生えているあの黄緑色の細い葉が茴香《ういきょう》です」

そこ、と凛花が指さす場所には、女の腰ほどの背丈になった草がフサフサ生えていた。その光景と手元の椀を見比べて、紫曄は目を丸くした。

「お前、雑草を食べさせたのか⁉」

「野草ですが、これも薬草ですよ？　雲蛍州でも栽培しています。きっとどこからか種子が飛んできたんですね。食欲不振にもいいし香りもすっきりしているので食べやすいかなと思って。お好みに合ったようで、よかったです」

嬉しそうに笑う凛花に、紫曄は呆気に取られていた。

少々寂れ荒れた庭だと思っていたが、薬草が自生するまでに放置されていたとは。そしてまさか、庭先の草を何の抵抗もなく食事に入れ、更に自ら調理をし皇帝に食べさせ笑う妃がいるか……？　と、紫曄の頭の中には処理しきれない当惑が並んでいた。

「あっ、この庭は元々こうだったんですよ？　決して私が破壊したわけでは……」

「ああ。ここは手を入れさせよう。いくらなんでも野趣に富みすぎている」

「嬉しい！　それなら私、作りたいはた……いえ、庭があるんです！　主上、私の希望を叶えても？」

「構わない」

凛花がパアッと目を輝かせた。そこまで嬉しいか？　と紫曄は首を傾げるが、手製の簡易竈《かまど》を作れるような庭では当然かと頷く。そして粥を口に運び、茴香《ういきょう》の香りを感じる度に、そこに茂る草に目を向けてしまい、ハァ……と溜息が出た。

「主上、生姜はきつくないですか？　主上は血の巡りもよくなさそうなので、体が温まる生姜を少し多めに入れたんですが……」

「ああ、大丈夫だ。美味い。香りもいいがピリッとする感じがいい」

「よかった。あ、おかわりもありますからね？　あと……こちらもどうぞ」

凛花がそう言うと、麗麗がひと口大の油条《揚げパン》を卓に載せた。この油条《揚げパン》は、小麦粉の生地を捩じり棒状にした揚げたもので、粥と共に食す定番のお供だ。

「揚げ立てか？」

「いいえ」

凛花はニコニコと微笑み、どうぞと紫曄に油条《揚げパン》をすすめる。

さっぱりとした粥を食べているのに油で揚げた油条《揚げパン》は……と、紫曄の気はあまり進まないが、折角用意してくれたものだと箸を伸ばす。

「ん？　これ、柔らかくないか？」

パリッとしているはずの油条《揚げパン》に、箸がふにっと沈み込んだ。

「はい！　サクサク食感がいい油条《揚げパン》ですが、冷めると油が少し気になりますし、主上の胃には負担でしょう。なので、軽く蒸して温めてみました」

「蒸した？　さっきの蒸籠《せいろ》か」

「ええ。私も初めてやってみたんですけど、余計な油分が落ちて……ほら、ふわふわ！　あと、今日はこんな食べ方はどうかなと」

凛花は小皿に油条《揚げパン》を載せると、並べてあった小瓶のうちの一つ、満月色の蜂蜜を上からかけた。

「主上、香りが強いものは大丈夫ですか？」

「ああ」

頷くと、凛花はもう一つの小瓶の蓋を取り、小指よりも小さな匙で中身を掬い蜂蜜の上からまぶす。

「肉桂《にっけい》か」

「はい。さっき挽いたばかりなので香りもよいでしょう？」

「挽いた……？」

「薬研《やげん》や乳鉢《にゅうばち》など、薬草を砕いたり混ぜたりするものを持ってきていますので」

それは雲蛍州では嫁入り道具なのか？　と紫曄は盛大に首を捻るが、これは竈《かまど》を作る妃だ。考えるのはやめよう。そう納得し、「そうか」と頷いた。

「はい、どうぞ！『ふわふわ油条《揚げパン》の蜂蜜肉桂《にっけい》がけ』です。こちらも少し熱いですからね？」

「ああ」

紫曄にすすめた後と、凛花も「あーん」と口を開け油条《揚げパン》を頬張る。

「ん～……美味しい！　これ、やっぱりあまり油っぽさを感じませんね。でも香ばしさはあるしふんわりで食べやすいし、何より蜂蜜が染み込んでて堪らない……！　うん、肉桂《にっけい》の独特の香りも食欲を刺激しますね！」

凛花は満足げに微笑んで、唇の端に垂れた蜂蜜をペロリと舐め取る。そして向かい側の紫曄を見上げ「さあ、主上もどうぞ」とにっこり微笑んだ。

「……いただこう」

普段は油条《揚げパン》に手を付けないのだが、期待するように見られては断りづらい。紫曄は一口くらいなら……と、一つ口に入れた瞬間、凛花の表情の意味が分かった。

確かに油っぽさが少ない。それに柔らかく温かい油条《揚げパン》に蜂蜜がよく染みていて、じゅわりと甘みが広がっていく。

「美味い。朝から甘い物はどうかと思ったが、思ったよりも蜂蜜は甘ったるくないし、肉桂《にっけい》のおかげか意外と食べやすい」

「ふふ。よかったです！　おかわりもありますし、蜂蜜も肉桂《にっけい》もお好みでかけて食べてくださいね。あ、お茶も用意しましょうか」

結局、紫曄は粥を二杯食べ、油条《揚げパン》もすっかり平らげた。凛花は『いつもあまり食べていない人が急に沢山食べてはいけない』『ゆっくり食べてくださいね？』とうるさいくらいに言っていて、見守る麗麗はハラハラしっぱなしのようだった。

だが当の紫曄は、煩わしさを感じるどころか久し振りに楽しい食事だった……と、満足そうな顔で箸を置いた。

◆◆◆

しばらくすると、紫曄の着替えを持った兎杜が朔月宮をこっそり訪れた。

本当ならもっと早くに自室へ戻るつもりだった紫曄は、当たり前のように着替えなど持ってきていない。既に日が昇ってからしばらく経っており、下働きの者があちこちで動いている時刻だ。

そんな中、寝衣《しんい》に上衣《うわぎ》だけという姿の皇帝が歩くわけにはいかない。しかも訪問予定が取り消されたはずの朔月宮から出るところなど、目撃されては面倒極まりない。凛花だって余計な面倒事は勘弁なのだ。

「……胃が痛い」

「だから言ったじゃないですか。主上は心身の疲れから胃腸が弱っていると思われます。沢山食べるのはよいことですが、急にはいけません。食事はできるだけ規則正しく、温かいものをゆっくりよく噛んでお召し上がりください」

紫曄は衝立の奥で、凛花は衝立を挟んだ外側で会話を交わしていた。

「俺は子供か」

「そう思われるのでしたら、主上は大人ですから改善しないといけませんね」

別室で着替えればいいのだが用心は必要。どこから何が漏れるか分からないので、着替えのために部屋を用意するのは避けた。

「――決まった時刻に食事を取るのは善処するが、温かいものは少し難しいかもな」

着替えを終えた紫曄が衝立から顔を覗かせた。皇帝としては軽装であるが、妙な勘繰りをされたとしても寝衣《しんい》よりは誤魔化しがきく。

「通常、主上の食事にはお毒味が入りますからね。老師との朝食は質素ですけど、温かいだけ実は特別なんですよ」

脱いだ寝衣《しんい》を抱えた兎杜がそう言った。

「そうですよねぇ」

凛花の食事だって同じく毒味を経たものだ。小さな朔月宮においては比較的温かい食事が届くが、皇帝となれば難しいのも理解できる。

しかし温かいものは温かいうちが一番美味しいし、食も進むもの。なんとかならないかと凛花は思案を巡らせ、ボソッと呟いた。

「そっか。目の前で調理しちゃえばいいのよね……？　主上、私と過ごす夜と翌朝はお食事をご一緒しませんか？」

「まさか、お前が作るのか？」

「作っても構いませんが、私が作れるのは簡単なものだけです。それに厨師の職分を侵すことは控えたいので……とりあえず厨師長《ちゅうしちょう》に相談してみます。主上、好きな食材とかあります？」

そう言われ、紫曄は天井を見上げしばし考える。

「そうだな……ああ、先日お前から貰った月妃餅《げっぴもち》が美味かった。仕事中に摘まめて丁度よかったな」

「月妃餅《げっぴもち》、食べてくれたんですね。ではたまにお菓子を差し入れをしましょうか。摘まめる小さなものを……構いませんか？」

「ああ。凛花の好きにするといい――ん？　なんだ、二人共どうした」

気が付くと、傍に控えていた兎杜と麗麗が目を丸くしていた。

「いえ、その、主上が朔月妃さまをお名前でお呼びになっていたので、僕ちょっと吃驚《びっくり》しちゃいました」

紫曄の後宮嫌いや月妃《げっぴ》嫌いは、侍従《じじゅう》でもあり書庫での繋がりもある兎杜はよくよく知っている。隣で頷く麗麗もその顔は嬉しそうだ。そして凛花は、俯き加減でそっぽを向いていた。

「どうした？　凛花」

「い、いいえ。その……名で呼ばれるのは二人の時だけかと思っていましたので……。

なんだか『猫』のほうがまだ照れない、かも？　と思いまして」

身分や立場があれば、余程親しい仲でなければ名など呼ばないものだ。特に男女において、他人の前で名を呼ぶことはそれなりの仲だと宣言しているに等しい。

跳ねっ返りとはいえ凛花も一般常識は心得ている。だから今、その耳は赤く染まっていて、紫曄は意外なその姿に思わず吹き出してしまう。

「俺の抱き枕は、意外と可愛らしいところがあるのだな？」

「主上！」

ハハ！　と紫曄が声を上げ笑うと、凛花がまだ赤い頬で拗ねたように睨む。

「揶揄《からか》うのも程々にしてください！　噛みますよ⁉」

「舐めるだけにしてくれ」

虎には牙があるんだから！　と凛花は言外の視線に乗せて、紫曄は猫のザラザラの舌を思い描いてまた笑う。

――しかし、ここは後宮だ。

何かを勘違いした麗麗の頬に朱が上り、兎杜はそんな麗麗をきょとんとした顔で見上げた。人影がないことを確認すると、凛花は紫曄を朔月宮から送り出す。礼を取り頭を下げ見送ろうとしたその時、紫曄が「ああ、そうだった」と足を止めた。

「凛花、書庫の黄老師から伝言だ」

「えっ」

本当に話をしてくれたんだと、凛花は紫曄を少しの驚きで見上げた。信じていなかったわけではないが、こんなに早く話をしてくれるとは思っていなかった。

「黄老師はなんと……？」

「『朔月妃さまご本人の価値を見せてくださったならば、仰せの通りに』だと」

紫曄はニヤリと笑い、凛花の銀の髪を掬い取る。

「お前の銀の毛並みを見れば一発だとは思うがな」

「それは、そうでしょうが……」

神仙《しんせん》の研究もしている老師の前に、お伽噺や神話の存在である人虎《じんこ》が現れたなら当然だろう。だがそれは、凛花にとって大きな危険を伴うことだ。

(研究対象として大事にされるか、それとも実験動物扱いをされるか……。最悪は、用済みとなった後に人虎《じんこ》の秘密を暴露され、私だけでなく故郷にまで危険が及ぶことになるかもしれない)

凛花はつい先程までの笑顔から一転、唇を硬く結び紫曄を見上げる。

「決めるのはお前だ。それから、老師は俺の元教育係でもあったから、お前のことは俺が直々に話を通した」

「ちなみに、どのようにお話をしたのですか」

その内容によって自分の振る舞いも変えなければ。妃におねだりされたと言ったのか、脅迫まがいに押し切られたと言ったのか、それによって老師が受ける凛花の印象は大きく変わる。

「そのままだ。『抱き枕が勉強をしたがってる』と言っておいた」

「……は？」

「正確な紹介だろう？」

（正確すぎるでしょ⁉）

凛花はあまりに酷い紹介のされ方に、心の中でそう叫び頭を抱えた。

なんという言い方をしたのだ。何故『抱き枕』などという直接的で誤解を招く言い方をしたのか……！

「『抱き枕』ではいけなかったか？」

紫曄はクマの薄くなった顔で首を傾げ微笑む。

「あ。……いえ、その、恥ずかしいですけど……」

（主上がわざわざ『抱き枕』と伝えたのは『朔月妃のおかげで眠れた』と言ったようなもの。教育係だったという黄老師は、きっとうまく眠れず早朝に顔を出す主上を心配していたはず。それなら、きっと……！）

「ありがとうございます、主上。私の価値をどうお伝えすればよいかは少し考えたいと思います」

「ああ。しかしあまり考え込むな。俺を眠らせた時点で、既に一つ価値は示してあるからな。ほら、笑って見送れ」

紫曄はそう言って、まだ少し強張っている凛花の頬を両手で挟み笑った。

◆◆◆

麗麗は、小さな鍋を抱え廊下を歩いていた。たまにすれ違う宮女たちは、月妃《げっぴ》の侍女である麗麗がそんなものを抱えている姿にギョッとしたり、不思議そうな顔を見せたりしている。麗麗本人も鍋を抱えることなど初めてで、先ごろ主と交わした会話も相まってつい一人で笑ってしまう。

「麗麗、朝から色々と面倒を掛けてごめんなさいね」

「いいえ、これが私の仕事ですし、これからもご遠慮なくお申し付けください」

紫曄を見送った凛花と麗麗はふぅと揃って息を吐き、顔を見合わせ笑い合う。

「ありがとう、麗麗。そうだ、麗麗は朝食まだなんじゃない？　時間は大丈夫？」

「はい。我々は手が空いた順に取るようになっておりますので、ご心配なく」

「それならよかった。もう、主上ったら油条《揚げパン》食べ過ぎなのよね！　本当は麗麗にもと思っていたのに」

驚く麗麗をよそに、凛花は「あの方あんまり食べないって聞いてたから、絶対に残ると思ってたのよ？　主上を帰したら麗麗にも雲蛍州の蜂蜜で食べてみてもらいたかったのに」と言う。

「まさか。主の前で食事など畏れ多いことです」

「そんなことないわ。雲蛍州ではね、畑仕事の合間に仲間と一緒にお茶するなんて普通にしてたのよ？」

雲蛍州はなんとおおらかな土地なのか。麗麗は羨ましく思う気持ちもあるが、後宮では通用しない凛花の物差しを少々危なっかしく感じてしまう。

（先程だって、寝起きでいらした主上が、庭の竈《かまど》と用意された朝食に当惑されていたのに、凛花さまは全く意に介せずだった）

あの鈍感さは、凛花もまた州候の一人娘という唯一の立場だったせいかもしれない。我儘も突飛な行動も許されてきたのだろう。

自分も『この蒸籠《せいろ》に合いそうな鍋を借りてきて』と言われた時から、庭先で一体何を始めるのだ？　と困惑し驚いたが、そこは仕事として従うことができる。

（主上もよく怒りもせず、しかも戸惑いながらでも食事をしてくださったものだ）

紫曄がどんな行動に出るかと心配で、麗麗は不躾に見つめてしまっていた。だが、紫曄は、ただ苦笑し凛花から皿を受け取ったのだ。あの瞬間、ああ、この二人はこれが許される関係性を築けているのかと、麗麗は胸に喜びが広がるのを感じた。自らが仕える主が選ばれたということもあるが、その前に麗麗は、個人的に『雲蛍州の跳ねっ返りの薬草姫』のことが好きだったからだ。

麗麗はタコや古傷のある自分の掌を見つめフフッと笑う。

先程、皇帝を見送り庭の片付けをしていた時のことだ。麗麗は思い切って、気になっていたことを凛花に訊ねた。

「凛花さまは、何故このようなものをお持ちになっていたのですか……？」

並んでいるのは、蒸籠《せいろ》、薬研《やげん》、乳鉢《にゅうばち》、五徳《ごとく》といった、どう見ても後宮妃には必要のないものだ。

「ああ、後宮では暇を持て余しそうだったから、薬草の勉強をしようかなって。それに薬なんかも、自分で用意できるものは自分でと思ってね」

「では、五徳《ごとく》もそのために？　火打石や薬缶《やかん》などもお持ちのようですが……」

他にも愛用の物だと分かる小刀も使っていた。まるで野営でも想定しているような持ち物だ。まさかとは思うが、後宮を逃げ出すことを考えていたのでは？　と、麗麗は凛花を窺った。

「ええ。でも本当はもっと色々持ってきたかったのよね。これは最低限。蒸籠《せいろ》は籠を流用しただけだし、鍋は借りてきてもらったでしょう？　そのうち簡易的な炊事場を作れたらいいなと思ってたから、小さな物だけ選んで持ち込んだの」

「炊事までなさりたいとお考えで？」

「ああ、違うの。厨師や侍女を信用していないという意味じゃないの。薬を調合する工程で水や火が必要になる場合もあるし、薬草だって洗ったり干したり色々するでしょう？　だからよ」

「なるほど」

　後ろめたさを感じさせない凛花の言葉に、これは本心だと感じ麗麗は頷いた。

「あの、麗麗？　ごめんなさい」

「凛花さま？　どうして謝罪をなさるのですか？」

「だって、月妃《げっぴ》らしくないでしょう？　侍女であるあなたを失望させてしまったんじゃないかと思って……。ほら、初日にも夜の散歩に出て迷子になって面倒を掛けてしまったし……」

　しゅんと肩を落とす凛花を見て、ああ、この方は素直で真っ直ぐな方なのだなと、麗麗は眉尻を下げ微笑む。

「いいえ。失望などしておりません。むしろその逆です」

「え？」

「あなたは後宮へ入って今も尚、雲蛍州の姫なのだなと嬉しくなりました。――凛花さま、私が何故あなたの侍女になったかをご存知でしょうか」

「えっ。いいえ。その……押し付けられたのかなと思ってはいたけど……？」

「はい。半分は正解です。押し付け先を探していると聞き、私が志願したのです」

凛花は驚いた顔で麗麗の顔を見上げた。

「私は武門の生まれだとお話ししましたね」

麗麗は、幼い頃から武術の鍛錬で生傷が絶えなかったこと、朔月宮の侍女になる前は神月殿《しんげつでん》で衛士《えじ》をしていたことも話した。神月殿《しんげつでん》には高貴な出の女性月官《げっかん》も多いので、女性衛士《えじ》も必要になるのだ。

「生まれてから二十一年間、私は傷薬に打ち身の湿布、痛み止めの薬などの世話になりっぱなしでした。当家で使っていた薬は、雲蛍州候の姫君が育てて研究した特別なものだと聞き、私はひとりで感謝していたのです」

凛花はポカンとした顔で、ただ侍女の言葉を聞いている。

「私はあなたの薬に支えられていたのですよ。ですから凛花さま、今度は私が、あなたを侍女としてお支えいたします」

「麗麗……。そんなこと言われたの初めてで、なんか……すごく嬉しい！　ありがとう。改めてよろしくね、麗麗」

まさか薬草が麗麗との縁を繋いでくれただなんてと、凜花は思ってもいなかった縁に感謝をし、麗麗はやっと長年の礼を言えたと微笑む。

だがもう一つ、麗麗には凜花に伝えておきたいことがあった。

「はい。こちらこそ！　あの、ですが凜花さま、実は私は侍女になることが決まり、初めて衣装選びや髪結を学びまして……。衣装は先輩女官に協力いただきながらご用意しておりますが、不手際があるかもしれません。その点に関しては私のような未熟者で申し訳なく……」

「そうなの!?　麗麗って器用なのね。私、麗麗みたいに髪を結ったりできないし、それに衣装の趣味もいいと思うし……。私の侍女が麗麗でよかったと思ってる」

凜花は麗麗の武骨な手を取り、そう言った。

「――本当に、私はよいお方に仕えることができた」

呟く麗麗の視線の先には、つまらなそうな顔で働く宮女たちの姿。

（貧乏くじを引いたと思っている宮女たちも、いつかよい主人に仕えられた幸運に気付くことができればいい）

麗麗はそう思い微笑んで、抱えた鍋を返すため厨房へと急いだ。

第三章　月妃《げっぴ》たちと嵐

「ちょ、ちょっと麗麗！　これ見て！」

皇帝からだという仰々しい書状が届き、怪訝《けげん》な顔で中身を確認していた凛花はそう言った。

「私が見てもよろしいのですか？」

「いい！　その上で相談したいことがあります！」

麗麗が覗き込んだ書状に書かれていたのは『公開調練への臨席』についてだった。

凛花だけでなく、全ての月妃《げっぴ》が出席するようだ。

「どうしよう。二日後だなんて……」

「参りましたね。やっと月妃《げっぴ》さま方への挨拶の日取りが決まりましたのに、同じ二日後とは……！」

凛花と麗麗はがっくりと項垂れた。二日後は、先日紫曄に呼び出され、急遽中止となった挨拶回りのやり直しの予定だった。新参の妃が未だ挨拶に出向いていない状況

はよろしくなく、朔月宮としては一刻も早く挨拶を済ませたいところ。だというのに──

「あまりにも急ね。何してくれるのよ、主上は……！」

「いえ、もしかしたら……主上が主導したのではないのかもしれません」

麗麗は厳しい顔で書状を読み返している。

「どういうこと？　軍のどなたかが月妃《げっぴ》見たさに？　まさか。月妃《げっぴ》に関しては主上の許しがなければ無理でしょう？」

「はい。ですから、主上に意見できる立場──側近の双嵐の仕業かもしれません。異例である月妃《げっぴ》の臨席、しかも急な日取り。大臣や将軍たちまでもが揃う大きな公開調練となれば、衣装も選ばなければなりませんし、直前に命を出すなど通常考えられません」

「双嵐って、主上の側近よね？　名前しか知らないけど、そういう無茶が許される人物なら……曲者ね」

「はい。私も少々知っている者たちですが、主上至上主義の双子です。彼らも皇族ですから、月妃《げっぴ》に睨まれることなどなんでもないのでしょう」

そういう者たちなのかと凛花は噂でしか知らない双子を思う。何を考えて月妃《げっぴ》たちを公の場に揃えようというのか。そして、それを許した皇帝も何を考えているのだ？

凛花は彼らの思考を図りかね首を捻る。

「ところで凛花さま、挨拶回りについても考えなければなりませんが、公開調練の臨席についても考えませんと」

「そうね。そもそも公開調練って……何？　軍の訓練を見る行事なのは分かるけど、月妃《げっぴ》は何をするの？　それにどんな格好が相応しいのか……」

これは寵姫《ちょうき》と呼ばれればはじめている朔月妃の、初めてのお披露目の場になる。それに挨拶ができていない状態で、他の月妃《げっぴ》たちと顔を合わせることにもなるのだ。何処にどの様な意図があるのかは分からないが、上手く立ち回らなければ朔月妃の名に傷が付くこととなる。

「――凛花さま、私は年嵩の女官や宦官《かんがん》に話を聞いて参ります」

「お願い」

凛花は麗麗を送り出すと、溜息を吐き挨拶回りについて思考を巡らせた。しかし、どうにも気になるのは調練への急な臨席要請だ。

調練なんて月妃《げっぴ》には縁遠い場へ、わざわざ呼び出す意図はなんだろう？　それに――

「誰が月妃《げっぴ》を見たいと思ったのか……よね」

後宮の生活にすら慣れていない凛花にとって、表の意図を量ることはまだ難ししかった。

◆

公開調練の日は生憎の曇り空だった。

広い調練場は中庭のような作りになっており、皇帝をはじめとした列席者たちは、高い位置にある露台から見下ろす形だ。正面には皇帝や側近、高官たちや将軍が席を連ねている。そして凛花たち後宮の月妃《げっぴ》たちは、脇を囲む回廊に席を用意されていた。

「麗麗？　あなた本当にその格好でいいの？」

月妃《げっぴ》たちが集いはじめていた控えの間で、凛花と麗麗は人々の目を集めていた。

『あれが噂の主上の猫か』と凛花へ注がれる視線。そして麗麗へ注がれる『なんだあの侍女は』という視線が、二人にこれでもかと突き刺さる。

「はい。本日の私は護衛兼侍女ですので、この格好が相応しいでしょう！」

そう胸を張る麗麗は、他の侍女たちのような華やかな襦裙《じゅくん》ではなく、鎧を身に着け腰に剣《つるぎ》を携えていた。背も高くいつも以上に凛とした雰囲気の麗麗は、まるで若い男性武官のようにも見え、女官たちの注目を更に集めていた。

ちなみに凛花は、朔月妃の色である白藍色《しらあいいろ》の衣装をまとい、華美にならない程度に飾り付けられている。調練という場であることと、その序列を考えてのことだ。

「どういうわけか、朔月宮からは侍女一人のみしか供を許されませんでしたので、私が護衛も担うのが適当でございましょう！」

その通りだった。周囲を見回せば、侍女が数人いるのは当たり前。宮付きの衛士《えじ》の姿もある。

本日は皇帝からの招待という形ではあるが、月妃《げっぴ》に関する物事は宦官《かんがん》の管轄だ。きっと、最近話題の猫が気に入らないと囁かれ、朔月妃に恥をかかせてやろうとささやかな意地悪が贈られたのだろう。だが凛花は、供は一人のほうが気楽だし、麗麗も堂々と武装し、いきいきとした顔を見せている。逆に意地悪には感謝だ。

「そうね。麗麗がいてくれれば安心ね。さて、それじゃそろそろ始めましょうか」

「はい！」

そう言うと、麗麗は小卓《しょうたく》の上に置いてあった白藍色《しらあいいろ》の包みを四つ、ひょいっと持ち上げた。さあ、公開調練の前に挨拶回りのやり直しだ！

「凛花さま、まずは現在、一番位の高い妃、弦月妃さまからご挨拶に参ります」

「ええ」

（弦月妃さま。董家のお嬢様でお歳は十六。宦官《かんがん》の長である祖父の後押しで後宮入りした高飛車な美少女……か。無事に挨拶を受けてもらえればいいけど……）

凛花は深呼吸で緊張を静め、華やかな一行のもとへ一歩を踏み出した。

近付く凛花に目線を向けたのは、紅梅色《こうばいいろ》の帯を締めた侍女。その中心では、揃いの銀の簪《かんざし》を付けた侍女に囲まれた弦月妃――董白春《とうはくしゅん》が微笑んでいる。凛花からは横顔がチラッと見えただけだが。

本日、約束通り挨拶の機会をいただきたいとの申し出はしてある。侍女の数人は凛花に目をくれたが、弦月妃に近い侍女は全くの無視だ。もちろん、弦月妃本人も凛花に気付く素振りは見せない。

（さすが皇都の名家のお嬢様。新参の田舎者なんか目に入りませんってことかな）

「月にもたらされた出会いと機会に感謝いたします。朔月妃、虞凛花と申します」

凛花は一行の前で跪き、練習通り初対面の挨拶口上で拱手《きょうしゅ》をする。すると弦月宮の侍女たちが左右に避けて、やっと主人の姿を凛花に見せた。

「朔月妃より、ご挨拶の月妃餅《げっぴもち》でございます」

麗麗が白藍色《しらあいいろ》の包みをとき、蓋を開けて餅を見せる。新参の妃が自己紹介の餅を差し出し、先輩の妃が受け取ることで仲間入りを了承するのがお決まりの流れだ。

「――月のお導きに感謝と慈悲を。どうぞ、お立ちになって」

弦月妃が張りのある声で言った。艶やかな黒髪に涼し気な目元の美少女だ。弦月妃の色である紅梅色《こうばいいろ》を使った衣装は、近くで見ると豪華で質が良いことがよく分かる。

噂通り高飛車そうな印象はあるが、思わず圧倒されるような存在感は、さすが皇后望月妃の筆頭候補だと凛花は思った。

（宦官《かんがん》の長という後ろ盾もあるこのお嬢様なら、主上を呼びつけることくらいできるわけだわ……）

先日、凛花との予定を取り消させ、宮へ招待したのがこの弦月妃だ。そのこともあり、凛花は少々緊張し警戒心を持っていた。だが弦月妃の態度は、素っ気ないものの常識的で、凛花は波風を立てることなく挨拶を終え、弦月妃の前を辞した。

そして次は、反対側に席を設けている眉月妃のもとへ向かう。

眉月妃一行は、弦月宮とは方向性の違う豪華さが目を引いた。

侍女も本人も、眉月妃の色である鴇鼠色《ときねずいろ》を基調とした衣装だ。鴇鼠色《ときねずいろ》は、弦月妃の紅梅色《こうばいいろ》よりも淡く薄い赤系の色。基本的に月妃《げっぴ》の色は、序列が高いほうが濃く、低くなるほど薄くなっていく。

凛花は先程と同じくお決まりの挨拶をし、月妃餅《げっぴもち》を手渡す。すると脚を組みなおした眉月妃から、甘ったるい匂いがフワリと香った。

「月のお導きに感謝と慈悲を。ようこそ後宮へ。朔月妃さま」

眉月妃、呂玲蝉も名家のお嬢様で、父親は将軍職を頂いている十九歳。自信たっぷりな話し方と濃い化粧、肉感的な肢体を魅力的に見せる着こなしが婀娜《あだ》っぽい。

（う……虎化《とらか》の影響だ。香りがキツイ……）

眉月妃が動く度に、衣装に薫焚き込めた香が凛花の鼻にはっきりと届く。それに上衣《うわぎ》にびっしりの金刺繍や玉の装飾品が目に痛く、豪華というより派手な印象の妃だ。

「ねえ、朔月妃さま？　あなた猫なんですって？　どんなお声で鳴いているのか興味があるわぁ。うふふ」

「……まあ、眉月宮に猫はおりませんの？　後宮には沢山いらっしゃるのだと思っておりましたわ」

凛花はニッコリ笑ってそう答えたが、眉月妃はあからさまに気分を害した様子で、苛立たしげに脚を組み返し、凛花に「ごきげんよう」と一言告げて退席を促した。

「凛花さま、あの方は随分と奔放でいらっしゃるそうですので、お気になさらずに」

「ええ。後宮っぽいちょっと下品なご挨拶で驚いたわ」

二人は小声でそんな言葉を交わす。

凛花とて、腐っても元跡取り娘だ。それなりの教育も受けたし虎譲りの度胸もある。

（とはいえ嫌味に嫌味で返すのは疲れるし、ちょっと堪えるのよね……）

凛花は溜息をこぼしそうになったがこの場では呑み込む。

平穏な後宮生活を送るには、まずは舐められてはいけない。どんな破落戸《ごろつき》かと思うが、後宮も裏社会もそこは同じ。一度弱者と見下されたら挽回はなかなか難しく喰われるだけだ。凛花に寵を競うつもりはないが、大人しく喰われるつもりもない。

（それに『猫』だなんて、やっぱり噂が回ってるのね）

ただでさえ『神託の妃』という触れ込みでの後宮入りだ。『猫』や『抱き枕』といった風評が広まるのは嬉しくない。

（私は、ひっそり後宮で体質改善したいだけなのに……！）

凛花はここへ来た目的を思うが、しかし頭の片隅に紫曄の顔がちらついた。

眠れない皇帝が、甘えるように、縋るように虎猫の自分を抱きしめ眠りを得る。

「取り引きだし、不本意な噂も名も甘んじて受けるけど……さ」

凛花は僅かに頬を染め、そう呟いた。

◆◆◆

「なあ、アレ何してんだ？」

そう言ったのは晴嵐だ。席が設けられている露台からは、月妃《げっぴ》たちの控えの間が見える。

「朔月妃の挨拶回りですよ。なんでも先日、誰かさんの我儘により挨拶回りを潰されたそうで。こんな略したような挨拶回りでは肩身が狭いでしょうに。ねえ、紫曄」

雪嵐はそう言って、天幕の下に引っ込んでいる紫曄を振り返った。

「うるさい。あの時は眠いし頭痛はするしで仕方がなかったんだ」

紫曄はクマの目立つ顔で、幼馴染みたちに拗ねたように言う。

調練の開始時刻には早いが、幼馴染み同士の内緒話をするのにここは丁度よく、三人は早めにここへ集っていた。

「しかしあなた、また眠れていないんですか？」

紫釉は渋い顔で小さく頷く。皇帝だけが身に着けることができる色、黒に近い紫色の衣装は、ここ数日眠れていない紫曄のクマを濃く見せている。

「あの猫に寝かし付けてもらわねぇと眠れないってのも考えもんだな。なあ紫曄、いい加減に朔月妃のこと話せよ」

神託の妃である朔月妃を寵姫《ちょうき》にするつもりなのか、それとも一気に皇后望月妃とするつもりなのか。何か考えているような紫曄の様子を二人は黙って見守っていたが、そろそろそれも限界だ。幼馴染みのお節介や興味ではなく、側近としてどう動くかを決めなければならない。双子はできれば公開調練が始まる前に、紫曄の気持ちを確認したいと思っていた。

頬杖をついていた紫曄は、ハーッと一つ息を吐き、不本意そうな顔で言った。

「そうだな。『白銀の虎が膝から下りる時、月が満ちる』……その神託が、当たったかもしれん」

その一言に、雪嵐と晴嵐は驚いた顔を見せ紫曄を覗き込む。

「わけが分からねぇ神託だと思ってたが、どこが当たったんだ？」

「私はもう既に当たった神託かと思ってましたが。——先帝陛下の退位で」

三年前、まだ紫曄が太子であった頃に出た『白銀の虎が膝から下りる時、月が満ちる』というこの神託は、『月』とあることから皇帝に関するものと判断された。

月魄国《げっぱくこく》において、月は国の象徴だ。満月、望月、呼び方は様々だが、皇帝を指して『月』を使うことがある。歴史書では暗君《あんくん》を『無月《むげつ》』と見えない満月の名で呼び、幼帝には期待を込めて『繊月《せんげつ》』と、これから満ちていく細い月の名で呼んでいる。

当時、先帝の在位期間は既にほどほど長く、治世の評価もほどほど。無駄遣いと妃の多さが気になるが、上手く清濁《せいだく》併せ呑んだ朝は、ほどほどに回っていた。

そこに出た『月が満ちる』の神託だ。神月殿《しんげつでん》による解釈は難航し、『月』と『満』の文字から新たな『望月妃』が出るのでは！　と着地した。その時、望月妃がいたにもかかわらずだ。神託を的中させるには新望月妃に据える娘が必要。

さあ、どんな娘が相応しい？　そこで注目されたのが『白銀』の部分だ。『白銀』に当てはまるような、銀を冠した名前、銀の瞳、髪。そんな特徴がある娘が国中から炙り出された。その次に注目されたのは『虎』だ。地名や家名、虎に関する伝承が残る地域などを端から上げていった。そして『白銀』の髪を持ち、『虎』の伝承が残る地にいた娘、凛花を後宮に入れることが決まったのだ。

『膝』や『下りる』の解釈は分かれたが、膝とは庇護の象徴、下りるは山がちな雲蛍州を出ること指していると解釈された。しかしその裏では『この娘を迎えたら、皇帝は退位するのではないか』とも噂されていたのだが――

「そうだな。俺も父の退位であの神託は果たされたと思っていた」

その頃の先帝は銀にも見える白髪で、玉座には虎の毛皮を敷いていた。そして三年前、紫曄が先帝を玉座から引きずり下ろし即位した。そのことで、神月殿《しんげつでん》が認定した解釈とは違う『白銀の虎が膝から下りる時、月が満ちる』に合致する状況が生まれた。

「いやでも、今回の朔月妃で当たったっぽいんだろ？　神託」

「ただの神月殿《しんげつでん》のごり押しの後宮入りだったのに？」

神月殿《しんげつでん》としては、神託は解釈通りでなければならない。『当たった』と認定されぬまま出した神託を引っ込めることは許されず、外れることも許されない。だから『神託』は、三年の時を経て実現させられたのだ。今度こそ、解釈通りに望月妃を出し、月を満たそうとして。

「神月殿《しんげつでん》の思惑通りなのは気に食わんが、多分……当たっている。少なくとも朔月妃が『白銀の虎』であることは間違いない」

確信を持った紫曄の言葉に、双嵐は顔を見合わせた。

「無意識だったが『月』は確かに、朔月妃によって満たされた」

皇帝の言葉の重さを理解している紫曄が断言するのは珍しいこと。それ程までに相性がよい妃だったのか？　と、まさかの発言に二人は驚きを隠せない。

「アレと一緒だと、本当に朝までぐっすり眠れた。まさか不眠症解消の特効薬が、神託の妃だとは思わなかった……！」

「はぁ？」

「は？」

月――すなわち皇帝である紫曄の睡眠が満たされた。それが神託の的中であり真の解釈だとの言葉に、二人はアハハ！　と笑った。

「へぇ。あの『初夜』はそういうことか。でも散歩で迷子になって紫曄のとこにって、できすぎじゃねぇ？」

「目立たぬよう宦官《かんがん》の姿で帰したのですか。兎杜に協力させて？」

双子はひとしきり笑った後、ずっと気になっていたことを聞き出していた。噂は手に入るが、兎杜に聞いても一切喋らないので真実が分からないままだったのだ。

「神託通り膝の上で愛でたのか？　ハハ！」

「榻《ながいす》で寝てたから抱き枕にしただけだ」

「人肌は温かいですすし、心音も落ち着くと言いますしね。紫曄はまだ子供でしたか」

「お前らと二つしか変わらない……！」

しかし夜中に出歩くとは……一体どんな妃なのだ、朔月妃は。話を聞きながら、雪嵐と晴嵐は内心でそう首を傾げていた。

そもそも妃となるような身分の女が一人で出歩くことはまずあり得ない。昼であっても、夜であっても、屋内であってもだ。しかも最初は皇帝と気付かず抱き枕になっていただと？　どんな貞操観念をしているのか意味が分からない。

後宮妃の立場を分かっているのか、相手が紫曄だったからお咎めなしで済んだのだぞ？　と、破天荒すぎる新参妃に二人は言ってやりたいと思った。

だがこれは、紫曄が凛花の虎化《とらか》を伏せて話したせいだ。

しかし、目の前で変化《へんげ》を見ない限り、人が虎に変わるなど信じられないだろう。話したとしても、紫曄の正気が疑われるだけだ。

「まあ、寝かし付けてもらえてよかったよ、紫曄」

「ですが、抱き枕に溺れない程度にしてくださいね、紫曄」

最後に雪嵐がチクリと釘を刺したが、皇帝となってから約三年。徐々に上手く眠ることができなくなっていた紫曄に、久し振りの安眠をもたらしてくれた妃には感謝しかない。とはいえ、わけの分からない行動がある妃だ。やはり試さなければと双子は頷く。

「お？　次は暁月妃にご挨拶か」

「さて、神託を出した当人とのご対面はどうなりますかね」

凛花を見下ろす双嵐の後ろで、紫曄は鈍く痛む頭に眉をしかめていた。

◆◆◆

暁月妃、赫朱歌《かくしゅか》は先の二妃とは違う方向で凛花を驚かせた。

「月にもたらされた出会いと機会に感謝いたします。お会いできる日を楽しみにしておりました、朔月妃さま！」

彼女は凛花が挨拶をするよりも先に、金茶色《きんちゃいろ》の帯の侍女たちと共に、逆に跪きそう挨拶をした。

「暁月妃さま！　いけません、どうか私からご挨拶をさせてくださいませ……！」

暁月妃は朔月妃よりも二つ上の位の妃。本来ならば下位である凛花が先に挨拶をするもので、このように逆に挨拶を受けるとは思っておらず、凛花は慌てて跪く。

「どうして？　私にとっては神託の妃である、あなた様のほうが上位ですよ」

暁月妃は凛花の手をきゅっと握り立ち上がらせると、赤みがかった金髪をふわりと揺らしニッと笑う。

（――暁月妃さまは元神月殿《しんげつでん》の月官《げっかん》。だから神託を重んじているってこと？）

「ふふ。主上とは無事初夜を過ごされたそうで！　おめでとうございます」

「い、いえ、そんな……」

この言葉は素直に受け取るべきだろうか？　暁月妃の笑みと言葉からは毒が感じられない。さて、どのように対応するのが正解か。凛花が曖昧な微笑みの裏で逡巡していると、暁月妃は凛花の隣へ声を掛けた。

「麗麗も久しぶり。元気そうで安心したよ」

「恐れ入ります。朱歌さまもお変わりないようで安心いたしました。――凛花さま、私は神月殿《しんげつでん》では朱歌さまの護衛をしていたのです」

詳しく話しておらず申し訳ございませんと言う麗麗に、凛花は気にするなと笑う。

「そうなのね。暁月妃さま、麗麗ともども今後もよろしくお願いいたします」

（護衛が付くような月官《げっかん》は高位……暁月妃さまは特別な月官だったのね）

神月殿《しんげつでん》について凛花が知っていることは伝聞ばかりだ。皇帝に保護された宮廷との関係も深い組織なので、外の人間には知らされていないことも多い。

しかし信仰だけでなく、医療院や学問の場としての役割も担っているので、国民からは一定の尊敬を集めている。そして神月殿《しんげつでん》では、護衛も『護衛月官《げっかん》』という月官《げっかん》になるのだ。月官《げっかん》は男女共に純潔が条件なので、後宮へ入ることは禁忌に触れる。絶対に後戻りができない忌避される行いだ。

「こちらこそ！　ところで朔月妃さま、あなたのお顔をよく拝見させてくれないか？」

暁月妃は少し高い目線から凛花を見つめ、その顎をツイッとすくった。まるで口づけの距離感で目と目が合い、凛花は思わずドキリとしてしまう。

素の麗麗と似た中性的な話し方。低めの声、飾らない微笑みと真っ直ぐな瞳。元月《げっ》官《かん》らしい清廉な雰囲気と、ちょっと独特な距離感がとてつもなく魅力的だ。

「うん。やはりそうだ。朔月妃さま。あなたの月の加護を、どうか眠れないあの人にも分けてあげて」

「えっ……」

凛花はギクリと肩を揺らした。

(『月の加護』ってなに？　まさか虎化《とらか》のこと？　それに『眠れないあの人』って、どうして暁月妃さまは、私や主上の秘密を知っているの？)

凛花の頭は疑問でいっぱい、胸はざわざわと騒いでいる。

「あはは！　驚かせてしまったのならごめんなさい。朔月妃さま、月のご加護がありますように」

これは別れの決まり文句だ。疑問ばかりを凛花に手渡して、暁月妃は笑った。

（不思議な人。確か暁月妃さまは主上より一つ年上の二十七歳。年齢的には少し高いし、月官《げっかん》が後宮に入ったのが謎よね？　皇后になりたいようにも見えないし……）

「凛花様、暁月妃さまのことをお考えですか？　あの方は占いがお得意でして、たまに常人には分からないようなことをおっしゃるのですよ」

「占い……？」

そんなことで皇帝や自分の秘密が分かってしまうものなのか？　凛花は首を捻るが、不思議な雰囲気を持つ暁月妃のことは、なんとなく好ましく思った。

「さあ、最後は薄月妃さまね。麗麗は薄月妃さまとも面識があるのよね。どんな方？」

事前に聞いている情報は、名前と年齢、それから麗麗と同じ武門の出身で、大切にされた末娘ということくらいだ。

「面識という程ではありませんが、何度かお会いした印象は穏やかでお優しい方でしょうか。兄姉たちに非常に可愛がられておりました」

「そうなのね。ちょっとホッとしたわ」

そのような人柄なら挨拶も平穏に済むだろう。凛花は安堵の息を吐き、薄月妃のもとへ向かった。

「月のお導きに感謝と慈悲を。わたくしは陸霜珠《りくそうじゅ》と申します。仲良くしてくださいませ、朔月妃さま」

ふわりと微笑む姿は可憐の一言に尽きる。薄月妃の色である薄萌木色《うすもえぎいろ》がよく似合う柔らかい雰囲気だ。薄月妃、霜珠は十七歳。小柄なせいもあり少々幼さを感じるが、左右対称に結い上げた髪が小動物の耳のようで可愛らしい。

「はい。こちらこそ喜んで」

陸家の兄姉たちが彼女を可愛がった気持ちが分かる。凛花はそう思い微笑み返す。

「朔月妃さま……あの、不躾ではございますが、伺ってもよろしいでしょうか」

「はい。なんでしょう」

「朔月妃さまには、主上のお召しがあるのですよね？」

「え。……ええ、まあ」

まさかの質問に、凛花はギクリと肩を揺らし素の表情を見せてしまった。完全に油断していた。この可愛らしい霜珠もまた、皇后の座を狙う肉食系月妃《げっぴ》だったのかと、凛花は気を抜いていた自分に溜息をこぼしかけた——が。

「ああ、よかった……！」

「え？」

「実はわたくし、月妃《げっぴ》になりたくありませんでしたの」

霜珠は頬をほんのり桃色に染め、小声でそんな暴露を口にした。

「えっ」

「父や兄が勝手に勘違いをしまして……。わたくし『どんなお方が望月妃になられるのかしら』と、ちょっと口にしただけでしたのよ？　それなのに主上に恋情を抱いていると曲解したようで……。そこの麗麗はよく知っていると思いますが、我が家はどうにも猪突猛進《ちょとつもうしん》と申しますか……本当にお恥ずかしいですわ」

赤い頬を手で押さえ、霜珠は眉を八の字にして微笑む。そんな親馬鹿、兄馬鹿思考から末娘を後宮に入れるのか⁉　と、凛花は後ろの麗麗を振り返り『本当に⁉』と目で訊ねた。すると麗麗は力強く頷く。

「ですが、わたくし安心いたしました。朔月妃さまが御寵愛を受けておられるのなら、主上はわたくしになど見向きもしませんもの！　本当に安心いたしました」

「それでは薄月妃さまは、皇后にはなりたくない……のですか」

凛花も小声で訊ねると、侍女たちは周囲に会話が漏れぬよう二人を囲む。

「はい。皇后どころか……正直、主上には興味が持てませんの。あの、これは悪口ではないのです。ただ、大柄な男の方はもう家族だけでお腹いっぱいで……」

「ああ。お察しいたします」

「まあ、分かってくださいます？　わたくし、細身でお話をよく聞いてくれる方に出会いたかった……。強引な方は本当に苦手なのです」

「ああ、主上もちょっと強引なところがありますものね」

意外とお喋りな霜珠の口がパタッと止まり、不安げな目で凛花を見上げた。

「薄月妃さま？　どうかされましたか？」

「朔月妃さま、主上からご無体な扱いを受けております……の？　わたくしったら、よかっただなんて言ってしまって……！」

「いいえ⁉　そういった意味では……！　我儘程度の強引さですし、皇帝ですし、だからあの、大丈夫ですよ⁉」

本当ですの？　と、想像力が豊からしい霜珠は瞳に涙を浮かべている。

（なるほど、陸家は猪突猛進《ちょとつもうしん》……！）

小さくて穏やかで可憐な霜珠も、やはりその一員なのだなと凛花は思った。

そして、薄月妃霜珠とは話が弾んだこともあり、名前で呼び合いましょうと微笑み合い挨拶を終えた。

◆

『ドーン』という太鼓の音を合図に、公開調練がはじまった。

鎧を着けた兵たちが居並び、訓練とはいえ物々しい雰囲気だ。正面から広場を見下ろす露台には、中央に皇帝とその側近が、左右に大臣と将軍たちが並んでいる。

（あ、あの二人が双子の側近『双嵐』ね）

凛花は用意された席からチラリと二人を盗み見た。文官と武官、対照的な格好をしているが、遠目であってもよく似た面差しなのが見て取れる。

（麗麗は、月妃《げっぴ》の参加は双嵐が主導したのかもって言ってたけど、なんで月妃《げっぴ》を表に引っ張り出したんだろう。今のところ特に変わったことはなさそうだけど……？）

凛花は月妃《げっぴ》席の一番端で、きゅっと拳を握りしめる。

（とにかく私は、雲蛍州の者として恥ずかしくない振る舞いをしよう。何が目的かは分からないけど、衣装や振る舞いはきっと見られている）

そう思い背筋を伸ばすと、刺さるような視線を感じ凛花は顔を上げた。そろりと視線の主を見てみれば、双嵐の兄、雪嵐がこちらを向いていた。

――見られている。あの視線はあからさまな値踏みだ。凛花は憂鬱さと緊張を覚えたが、ドン！　ドン！　と打ち鳴らされる太鼓の音で、スッパリ思考を止めた。

（あちらの思惑なんて考えたって分かるわけがない。それなら滅多にない機会だし、麗麗も楽しそうにしてるし、まじめに調練を見学しよ！）

太鼓の音に合わせて動く兵士たちは、個人ではなく『隊』という生き物のようで、武芸にあまり興味のない凛花でも素直に感嘆してしまう。

「あ！　麗麗見て、あれ兎杜よね？」

太鼓で指示をする人物の隣で何かを書き付けている。

「ああ、そうですね。兎杜は軍師の勉強もしているそうなので、きっと記録を付けているのでしょう」

「軍師……。兎杜って本当に才能豊かな子なのね。すごい」

才気に溢れる子供は、将来は何を目指しているのだろう。あまりに何でもできると選ぶのも大変そうだ。一生懸命に筆を走らせる兎杜を見て、凜花は微笑んだ。

ドドドン！　ドン！　と太鼓が鳴らされて、一つの大きな生き物のようだった兵たちがピタリと動きを止めた。そして次の太鼓で武器が下ろされ、彼らは一斉に礼を取った。調練はこれで終了だ。

この後、兵たちにはささやかな宴が用意されているらしいが、月妃《げっぴ》たちはそのまま後宮へ戻る予定になっている。

さあ、さっさと退席しよう。凜花は噂の『猫』を見ようと、向けられた不躾な視線に辟易していたし、麗麗は調練を楽しめてもう満足だ。長居の必要はない。

(何事もなく済んでよかった。なんとか挨拶もできたし、朔月妃としてはよしね)

凜花はさっさと紫曄に挨拶だけしてしまおうと視線を向けると、先程、目が合ってしまった雪嵐が紫曄の前へ出で、よく通る声で言った。

「主上。ここで一つ余興はいかがでしょうか」

紫曄は怪訝《けげん》な顔を向けたが、雪嵐はにこりと微笑み言葉を続ける。

「本日の月妃《げっぴ》さま方のご列席は、眉月妃さまからのご提案であると伺いました。軍にご興味を持たれるとは、さすが呂将軍のご息女です」

（眉月妃さまが……？）

派手な装いで婀娜《あだ》っぽいあの妃が、どんな目的で？　凜花と麗麗は揃って首を傾げる。どちらかといえば、埃っぽい調練になど興味なさそうなものなのに、と。

「ところで、後宮でも非常時には鳴り物を使い伝達を行うと耳にしました」

凜花が『そうなの？』と麗麗に視線で訊ねると、麗麗は頷き小声で言った。

「音の数や、その長さによって伝達内容が分かるのですよ」

「ああ、さっきの兵士たちと同じなのね」

それにしても、雪嵐と隣の晴嵐は楽しそうな顔をしているが、対する紫曄はムスッとした顔をしている。これは腹を立てているのではなく、何をするつもりだ？　と困惑を隠している顔なのでは？　と凜花は思う。

「――いざという時に主上の寵姫《ちょうき》を守れるか、伝達内容を正確に受け取り動けるか。女官たちにも簡単な訓練をしてもらっては如何でしょうか」

月妃《げっぴ》席を見下ろして、嵐の名を持つ双子がニヤリと笑った。

◆

裾をそっと摘まみ、調練場へ降りる女たちはざわついていた。

しかし表情を窺い見ると、そこにあるのは不満ばかりではなかった。突然の訓練を厭う声の中に、武官と知り合う好機だとソワソワしている者たちもいる。

それは兵たちも同様で、せっかく宴で酒が飲めると思ったのに……と不満を漏らす者もいれば、女官と声を交わす機会だ！　と喜んでいる者もいる。

侍女たちは兵から矛を手渡され、身分の低いものから順に整列させられていく。左右二つの隊に分けられ、皇帝のいる観覧席から見て右に序列二位の眉月宮、四位の薄月宮、左に序列一位の弦月宮、三位の暁月宮と並んでいる。どこも侍女の数は五、六人だが、煌びやかな装いの眉月宮は十人も引き連れている。

朔月宮は凛花を入れてもたった二人の参加なので、人数が少ないほう――最上位の月妃《げっぴ》、弦月妃のいる左軍に加わった。

（ん？　眉月宮はやけに参加人数が多いのね。眉月妃さまだけでなく、侍女も今日の調練に興味があったのかな……？）

凛花は意外だなぁと、全体的に華やかな眉月妃一行にそっと視線を向けた。

「ねぇ？　さっきの隊長さん、悪くなかったわ。遊びに来るように言ってちょうだい」

「かしこまりました」

「それからねぇ……」

凛花の虎耳が、扇の内側で交わされているそんな言葉を拾ってしまった。

(なるほど……。興味があったのは調練じゃなくて、武官のほうだったのか)

麗麗が耳打ちしてくれた『奔放』とはそういう意味かと、凛花は納得する。皇后の座を窺っている月妃《げっぴ》としてはどうかしていると思うが、自分の楽しみと利益に繋がらなければ、月妃《げっぴ》が調練になど興味は持たないのは理解できる。

お嬢様育ちの彼女たちは、そもそも砂埃《すなぼこり》が立つ地面になど降りたくもないだろうし、兵たちの近くにも寄りたくないはずだ。

すぐそこで顔をしかめている集団のように――

「嫌だわ、靴に土が……！」

「ああ、裾が汚れてしまいます」

「矛なんてこんな重いもの持てません……！」

弦月宮の宮女たちがヒソヒソと不満を漏らしていた。

細身な弦月妃は矛を持ち支えることができないようで、美しい顔を苛立たしげに歪めている。彼女に付き従う銀の簪《かんざし》を挿した侍女たちも、露骨に眉をひそめ矛を持つことすら拒否する者もいる。

（弦月宮は、弦月妃を筆頭にこの訓練が不満そうね。眉月宮は目的を果たしてご機嫌な眉月妃さまの手前、文句は言ってないけど……ああ、でもやる気はなさそう。眉月妃さまも渡された矛を放棄してるし）

対して、暁月宮と薄月宮は楽しそうにしていた。

暁月宮は、妃が元月官《げっかん》なので神月殿《しんげつでん》出身者が多い。凛花は武とは縁遠い印象を持っていたが、矛を持ち慣れている様子の者や、初めてで楽しい！　と素直に受け入れている者がほとんど。それから薄月宮は、全員が麗麗のようだった。

「わぁ……霜珠さまの姿が見えない」

小柄な霜珠を囲む侍女たちは、生き生きとした顔で矛の素振りしていた。

「あそこの侍女は皆、陸家の者ですから。幼い頃に一緒に修練をした仲間も多いです」

「仲間？　あ、武芸を学ぶ学校のような場所があるの？」

「はい！　武門の子女が集まる機会は多かったので、知り合いも多いです」

「そうなのね。さすが様になってるわけね」

「それは当然です！　女子といえども一通り仕込まれますから……ん？　この矛軽いな。こんな機会があると分かっていたら自分の矛を持ってきたのに……！」

そう言い片手で矛をブンッと振る麗麗の姿は、侍女の中で一番力強くて頼もしい。脇に立ち並ぶ兵からも「おおっ！」と歓声が上がっている。

「ふふ！」

やっぱり私の侍女は頼りになる！　と凛花は満足げに微笑んで、麗麗に矛を収めさせると暁月妃の隣に並んだ。左右両軍、最前列には月妃《げっぴ》が並び、その後ろに各妃の侍女が並んだ。

「朔月妃さま、無茶はいけませんよ。麗麗も、主をよくお守りして差し上げて」

「え？」

暁月妃が赤金の髪をふわりと揺らし言った。凛花は突然の言葉に面食らったが、後ろの麗麗は一瞬目を見開き、矛を握りしめ「はい」と頷く。

（もしかして、この言葉は元月官《げっかん》の『占い』か何か……？）

凛花は少しの不安を胸に隣を見上げると、暁月妃は爽やかに微笑み、露台を見上げて言った。

「ほら、そろそろ始まるようだよ。さて……どうなるかな」

そして、ドーンと一つ太鼓が鳴らされた。

「――月妃《げっぴ》さま方、女官たち。これは余興ではありますが、主上がお許しになった訓練です。そのことを肝に銘じ臨んでください。それでは左軍の隊長役は弦月妃さまに、右軍は眉月妃さまにお願いいたします。それから、兎杜。こちらへ」

「軍師役はお前だ、兎杜。しっかりやってこい！」

雪嵐、晴嵐の二人に命ぜられた兎杜は緊張の面持ちで「はい！」と言い、一人露台から続く階段を下りてくる。

「見て、双嵐のお二人よ……！」

「主上もこちらを見てらっしゃるわ！」

そう言う侍女たちの目は羨望に満ちている。見上げる彼女たちのヒソヒソ声に混じるのは『見初められたりしないかしら……！』そんな声だ。

凛花もつられて見上げると、紫曄の傍らに意外な人物を見つけた。深く赤みがかった黄色の目立つ衣装に白い顎鬚。その特徴は、いつだったか兎杜に聞いた黄老師ではないか？

（あの位置ってどの大臣よりも上座じゃ？　書庫の学者先生がどうして……？）

月妃《げっぴ》の席からは見えなかった老師の姿に、凛花はちょっと驚き不思議に思う。元教育係と言っていたからそれで？　随分と親しげだし、老師も側近の一人なのかもしれない。

「凛花さま、どうかされましたか？」

露台を見上げている主に気付き、麗麗もその目線を追って言う。

「麗麗、私、この訓練は月妃《げっぴ》らしく淑やかに、兵として従順に振る舞うわ……！」

黄老師が見ている！　これは老師に言われた『朔月妃の価値』を見せる好機会だ。後宮にいては会うことの叶わない人に、どう自分を売り込めばよいか考えていたが、こんな機会が巡ってくるとは！

ありがとう！　双嵐のお二人と主上……！　凛花はきっとまたクマを作っているだろう紫曄を見上げ、心の中からそんな言葉を飛ばした。

「それでは皆さま！　訓練内容をお話しします！」

緊張した様子の兎杜が女たちの前に立った。しかし、まだ幼い彼の身長は凛花の胸まであるかどうか。その姿は一列目に並んだ月妃《げっぴ》にしか見えていない。

「あら、お可愛らしい軍師さま！　うふふ」

眉月妃は小さな兎杜を上から覗き込み、赤い唇を三日月にして笑う。弦月妃はというと、無言で兎杜を一瞥し興味なさそうに視線を外した。その様は正反対であるが、どちらも明らかに兎杜を馬鹿にした態度だ。

「ねぇ、あなた。もう少し大きくなったら眉月宮に遊びにおいでなさいね？」

「えっ。えっ？　いえ。僕……わ、私もじきに後宮への立ち入りはできなくなりますので、ご遠慮申し上げます」

「あらぁ、真面目な子。でも可愛いわ」

相変わらずの眉月妃に兎杜は困惑し、弦月妃は冷ややかな視線を送ると億劫そうに口を開いた。

「それで、あなた。わたくしたちは何をすればよろしいのかしら。説明して」

「あ、はい！　私は、今だけは主上に任命された『軍師』です。そして皆様は『兵士』。これは、隊長は兵士を、兵士はお互いを守るための訓練です」

兎杜は左右両軍の中央に立ち、精一杯の大人びた口調で話す。

「それでは、左軍と右軍もう少し離れてください。皆様がするのは簡単な動きの訓練です。『ドン』の太鼓の音一つで左右両軍が向き合います。『ドン、ドン』の音二つで一歩前へ出る。『ドン、ドン、ドン』の音三つで三歩前へ進む。以上です。分かりましたか？」

「はっ！」

「はい！」

そう大きな声で返事をしたのは、麗麗と薄月宮の者たちだ。楽しそうにしていた暁月宮の者たちは微笑み「はい」と頷き、弦月宮と眉月宮の者たちは、目を伏せ肯定の意思を見せてはいるが返事はない。

「凛花さま、問題ございませんか？」

「大丈夫よ、麗麗。矛がちょっと重いけど、簡単な訓練でホッとしちゃった」

凛花はそう笑って、気を抜くとグラついてしまう重たい矛をグッと握りしめた。

「では早速、やってみましょう」

ドン！ と、一つ目の太鼓が鳴った。

◆◆◆

「なあ、老師。双嵐は何を企んでいるんだ？」

「はっは！ 二人共、あなたのことが可愛くて仕方がないようですなあ」

「気持ち悪い言い方をしてくれるな、老師」

げんなりとした顔で紫曄が言う。

「酷いな、企むとはあんまりですね。私たちはただ、噂の寵姫《ちょうき》を見てみたいと思っただけですよ。ついでに他の月妃《げっぴ》さまも」

「別に朔月妃は寵姫《ちょうき》ではないし、他のも今更見てどうする」

紫曄はチッと舌打ちをし、そして楽しそうな双嵐に目をやり溜息を落とす。

入ったばかりの朔月妃は別として、他の妃については、下手をすれば紫曄よりもよく知っているのが雪嵐だ。後宮に間者《かんじゃ》を潜ませているのは紫曄も知っている。

たとえば眉月妃のよくない遊びについてなど、その相手まで把握済みだ。

あとは機を見て、こちらの利となる最大の瞬間で父親の呂将軍も含めて切るだけとなっている。

「ふふ。皆様、噂の猫だけでなく神託のことも気になってるようですし、お披露目は必要でしょう？　それこそ水面下で何かされては面倒が増えるだけです」

「雪嵐の言う通り。見てみろよ、皆あの目立つ銀髪に注目してるぜ？　寝かし付けの名手だってのは俺らしか知らないせいか、嫌だね〜目がいやらしいわ」

その言葉に、紫曄は並ぶ臣下たちを見回し眉を寄せた。

「まあまあ。この二、三日、猫に寝かし付けてもらえていない主上は寝不足なのかお顔が怖い。そのように余裕のない皇帝は嫌われますぞ？　フハハ」

「そもそも好かれてもいないし、何度も言うが寵姫《ちょうき》ではない」

「ああ、『抱き枕』でしたかな」

黄老師がニヤつき言うと、双嵐もニヤニヤ笑う。

「うるさい」

だから凛花は寵姫《ちょうき》だとかそんなものではないのだ。安眠をくれ、食事の楽しさを思い出させてくれたもっと大切な——

「ああ、そろそろですね。晴嵐」

「おう、雪嵐。おい、弓を」

唐突に弓矢を手にした二人を見て、紫曄はギョッとした。妃たちの余興に弓など必要はない。

「待て。お前たち、弓など持って何をする気だ」

「――主上、月妃《げっぴ》さま方へ弓矢を向けることがあるかもしれませんが、お怪我をさせたりはしませんのでご安心ください」

雪嵐が外向きの顔で『主上』と呼び言った。もう軽口を叩く幼馴染みの時間は終わりということだ。

「まったく。何を考えているのか……。後が面倒だ。二人とも程々に頼むぞ」

双子はよく似た顔で微笑むと、弓を手に露台の端へと立った。

◆◆◆

「――いいですね？　これが最後の説明です。しっかり聞いてください」

太鼓の数と動きの説明はこれで三度目だ。簡単な動きの訓練であるのに、弦月宮、眉月宮の者たちが命令通りに動かないので二度も失敗しているからだ。

兎杜はハァと溜息を吐き同じ説明をするが、派手な装いの眉月宮は何が楽しいのかクスクスと笑い、ツンとしている弦月宮は無反応。完全に兎杜を侮っている。

（こんなに簡単な動き……これって、動きの訓練じゃなくてただ命令を聞けるかを見る訓練よね……？）

では、誰がそれを見ているのかだ。凛花はチラリと露台を見上げる。雪嵐に軍師役を命じられた兎杜を侮るということは、雪嵐を、そして皇帝を侮るということだ。

（弦月妃さまと眉月妃さまは分かっているの？　それともわざと……？）

新参の凛花が理解できることだ。皇后狙いの二妃が理解していないとは思えないが……。

「弦月妃さま、眉月妃さま、お聞きになっていらっしゃいますか？　もう一度だけ説明しますよ！」

繰り返し説明する兎杜の声だけが調練場に響く。周囲で見守っている兵たちは、飽きたのかだらけはじめており、露台の面々は静かに見下ろしていた。

（——でも、静かすぎない？　何？）

凛花は妙な緊張感を嗅ぎ取り、視線だけでゆるりと周囲を見回した。

（そういえば……さっき暁月妃さまに妙なことを言われたのよね）

『朔月妃さま、無茶はいけませんよ？　麗麗も、主をよくお守りして差し上げて』

（あれが元月官《げっかん》の予言だとしたら、私はこれから何か無茶をするってこと？）

後ろの麗麗を窺うと、その顔に緊張が見て取れた。

「……麗麗、どうかしたの？」

よく見れば、あちら側の右軍にいる霜珠たち薄月宮の面々と、暁月宮の一部……武芸を嗜む者たちの表情も硬い気がする。

「凛花さま、少しよくないかもしれません」

どういうこと？　と凛花が首を傾げると、右軍の霜珠が凛花にスッと歩み寄り言った。

「凛花さま。あの、わたくしこの状況に似た話を知っておりますの」

「似た話ですか？」

「ええ、教訓と申しますか……有名な兵法家の故事《こじ》にあるのです。ねえ、麗麗も知っていますよね？」

「はい。武門の者にはよく知られた故事《こじ》かと。――ある兵法家がある国に招待され、王に調練のやり方を見せてほしいと言われるのです。そして王は戯れか、後宮から女たちを集め兵法家に調練をさせます。しかし女たちは、兵法家の命令を聞かなかったのです」

そこまで言って、麗麗は一旦言葉を止める。有名な故事《こじ》となるにはこれだけでは物足りない。この話の肝は、きっとその先だ。

「故事《こじ》の中の後宮妃たちは、身分のないただの兵法家が、挨拶も贈り物もなく命令を下すことを快く思わなかったのです。だから命令を聞かなかった」

「……それで？」

この話を知らない凛花には、どうして霜珠が青ざめ緊張しているのか分からない。

「兵法家は、部下が命令を聞かないのは長の責任と言って、両軍の長とした妃を罰しました」

「罰したって……」

「その場で斬り捨てたのです。王の制止も聞かずに」

「えっ」

確かに状況は似ている。命令を下すのが招かれた兵法家か、兎杜かの違いだけだ。

「まさか、そんなことしないわよね……？」

ここから紫曄の顔は見えない。何を考えているのか、今どんな表情をしているのか窺うことはできない。

「いいえ、分かりません。ほら、双嵐のお二人が弓を持っています」

麗麗が小声で告げる。

「お二人の御父上は『弓雷公《きゅうらいこう》』と呼ばれる弓の名手ですの。双嵐も弓が得意とお聞きしておりますが……」

霜珠は硬い声で言い、チラリと露台を見上げた。

「――では、説明は終わりです。次は真面目にやらなければ罰しますので、心してください」

三度目の説明を終えると兎杜の表情が変わった。その子供らしい高い声の中に甘さは微塵も見えない。弓を持つ双嵐の二人は露台からこちらを見下ろしている。

（まさか……命令違反をしたら射るつもりなの？）

凛花はギュッと矛の柄を握りしめる。弦月妃も眉月妃も、子供である兎杜を完全に舐めているが、露台から注がれる冷たい視線に気が付かないのだろうか。

（兎杜の命令に逆らうことは主上に背くこと。訓練だって侮ってるみたいだけど……そんな矜持の見せ方が、自分たちの価値を示すことだって思ってるの？）

ドン！　ドン！　ドン！

三つの太鼓は『三歩前へ』の合図だ。凛花は重い矛を両腕で抱え前へ一歩、二歩。

『凛花さま！』

向かい側の霜珠が口だけで凛花を呼び、目線を上に向けた。そこには弓を構える双嵐の姿があった。晴嵐は左の弦月妃に、雪嵐は右の眉月妃に弓矢を向けている。

「嘘でしょ……」

霜珠たちが言う故事《こじ》のように命を奪うのか？　いいや、脅かすだけかもしれない。だが、いくら弓の名手だとはいえ、狙い通り脅かすだけなどできるものか？

そして三歩目を踏み出し、凛花は前に立つ兎杜を見た。あどけなさは完全に鳴りを潜め、本物の軍師のように冷徹な表情をしている。これは本当に矢が飛んでくる。そう確信した。

「ああもう……っ」

凛花は露台を見上げると、意を決して大きく息を吸い、口を開いた。

「左軍！　三歩前へ出ろ!!」

「右軍！　三歩前進!!」

左の凛花が、右の霜珠が大声を張り上げた。

その力強い号令に、主に倣《なら》い動く素振りのなかった侍女たちが思わず従った。命令されることに慣れている者の条件反射だろう。だからこそ、命令され慣れていない弦月妃と眉月妃は、怪訝《けげん》な顔をしその場で凛花を睨み付けるのみ。

（ああ駄目だ、間に合わない……！）

横目で見上げた双嵐の弓矢は動かぬ二妃を狙っている。兎杜も、黄老師も紫曄からも声は上がらない。

「麗麗！」

「はっ！」

凛花は矛から手を離し、走って眉月妃のひらめく袖をグン！　と引っ張った。

「眉月妃さま！」

「ちょっと！　何よ野良猫が――」

ヒュンッという風を切る音が走り、麗麗がブゥン！　と矛を振り下ろした。そして、バチン！　と何かを弾いた音が調練場に響いた。

凛花の頬を小さな破片がかすめ、凛花はホッと息を吐く。

よかった、間に合ったと。

「なんなの⁉　朔月妃！」

「なんですの、薄月妃……⁉」

向かい側の右軍では、突き飛ばされた弦月妃が銀簪《かんざし》の侍女たちに囲まれへたり込んでいた。その前には霜珠が矛を持ち立っており、足下には折れた矢が見える。

しんと静まり返る中、やっと事態を察した弦月妃と眉月妃がサッと顔色を変えた。侮っていた子供軍師に罰を下され、更には下位の妃に情けをかけられたのかと、弦月妃は悔しさに唇を噛みしめ、怒りに震える眉月妃は露台に向かって叫ぶ。

「あっぶな……！　霜珠さま、大丈夫ですか⁉　まさかご自分で矛を振るうだなんて！」

「わたくしが一番近くにおりましたから、それだけですわ。ふふ」

「麗麗も大丈夫？　怪我はない？」

「はい。私は問題ありません。が……」

視線の先では兎杜が難しい顔をしている。弦月妃、眉月妃はもちろんだが、今の凛花たちの動きも命令違反だ。皇帝に任命された『軍師』としては面子を潰されたに等しい。

「薄月妃さま、朔月妃さま。何故、命令にない動きをしたのですか？」

兎杜の声は硬い。露台の上も、調練場も静まり返っている。凛花はチラと霜珠の顔色を窺うが、控えめな性格の彼女は頬を強張らせ直立してしまっている。

上位である霜珠を立てるべきだろうか。

「――軍師さまは先程、これは、隊長は兵士を、兵士はお互いを守るための訓練だとおっしゃいました。ですので私たちは、うっかり飛んできた矢から仲間を守るために行動いたしました」

少々こじ付けだが返事をしないよりはマシだ。それからついでに、凛花は『うっかり飛んできた矢』と、何を考えているのか分からない双嵐へ非難も込めて言った。

すると露台から、アハハ！　という笑い声が響いた。弓矢を放った張本人たちだ。

「楽しい余興でした。兎杜、月妃《げっぴ》さま方、大変結構でした」

双嵐の片割れ、雪嵐が優雅な所作で手を叩き皆を称えると、ドン！　ドドン！　太鼓が鳴らされ訓練の終了が告げられた。

「ええ……」

　叱責が飛ぶのも覚悟の発言だったが、彼らの反応はまるで予想外だった。何故笑ったのか分からないし、そもそも人に向けて平気で矢を射るのが理解できない。あのような二人が皇帝の側近なのかと、凛花は少々恐ろしさ感じてしまう。

（もし、私の虎化《とらか》があの二人にバレたらどうなるんだか……）

「さあ凛花さま、戻りましょう。凛花さまがお咎めなしで済んで何よりでした」

　そう凛花の背を押す麗麗の陰からは、弦月妃、眉月妃が何か言いたげに凛花を睨んでいた。その視線が霜珠に向けられないのは、先程答えたのが凛花であったこと、霜珠が屈強そうな侍女に囲まれ見えないせいだろうか。

　そんな中、曇天《どんてん》の空からは急に雨が降り出し、女たちはこれ以上衣装を汚したくない！　と慌てて引き上げる。そして、その場はうやむやのままお開きとなった。

◆

　砂埃《すなぼこり》をかぶり、雨にまで濡れた衣装や靴は泥で汚れてしまったが、雨が降ってくれて助かった。凛花は湯船に浸かりながらそう思っていた。

（ハァ……。眉月妃さまと弦月妃さまから益々反感を持たれてしまった気がする……）

「それに、無駄に目立っちゃったなぁ～」

ただでさえ『主上の猫』だとか『寵姫《ちょうき》』だとか噂されているっていうのに……。黄老師に紹介してもらい書庫へ行くためなら『猫』と呼ばれるのも『寵姫《ちょうき》』と誤解されるのも甘んじて受けようと思っていたけど……。

「黄老師、どう思ったかなあ……」

皇帝の命令に反する浅はかな妃だと、師事に値しないと判断されたかな。凛花はお湯に深く沈み、先程のことをぼんやり考える。

（命令違反の罰とはいえ、目の前で射られるのが分かっていて黙って見過ごすわけにもいかなかったし、眉月妃さまたちに説明する暇もなかったし……。まあ、あの二妃が私の話を聞いてくれるとも思えないけど……）

「……ん？　腕が赤くなってる。眉月妃さまを引っ張った時に転んだから……あ、こっちは擦りむいてる」

凛花は白い濁り湯の中に浮かべた薬草袋を、擦り傷の近くでよくよく揉んだ。痕が残るような傷ではないが、麗麗が悲鳴を上げたので『傷と打ち身に効く薬草』を入れたのだ。凛花は打ち付けた腕をそっと撫で、ほぅと一つ息を吐いた。

この程度の打ち身や小さな傷ならすぐに治せる。だが大怪我はそうはいかない。治せるか分からないし、治癒にも時間がかかる。それに、傷跡や後遺症も残るかもしれない。薬草も薬もできるだけ持ち込んだけど、薬なんて使わずに済むのが一番いい。この世には万能薬などないのだから。

「……睨まれちゃったけど、誰も怪我しなかったし、よかったかな」

凛花はぽつりと呟いた。

と同時に、慌ただしい足音が聞こえ湯殿《ゆどの》の扉が叩かれた。

「あ、あの！　凛花さま！」

「ああ、麗麗。ちゃんと着替えた？　よかったら麗麗も一緒にお湯を――」

雨に濡れたのは凛花だけではない。麗麗も同じく濡れ鼠になっていたので、湯浴みなど一人で入れるから着替えてくるように！　と凛花が珍しく強く命じたのだ。

「主上がお越しです……！」

「はぁ⁉」

のんびり浸かっていた湯船の中で、驚き腰を上げた凛花は滑ってバシャン！　とお湯を跳ね上げた。

（まだ夜でもないし、雨も降ってるし、今日は虎になれないのに⁉　あの人、一体何しに来たの……⁉）

◆◆◆

「主上！　凛花さまはまだ湯浴《ゆあ》みの最中で……！」

麗麗の制止など聞く耳もたず、紫曄はずんずんと歩を進める。

「構わん！」

少々粗い語気に驚き麗麗が見上げると、その顔には珍しく焦りの色が滲んでいた。

前触れもなくこんな半端な時間に訪れるなんて、もしかして何か問題でも起きたのか？　いや、皇帝がこのように妃の元を訪れるような何かとはなんだ？

前を行く紫曄をさりげなく観察すると、雨に濡れた衣装は改めているが、逆に髪はまだ濡れたまま。上衣《うわぎ》は乱雑に羽織っているが部屋着にしては格がありすぎる。きっと手早く湯浴《ゆあ》みを済まし、次の予定の準備中にこちらへ来たのだと思われる。

麗麗は、自分が侍女としてどう振る舞うべきかを一瞬で考えた。

いくら後宮の主とはいえ、湯浴《ゆあ》み中に乱入などさせるべきではない。だが侍女に表情を繕わない紫曄の様子を見れば、ひとまず通すのが正解かもしれない。

「侍女、お前はここで待て」

紫曄は浴室の前で麗麗に言った。

「いいえ主上、凛花さまも打撲や擦り傷を負っております！　どうか今宵はご容赦いただきたく……！」

麗麗の言葉に紫曄はパチリと目を瞬いて、「ああ」と呟くと、ばつが悪そうに一瞬目を泳がせた。いや、これはばつが悪いというよりも、照れているように見える。

「主上……どうか」

「お前が心配しているようなことは決してしない。早急に確認したいことがあるだけだ」

◆◆◆

「主上⁉　ま、待って、そこまで！」

凛花は手拭いでサッと体を隠し、湯気の向こうの紫曄に言った。しかし一番位の低い朔月宮の湯殿《ゆどの》はそれほど広くない。無造作に裾をめくり上げた紫曄が一歩、二歩と進めば、湯気で隠された凛花はすぐ目の前だ。

「待ってって言ったのに……！」

「すぐに出るから騒ぐな。それにしても、変わった匂いだな？」

湯船の中で縮こまる凛花を見下ろして、紫曄は漂う香りに鼻を鳴らした。

香りの元は湯に浮かべた薬草袋だ。涼やかな花の香りの中に薬草独特の青苦い香りが混じっている。

「薬草湯ですから」

「ああ、『薬草姫』らしいな。ところで凛花」

紫曄は濡れるのも構わずその場に膝をつくと、ほんのり赤く染まっている凛花の頬を手で触れた。

「な、なんですかっ……？」

「傷は？」

「え？」

「傷はどこだ」

紫曄は凛花の頬やら額を覗き込み、顔を傾け検分する。

「兎杜に言われた。矢をはじいた時にお前が顔に傷を負ったと……！　見せてみろ。すぐに治療を――」

「しぃっ！」

凛花は湯船から慌てて腕を出し、紫曄の口を掌で塞いだ。

「しっ！　主上、麗麗に聞こえると面倒です！」

「ああ？　麗麗？」

「せっかく隠してたんだから……ほら！」

凛花はこめかみに貼り付いていた髪をそっとよけ、紫曄に見せる。そこにあったのは一筋の切り傷だ。血は滲んでいるが深い傷ではない。

「かすり傷です。このくらいなら痕も残らずそのうち治ります」

でも、この傷は麗麗には秘密だ。こんな小さな傷だとしても、自分がはじいた矢の破片が凛花の顔を傷付けたと知ったなら、麗麗はひどく落ち込むだろう。もしかしたら矢を放った双嵐に、身分を考えず食って掛かるかもしれない。

凛花には、麗麗にそのくらい大事にされている自覚がある。

「こんな傷、森で採取をしていればあることです！」

「いや、しかし兎杜が……！　他にも傷があるのではないか⁉」

「兎杜はなんて言っていたんです？」

「麗麗がはじいた矢の破片が凛花の顔に傷をつけ、血が流れたと……。あと、傷を負ったのは俺と双嵐のせいで悪ふざけが過ぎるとだな……」

なるほど、怒られたのか。凛花は小さな兎杜が大人を叱る、その光景を想像して小さく笑う。

（兎杜ってば。確かにあの時、軍師役として一番近くにいたものね。矢が飛んできたことにも、私たちが動いたことにも驚いていたし……心配してくれたんだ）

「そうですね。質の悪い悪ふざけです。双嵐のお二人のおかげで、私への風当たりがまた強くなりそうですし」

「すまない。そんなつもりはなかった。だが、傷は本当にこれだけか？　薬草湯と言ったな、どこかに深い傷を隠しているなら……」

「主上、もし私が深い傷を負っていたなら、麗麗はあなたを通したりしません。どんなことをしても追い返してるんじゃないですか？　それに、傷薬なら私は良いものを持っています」

だから心配はいらないと、凛花は頬に添えられたままの紫曄の掌に、自分の掌をそっと重ねた。

「そうだったな……。いや、兎杜の心配ぶりがあまりにも……。雪嵐と晴嵐も顔に傷はさすがに拙いことをしたと……なんだ？　凛花」

凛花はじっと、紫曄を見上げていた。

「あの……主上も私のこと、心配してくれたんですか……？」

「当然だ。正直、お前たちの行動には肝が冷えた」

「それは……つい。申し訳ございません」

濡れた親指でこめかみを撫でられ、凛花はじわりと頬を染めた。トクトクと心臓が主張をしている。

（どうしよう。なんでか私、今すごく嬉しい……）

紫曄は凛花の頭を抱き寄せ、傷のあるこめかみに口づける。初めて触れられた唇の柔らかな感触に、凛花はカーッと顔に朱を上らせた。

「凛花？　どうしたぼうっとして……のぼせたか？」

紫曄の大きな掌が熱くなっていた頬や額にぺたぺたあてられて、凛花は瞬きも忘れ目を丸くした。

（ち、近い――！）

覗き込む紫曄の瞳に映った自分と、目が合ってしまった。その顔は、戸惑いつつも半分蕩けたような顔をしていた。自覚していなかったその表情に、凛花は無性に恥ずかしくなり紫曄の手をやんわり払い除ける。

「だっ、大丈夫です！　と、ころで主上、びしょ濡れですが」

「そうだな。濡れる予定ではなかったのだが……。もう一度ここで湯に入っていきたい気分だ」

紫曄は湯船の中の凛花をじろりと見やる。

視線は凛花の顔から首を滑り肩へ。そして白い湯に隠された胸元へと落ちる。

「えっ、あの……」

凛花は騒がしく鳴る心臓を抑え、震える手で手拭いをたぐる。

「なあ、凛花」

濡れた袖を上げ、紫曄が邪魔そうに髪を掻き上げた。しっとり濡れた毛先から水滴が落ち、凛花の肩をぴちょんと濡らした。

その、たった一滴の、紫曄からもたらされた雫に凛花の身体が震えた。

――濡れて貼り付く黒髪とか、袖口から覗く手首とか、寄せられた眉とか笑う口元とか、男性に対して思うのはおかしいかもしれないけど……色っぽいな。と、凛花はそう思ってしまった。

(どうしよう。逃げたい……かも……)

軽やかに跳ねる鼓動と、鳩尾に感じるソワソワしたくすぐったさ。これは、もしかして……と凛花は自分の心の中を覗き込む。

いくら取り引きといっても、虎の姿といっても、撫でられることも抱きしめられることも嫌ではなかった。恥ずかしさはあったが、嫌悪感はなかったのだ。

それは――

「凛花、もう出たほうがいい。お前、なんだかぐったりしているぞ」

「え……？」

そう言うと、紫曄は湯船にざぶりと腕を入れ、半分のぼせていた凛花を抱き上げた。

凛花さま！　と悲鳴を上げた麗麗に体を拭かれ寝衣《しんい》を着せられた凛花は、何故か紫曄に膝の上にいた。榻《ながいす》に寝そべり、膝枕をされている形だ。

「……あれ？　主上？」

「大丈夫か？　いま麗麗が氷を取りに厨房へ行っている」

紫曄も濡れた上衣《うわぎ》は脱いでいるが、髪や袖は濡れたままだ。心配そうに眉尻を下げ、団扇で凛花を扇ぐ。

「う……大丈夫です」

「駄目そうだな。もう少しそのままでいろ。まったく……これは貸しだぞ？」

そう言い凛花を見下ろす顔には黒いクマがくっきりと刻まれている。

「主上、また眠れていないんですか？」

「あまりな。早く猫を抱いて眠りたいが、しばらくこちらに来られそうもない」

ハァと落とされる溜息が重い。以前のように不眠四日目に気絶して眠るなんてことがなければいいと凛花は思う。

「お忙しいんですね。またお茶とお菓子の差し入れを届けます」

そのくらいしかできないが、少しでも助けになればいい。

今日の調練での出来事も、きっと紫曄の手を煩わせることになる。後宮に強い影響力を持つ家の弦月妃と、将軍の娘である眉月妃に恥をかかせたのだ。後始末は必要だ。

「あっさりしたものだな、お前は」

「え……？」

凛花はまだぼんやりする頭で紫曄を見上げたが、紫曄は仕方なさげな視線を凛花に向け、また一つ溜息を吐いた。今度はハァ～ッと長い。

「主上のご都合のよろしい時があったら、ちゃんと抱き枕になりますよ？　月のない新月の夜とその前後と、あと今日みたいな雨や曇りの日は無理ですけど……」

「お前から『猫がお待ちしています』と、お誘いはないのか？」

紫曄は凛花を真上から覗き込んで言った。

「猫じゃなくて、虎です。それに、私からお、お誘いなんて……」

真上の紫色の瞳に、凛花の心臓がまた飛び跳ねる。

（そうだ。『お待ちしています』とお誘いするなんて、それじゃあ私が主上に恋焦がれているみたい――）

ぽたん、と紫曄の濡れた前髪から凛花の頬に雫が落ちた。見つめ合う形になっていた二人の視線が雫を追い掛け、その間にまた一つ、今度は額に雫が落ちる。

額からこめかみに流れ、紫曄は雫を追い掛け凛花の額に、こめかみに、そして口の端へと唇を落とした。

「お待たせいたしました！　主上、凛花さまのご様子は……ああ！　まだお顔が赤いですね、早く冷やしましょう……！」

戻ってきた麗麗は、水を張った盥《たらい》に氷を入れ手巾《しゅきん》を浸す。

「ああ、主上！　衣の替えを持ってくるよう伝えてまいりましたので、もう少々お待ちくださいませ」

「いや、いい。俺はこのまま戻ろう」

紫曄は低くそう言って、凛花を寝かせていた榻《ながいす》から立ち上がる。そしてそのまま、凛花の室を後にした。

「あの、凛花さま。主上と何かございましたか？」

麗麗は、凛花の首や額に冷やした手巾《しゅきん》を載せ訊ねた。あんな剣幕で押し掛けたくせにさっさと帰って行った紫曄も、のぼせているとはいえ妙に大人しい凛花も少々おかしかったのだろう。

「え？　ううん、なんでもないのよ」

「さようでございますか」

麗麗はどこか納得していないような顔をしていたが、凛花の言葉を受けて追加の手《しゅ》巾《きん》を取りに席を外した。

「うん。なんでもない……。あれは、ちょっとした気の迷いよ……ね？」

まだ、紫曄からもたらされた感触が残る唇で凛花は呟く。

冷えた手巾《しゅきん》は熱を冷まそうとするが、凛花の体は熱いまま。逸る鼓動が収まるまでは、のぼせた頬の赤みは引かなそうだ。

◆◆◆

「——ああくそ。月妃《げっぴ》になど惚れたくなかったのに」

気の迷いならよかったのに。そう思うが、気の迷いなどではないことは紫曄自身がよく分かっている。

調練での無茶を露台から見下ろしていた時も、怪我をしたと教えられた時も、どちらも心臓がぎゅっと締め付けられるのを感じた。ただの抱き枕や、なんでもない妃のもとに駆け付けたり、膝など貸したりはしない。

「あの神託通りになるようで本当に癪だな……」

そう呟いた紫曄の耳が、ほんのりと赤かった。

◆◆◆

一方その頃、紫曄が飛び出していった房室では、濡れた衣装を改めた雪嵐と晴嵐が兎杜と向かい合っていた。

「兎杜、今の話は本当ですか？」

片眼鏡を指で直しつつ雪嵐が訊ねた。この仕草、本人は気付いていないが緊張している時に出てしまう癖だ。

「なあ、兎杜。本当に俺が射た矢が朔月妃にあたってたのか？　なあ？　なあ？」

晴嵐は同じ言葉を繰り返している。これは同じく緊張している時に出る晴嵐の癖だ。

「嘘ではありません！　……正確には、麗麗がはじいた矢の破片がちょっぴり朔月妃さまのお顔をかすっただけですけど。でも、それでも月妃《げっぴ》さまのお顔です！　朔月妃さまは何もおっしゃいませんが、これが宮廷に後ろ盾を持つ月妃《げっぴ》さまであったら、めちゃくちゃ面倒な事態になってたのですからね！」

兎杜は腰に手を当て、背も身分も高い二人を見上げて言う。皇帝の側近である二人が叱られている姿など、滅多に見られるものではない。

「お二人は遊び半分だったのかもしれませんし、あてるつもりなどなかったのでしょうが朔月妃さまや麗麗たちはどうでしょうか？　さぞ怖い思いをされたと思います！　正直、僕も怖かったです！　お二人は反省してください‼」

よく似た顔の二人は、ウッと言葉を詰まらせ横目で顔を見合わせた。

「まあ……そうですね。兎杜の言う通りですね。ですが今回は、あやふやな噂ばかり流れている朔月妃さまのよい試しの機会だったのですよ」

「そうだぜ？　あの弓矢の試しで見た朔月妃の行動には、俺は感心した」

雪嵐と晴嵐は、憤りに頬を上気させる兎杜の頭を撫で、腰を屈めて言う。

「紫暐はよい妃を迎えたと思います」

「ああ。いい妃だ。もしかしたら庇うかな～とは思ったが、まさか号令まで掛けて矢もはじいちまうなんてなぁ」

あれは想像の範囲外だった。二人がそう苦笑すると、扉越しにハッハハ！　という笑い声が聞こえた。

「お試しは合格じゃったか？　二人共」

「黄太傅《たいふ》！」

「老師！」

笑いながら入ってきたのは黄尚――大書庫の主である黄老師だ。

「雪嵐、公の場以外では『老師』でよいといつも言っておるじゃろ」

はい、と雪嵐が頭を下げる黄は、実は書庫でのお役目の他に、太傅《たいふ》の位も戴いている。太傅《たいふ》とは、皇帝の相談役のような名誉職だ。だがその地位は、大司馬《だいしば》、大司徒《だいしと》、大司空《だいしくう》の三公《さんこう》よりも上。皇帝に次ぐ地位とも言える。しかし黄本人が『ただの書庫の老師でよい』と言うので、近しい者は親しみを込めて『黄老師』と呼んでいる。

「それで黄老師、如何されましたか？」

「ん。主上にちょっぴり話があったんじゃが……いないのなら仕方がない」

「主上は朔月妃さまのところです！　その……僕がちょっと余計なことを言ったので

ご様子を見に……」

兎杜は途中から声を小さくさせた。尊敬する曽祖父を前にした途端、紫曄に『朔月妃さまが顔にお怪我をされた』と言ったのはちょっと子供っぽかったと恥ずかしくなってしまった。双嵐の二人を止めなかった紫曄にも、兎杜は少々の憤りを覚えたのだ。

「はっはは！　宴があるというのに後宮へいってしまったか。それはそれは……」

老師は白い髭を撫でてくつくつと笑う。

「しっかり、価値を見せていただいてしまいましたなぁ。予想外のことをやって見せた朔月妃さまの判断力と行動力。それからすっ飛んで行った主上か……」

その言葉に、双嵐と兎杜は『なんのことだ？』と老師を見やる。

「――主上にとってだけでなく、朔月妃さまにとっても主上がよい相手であれば最良なのじゃがなぁ」

「老師、そりゃちょっと高望みしすぎじゃないっすか？」

「神託の妃とはいえ……彼女は望んで後宮入りしたわけではありませんしね」

大人たちがそんなことを言っている中、兎杜はひとり心の中で呟いていた。

とっくにお互いにとってよい相手になっていると思うんだけどなぁ？　と。

（だって、朝のお二人の雰囲気はとっても柔らかくて温かいし、主上は優しいお顔を

してるし、朔月妃さまだって楽しそうにされてて……どう見てもお似合いだ)
この中で唯一後宮に出入りし、二人の朝を知る兎杜はそう思った。

◆◆◆

公開調練の翌日はカラッとした晴れだった。前日の雨の影響で、朔月宮の寂れた庭の土はまだ少し濡れている。

「畑作りの前に、ちょっと整えますか！」

凛花は着替えたばかりの上衣《うわぎ》を脱いで麗麗を呼んだ。

この小さな庭の改造許可は既に得ている。月妃《げっぴ》たちへの挨拶、公開調練という避けられない催しをこなした今、凛花は無性に土と植物に触りたかった。

「手伝ってもらっちゃってごめんなさいね、麗麗」

「いえ！　私も体を動かせるので大歓迎です。……はっ！」

麗麗の気合の一言と共に、朽ちかけの庭木が抜かれた。凛花はしゃがみ込み、ちりとりで昔の名残らしい玉砂利を集めている。

少し湿った土が手足や衣服を汚すが二人は気にしていない。だって、気にするような格好ではないのだ。本日の二人は、袖を襷《たすき》掛けにして腕を出し、下肢は動きやすい筒状の細袴《ほそばかま》を穿いている。どう見ても月妃《げっぴ》とその侍女には見えない装いだ。

「あっ。そういえば凜花さま、後宮に薬草園があるのはお聞きになってますか？」

「えっ、そんな場所があるの⁉」

凜花はバッと立ち上がり、汗を拭って言う麗麗を振り向いた。

「私も今朝聞いたばかりなのですが……あ、御花園《ぎょかえん》はご存知でしょうか？　後宮の中央にある花々が美しい庭園です。その奥の奥、後宮の外れにもう一つ『小花園《しょうかえん》』と呼ばれる場所があるそうで、そこが薬草園なんだとか」

『御花園《ぎょかえん》』は多分、初日の夜に凜花がはしゃいで駆け回ったあの庭だ。だが小花園《しょうかえん》に続く道には全く気が付かなかった。

「『小花園《しょうかえん》』……。でも、どうして後宮に薬草園が？」

「何代か前の望月妃さまが薬の研究をしていて、それで後宮に薬草園を作ったようです。ただ、今の後宮には薬草の知識を持つ者がいないせいか、手入れもされず放置されているそうで……」

「も、勿体ない……！」

なんとかその小花園《しょうかえん》へ行けないだろうか。あわよくば、その薬草園の管理をしたい！　と、凜花はまだ見ぬその場所に思いをはせる。

「もしかしたらこの茴香《ういきょう》の種も、小花園《しょうかえん》から飛んできたのかもしれませんね」

麗麗は、あまりに繁殖しすぎていた茴香《ういきょう》の一部を引っこ抜きながら言う。

「そうね。ここ、よく見たら他にも薬草が自生してるし……あとで畑にした時に植え替えましょう！」

凛花は早く大好きな薬草の香りを嗅ぎたいな……と微笑みながら、一日土にまみれたのだった。

そしてその夜。凛花は昼に手を入れた庭を眺めていた。今日は疲れたからもう寝ると言って麗麗を追い出しながら、たまには早く休むようにと言い付けた。

「さて。出掛けようかな」

凛花はシュルリと帯を緩めると、細くなった月を見上げその姿を虎猫に変えた。

(目指すは『小花園《しょうかえん》』！　どんな薬草が生えているのか、見に行きたい……！)

虎猫はご機嫌そうに尻尾を立て、夜に駆け出していった。まずは『御花園《ぎょかえん》』に行こうと、花の匂いを頼りに『御花園《ぎょかえん》』への道を探す。凛花が住まう朔月宮は後宮の奥の端。中央にあるあの御花園《ぎょかえん》へ行くには、他の妃の宮を横切らなくてはならない。

(あんまり近寄りたくはないけど、今はこの姿……主上が言うには猫みたいらしいし、もし見られても大丈夫かな)

つい昨日、公開調練で妙な目立ち方をしてしまったばかりだ。共にやらかした薄月宮の霜珠はともかく、他の妃とはしばらく顔を合わせないほうが無難だ。

凛花はできるだけ小さな路を選び、小柄な虎猫の体を活かして壁と壁の間をスルスル抜けていく。すると、聡い虎の耳にクスクス笑い合う声が聞こえた。

（――お酒の匂い）

凛花は御花園《ぎょかえん》へ導く花の香りから一旦離れ、近くの匂いを嗅ごうと鼻を上げた。

（それから箏や笛の音。宴会……？　でも、それにしては演奏に交じる声の数が少なくない？　女の声が一つ、それから男の声がいくつか――……男？　男⁉）

もしかして主上が訪問されてるのかな？　凛花の頭に、後宮にいる唯一の男の姿がよぎった。だが明らかに声が違う。では宦官《かんがん》か？　でも、それにしては声が低いような気がする。ここは、どの妃の宮だろう？

凛花は好奇心のままにヒョイッと塀に飛び乗り、白木蓮の陰から中を覗き込んだ。

（あ、この甘ったるい香は眉月妃さまの香り……ってことは、ここは眉月宮か）

ぼんやりと薄明りが灯る堂室《へや》からは、音曲《おんぎょく》に混じって男女の声が聞こえてくる。

「昨日も主上とはお声も交わせなかったし、どうしたら落とせるのかしらぁ？」

「主上のご趣味は少々変わってらっしゃるようですね。こんなにもお美しい眉月妃さまを放っておかれるだなんて」

「まぁ。そう思ってくれて……？」

このちょっと甘ったるい話し方は眉月妃だ。周囲に侍りおべっかを使っているのは宦官《かんがん》たち——に見える彼らは、多分男だ。よく利く虎の鼻が嗅ぎ取る匂いがそうだと言っている。

「それにしてもあの猫！　乱暴をしてわたくしの肌に傷をつけたのよぉ？」

「どちらです？　お見せください、眉月妃さま……」

これは見てはいけないものだと、凛花はそっと目を背けた。

(昨日の調練でも、あの隊長に遊びに来るように言って〜とかやってたものね)

凛花は静かに塀から降りる。

(嫌われてるっぽいけど、眉月妃さまはそんなに怒ってないみたい……よかった)

相当睨まれているのではと危惧していたが、こんな風にお遊びの刺激の一つにしているくらいなら、心配することはなさそうだ。

『眉月妃さま、御父君から御文が届いて——』

『はぁ？　お父様からの文なんてあとよ。今は見たくないわ！』

塀の向こうから侍女と眉月妃のそんなやり取りが聞こえたが、凛花はもう、花の匂いを辿って走り出していた。

少し行くと、今度は塀の隙間から少々季節外れの紅梅の庭が見えた。

「——いやだ。何その緑の餅……変な匂い……！」

この声は弦月妃だ。凛花は会話が気になりそっと中を窺い見る。昨日の今日で『緑の餅』と言ったら、凛花が持参した月妃餅《げっぴもち》のことしか考えられない。

（変な匂いって……そんなにおかしな匂いじゃないと思うんだけどなあ？）

弦月妃は眉をひそめ扇をツイッと振ると、一言「捨てて」と侍女に命じた。

「あの野良猫、昨日もわたくし相手にふざけた真似をして……！　主上も物珍しさから愛玩しているのでしょうけど、駄猫にはしっかりと躾をしなくてはいけませんわ」

ニヤリと薔薇色の唇で微笑むその姿に、凛花はゾワッと毛を逆立てた。餅を捨てられた衝撃とは別の、本能が危険を知らせている。

凛花は侍女が持ち去った月妃餅《げっぴもち》の箱を視界に捉えつつ、そっとその場を後にした。

悲しくもやもやした気持ちのまま、強い花の香りを追い掛けていると『きゃあ！』『美味しそう！』というはしゃいだ声が耳に届いた。

（あっ！　月妃餅《げっぴもち》、宮女に下げ渡してくれたんだ）

凛花は哀れな月妃餅《げっぴもち》の行方に、抱えてしまったモヤモヤを一つ霧散させる。

（それにしても、弦月妃さまには完全に嫌われてるみたいね……。ちょっと怖いし近寄らないようにしよう……！）

小花園《しょうかえん》を見に行くだけのつもりが、思わぬものを見てしまったな……と、虎猫の凛花はちょっと項垂れて溜息を落とした。

そうして、しばらく走った凛花は御花園《ぎょかえん》に辿り着く。

初めての夜、あんなに咲き誇っていた桃の花は、昨日の雨で少し散ってしまったようだ。凛花は花弁を踏みつつ歩き、クンクンと鼻を利かせる。すると芳しい花の香りの中に、嗅ぎ慣れた独特の香りが混じっていることに気が付いた。

（あっちね！）

舟遊びもできそうな池のほとりを進み、水仙の間を抜け、塀の隙間に体をねじ込みしばらく行くと――

（わぁ！　ここが『小花園《しょうかえん》』！）

そこには、少々荒れているが緑の薬草畑が広がっていた。

故郷を離れてまだひと月も経っていない。だけど、この香りが懐かしくてひどく嬉しい。凛花はクンクン、クンクンと、人である時よりも敏感な鼻で匂いを嗅ぎ、低い背丈で薬草の間を駆け回り、その香りを全身で楽しんでいた。

（素敵！　素敵！　好き放題に繁殖してるからちょっと種類は偏っているけど、こんな小さな場所に沢山の種類が生えている！　ああ、早く何が生えているのか調べたい！　知らない匂いも混じってるし、きっと私が知らない薬草も……――っ！）

――足音だ。凛花は草の中に伏せ、耳を立ててその音を窺う。抑えているが、軽くて小さな歩幅の足音が近付いてきている。多分これは小柄な人間……女性だろう。

凛花は音を出さぬように顔を上げ、近くまで来ているその人物を窺った。

今は夜で、ここに灯りはない。虎の縞模様は畑の中に紛れやすいし、きっと人間には気付かれない。凛花はそう思い、体を起こして薬草の隙間から目を凝らす。するとそこにいたのは、予想通り小柄な女官だった。

（どこの女官かなあ？　帯の色まではよく見えないな……）

その時、女官の持つ角灯《ランタン》の灯りが、彼女の簪《かんざし》に一瞬反射しキラリと煌めいた。

◆

本日も晴天。凛花と麗麗は今日もいつもの庭にいた。

「さて！　麗麗、やってちょうだい！」

「かしこまりました！」

麗麗はドスッドスッと勢いよく地面を掘り起こし、凛花の指導のもと、小花園《しょうかえん》から持ってきた土を入れ、畝《うね》を立て、畑を作っていく。

「――ふぅ。如何ですか！　凛花さま」

「うん！　さすが麗麗、いい感じ！　それじゃ早速、植えましょうか」

溌溂《はつらつ》とした顔で汗を拭う麗麗は、武具と農具と違いはあるが、久し振りに思い切り体を動かせて楽しそうだ。そして、土で顔を汚しながら苗を植えている凛花もそれは同じで、久し振りの土いじりが楽しくて楽しくて仕方がない。

二人が作った小さな畑に植えられているのは、凛花が小花園《しょうかえん》から選んで分けてもらったものだ。管理者のいない薬草畑は持て余されていたようで、凛花が小花園《しょうかえん》の使用許可を申し入れると、好きにしてよいと返事がすぐにきた。

「ですが凛花さま、小花園《しょうかえん》の手入れをするのではなく、こちらへ薬草を移植するのでよかったのですか？」

「ええ！　好きにしてよいとは言われたけど、あそこは私の畑ではないでしょう？　そのうち管理をさせてもらえたら嬉しいけど、まずはこの庭を畑に改造して、よく知ってる薬草を試しに育ててみたいと思うの」

「そうですか。意外です。凛花さまは小花園《しょうかえん》の薬草畑に飛びつくかと……」

「まあね。でも、故郷とここでは気候も土も違うし、まずは観察しながら育ててみないと。それに小花園《しょうかえん》には私が知らない植物もあるから、調査から始めなきゃね」

（黄老師に教えを乞いながら小花園《しょうかえん》の調査ができたらいいんだけど……）

先日の公開調練には黄老師の姿があった。しかし、その後なんの音沙汰もないということは、あの騒ぎを見て凛花に『価値』を感じなかったということだ。

（私の『価値』を示せるとしたら……やっぱり薬草だ。ここで薬草を育てて主上の睡眠と食の改善をして、黄老師に認めていただけるように頑張らなきゃ！）

「さあ、麗麗。のんびりやってたら日が暮れちゃう！　サクサク植えるわよ！」

「はい！　お任せください！」


数日後。

凛花は畑の薬草たちに頬を緩ませて、手入れも兼ね鋏で収穫していく。今回は比較的育成が簡単なもので、凛花の目的に合ったものを選んで植えた。

「うん。やっぱり小花園《しょうかえん》の土を入れて正解ね」

元々生えていた茴香《ういきょう》、加密列《かみつれ》は随分と元気な様子。小花園《しょうかえん》から持ってきた、鹿子草《かのこそう》、時計草、薫衣草《くんいそう》、香水薄荷《こうすいはっか》、等々も、大体が無事に根付き生き生きと育っている。

薬草ばかりで決して華やかな庭ではないが、畑の中で感じる香りはとてもいい。

（私は薬師ではないから専門的な薬は作れない。でも、民間薬や薬草茶は作れる。それから食材としての利用方法も知っている）

「主上、ちゃんとごはんを食べてるかな……」

それに眠れているだろうか。紫曄には公開調練の直後に会ったきり。その時点で既にクマが目立っていたのを凛花は覚えている。

（ちょっと心配だな）

そう紫曄を案じたら、じわりと柔い痛みを胸に感じ、凛花はしゃがみ込んでみ大好きな薬草の匂いを胸いっぱいに嗅いだ。

抱き枕の取り引きのこと、黄老師のこと、これからの後宮でのこと。今のもやもやした痛みはそれらへの不安だ。凛花がそう判断し頷いたところに、桶を取りに行っていた麗麗が帰ってきた。

「凛花さま。今、兎杜が黄老師からという書状を持ってきたのですが……」

「み、見せて！」

待ちに待っていた黄老師からの便りだ。凛花は不安半分、期待半分で書状を開く。

「凛花さま、黄老師とお知り合いでしたか？」

「いいえ。あの、ごめんなさい、麗麗にはまだきちんと話してなかったわね。私、書庫に行って薬学の勉強がしたいの。それで主上にお願いして黄老師をご紹介いただいたんだけど……」

そうだったのかと麗麗は頷いた。この畑を共に作ったのだから凛花の薬草への情熱も分かるのだ。

「麗麗。明日の夜、老師がいらっしゃいます」

「こちらにお招きするのですか？」

「ええ。主上からお許しが出たんですって。兎杜も一緒だし、老師は薬師でもあるから問題ないそうよ」

黄老師はどんな方だろう？　目的のため、絶対に師事を取り付けるんだ……！　と凛花は強く拳を握りしめた。

◆

「お待ちしておりました、黄老師……——と、主上」

出迎えた凛花は、何故か一緒に顔を出した紫曄に目を丸くした。

「あまり歓迎されていない気がするが？　凛花」

「えっ、いえ、少々驚いただけで……ようこそいらっしゃいました。主上」

見上げれば、紫曄の目の下のクマが随分と濃く、凛花は心配していた通りだと眉をひそめる。

（これは……主上のために作っておいたものを出したほうがよさそうかな）

三人を招き入れると、凛花は出迎えの時にできなかった挨拶を黄老師にした。

「改めまして、黄老師。月にもたらされた出会いと機会に感謝いたします。朔月妃の位を頂戴しております、虞凛花と申します」

「月のお導きに感謝と慈悲を。私は黄尚と申します。朔月妃さまが爺に教えを乞いたいとおっしゃっていると伺いましたが、お間違いはございませんかな？」

「はい！　老師に薬学と神仙《しんせん》について、ご教授いただきたく願っております」

そして凛花は、衝立の向こうからこちらを窺っている麗麗に頷いた。用意していたお茶を持ってくるようにという合図だ。

「黄老師、まずはお茶をどうぞ」

「いただきましょう。……ほお～これは、珍しい香りですなあ？」

黄老師の顔は、このお茶がどんなものか分かっている顔だ。その香りを嗅ぎ、なんだか楽しそうな笑みを浮かべている。

しかし紫曄と兎杜は、変わった香りのお茶に軽く眉を寄せ、匂いを嗅いでいる。

「凛花、これは何の茶だ？」

「はい。加密列《かみつれ》、香水薄荷《こうすいはっか》、時計草などを組み合わせた薬草茶です。お好みでこちらの蜂蜜をお入れください。私は小さじ半分程を入れます」

紫曄は興味深そうにお茶を見て、老師は蜂蜜なしでお茶を飲んでいる。兎杜は蜂蜜を少し多めに入れた。

（主上はこのお茶を飲めるかしら。それになんて言うかな？）

「……うん。薬草茶と聞きもっと苦いものを想像したが悪くない。それで、これはどのような効能の薬草茶なんだ？」

「はい。これは主上のための『眠気を誘う』お茶です」

「『眠気を誘う』お茶？　薬ではないのか」

「はい。私は薬師ではありませんので、眠るお手伝いをするだけです。医食同源と言うでしょう？　先日のお粥と一緒で、治療のためには食事や生活の改善も大事です」

（私は薬草の知識を持っているけど、薬師ではない。だから大それた薬は作れない）

でも、逆に言えば多少の影響を与えることはできる。その凛花の価値と限界を、黄老師がどう判断するかだが――

「あ、それからこのお茶、実はここの庭で育てた薬草を使っているんです」

凛花が満面の笑みでそう言うと、紫曄は「また庭の草か……」と苦笑し、兎杜は目を瞬き、老師は驚いた顔を見せた。

「先日、庭の改造をしまして、小花園《しょうかえん》から分けて頂いた薬草を育て始めました」

「ああ、あの庭か。本当に畑にしたのか」

「ふっ……はっはは！」

堪えきれず、といった感じに黄老師が笑い声を上げた。

「面白い！　朔月妃さまがどのような方法で主上を寝かし付けているのかと思っておりましたが、なるほど雲蛍州の姫らしい。まさか宮の庭に畑を作るとは……ふっははは！」

「恐れ入ります。黄老師、民間薬にも色々なものがありますでしょう？　書物には記されていないもの、その地方独特のもの……様々です。私には薬草の産地の者として知り得た知識があります」

じっと凛花を見つめる老師の視線は鋭い。ここだ。凛花は思った。老師の興味は引けた。認めてもらえるかどうかは、きっとここが勝負。

「黄老師、どうか私を書庫の書物の一つに加えていただけませんでしょうか。きっと、主上のためにもなります」

凛花はしっかりと顔を上げ、老師を見つめて言った。緊張から握り締めた両手は痛い程だ。

「よろしいでしょう。あなた様の価値を認めましょう。なんでもお教えしますぞ」

「あ、ありがとうございます！　黄老師！」

「はっはは！　実はとっくに朔月妃さまの価値を認めておったのじゃがな」

「え？」

思わぬ言葉に凛花は首を傾げた。

「先日の号令は見事じゃったよ。朔月妃……いいや、お名前で呼ばせていただこうかな。凛花殿、お好きな時に書庫へおいでなさい。後宮からの外出許可は主上より既に頂いておる」

「え……っ」

目線を向けると、紫曄は笑って『外出許可証』と『入庫許可証』を卓子《たくし》に置いた。

「書庫へ行く時は必ず麗麗を連れていくように」

「はい！　主上、ありがとうございます。黄老師、よろしくお願いいたします！」

（やった……！　黄老師に師事できるだけでなく書庫にも行けるなんて！　これで『人虎《じんこ》』について書いてありそうな書物を探すことができる……‼）

「はっはっは！　月妃《げっぴ》さまの弟子は初めてじゃ。ああ、そうだ。書庫は足下が冷えるし、とにかく目が疲れるんじゃよ。そのような症状に効くお茶の用意をお願いできるかな？　凛花殿」

「はい、お任せください！」

明日から早速書庫へ通おう。凛花がそう期待に胸を膨らませていると、紫曄がサッと席を立った。

「では、臥室《しんしつ》へ行こうか。凛花」

「……え？」

「え？　じゃない。『抱き枕』」

老師への紹介と師事まで叶ったのだから抱き枕の仕事をしろと、そういうことか。

言い分は分かるが、老師の生温かい目と兎杜の照れ顔が凛花の羞恥心を煽る。

「主上！　どうしてそういう言い方をするのですか……！」

『抱き枕』は誤解を招く。何故ならここが後宮だからだ。紫曄にしてみれば『おい、寝るぞ』くらいの気軽な声掛けが、当人たち以外には『おい、抱くぞ』に聞こえるのだ。そうではないのにそう思われるのは、凛花にすれば恥ずかしくて堪らない。

「凛花殿、主上は昔っから気に入った子に意地悪をするどうしようもない男でな。多めに見てやってくだされ。ほれ、あの初恋の女官など……おっと。凛花殿には面白くない話でしたな。失礼」

紫曄がチッと控えめな舌打ちをすると、黄老師はまた「はっはは！」と笑った。

退席する二人を麗麗が見送りに出ると、ここには紫曄と凛花の二人きり。

「……初恋の子、意地悪しちゃったんですか？　主上」

「うるさい」

赤い耳で、紫曄はそっぽを向く。

「ふふ。あ、そういえばお食事はされましたか？　主上」

「ああ、老師と一緒に食べた。お前の言う通り、温かいものをゆっくり食べたぞ」

先日言い付けたことを律儀に守ってくれたのか。凛花はちょっと驚いて、そして胸に広がるむず痒さを感じて、ああ、近頃はこんなことが多いなと思った。

「あの……湯浴《ゆあ》みは？」

聞かれて、紫曄がクスリと笑った。

何かおかしなことを聞いたかと、凛花は僅かに首を傾げ見上げる。

「済ませてある。お前は？」

「はい。私もあとは寝るだけで……す」

『寝るだけ』の言葉に、凛花はこの後のことを思い浮かべてしまい頬を赤らめた。今夜は抱き枕になるのかと。

「例えば、もしお前の湯浴《ゆあ》みがまだだったら――」

紫曄は悠然と微笑んで榻《ながいす》へ腰掛け、隣へ座れと凛花に促す。

（こうして見ると、主上ってやっぱり素敵なのよね）

先日の公開調練で見かけた時にも思ったが、見栄えがするのだ。

紫曄は背が高いし、あまり食べていなかったわりに程良く筋肉がついているし、髪も艶やか。それから聴力がよすぎる凛花は、実は近くで聞く紫曄の声を気に入っていた。

「俺は先に牀《しんだい》に入って――」

凛花との間の座面をツゥとを撫でながら言う、ほら、その声とその喋り方だ。

機嫌がいいとそうなるのか、紫曄は喉の奥で小さく笑って言うから、一言目が少し揺れるのだ。それから気怠げなくせに悪戯心を秘めているその紫色の瞳もいけない。間近でそんな目で見ないでほしい。

心地いい声のはずなのに、凛花はその視線にソワソワとした落ち着かなさを感じてしまう。

「――湯浴《ゆあ》みを終えたお前を待つのか？」

クスクスと面白そうに笑って、凛花の髪を一房掬いわざとらしく口づける。

意地悪で悪戯な仕草だ。後宮という場所を意識させるような言葉と行動は、凛花を揶揄っているのか『抱き枕』にそういう意味を込めているのか。紙一重すぎて凛花の心臓がざわざわと騒ぎ出す。

そして何かを窺うような視線が重なった時、控えめに扉が叩かれ麗麗が声を掛けた。

「お待たせいたしま……失礼いたしました。お休みの準備が整いました」

二人の雰囲気に滑らかなお辞儀が一瞬止まったが、麗麗は表情を繕い言葉を続けた。

「全然失礼じゃないのよ、麗麗！」

「凛花さま。お着替えはどうされますか？　その……主上をお待たせしてもよろしいものかと……」

麗麗は小さな声で訊ねチラリと紫曄を窺った。麗麗の主人は凛花だが、この時間の主導権を握っているのは紫曄だ。

「ああ、このままでよい。どうせ――」

「主上！」

今夜は、どうしてこんなに揶揄うんだこの人は……！　凛花はちょっと赤い顔でそんな風に思う。対する紫曄はというと、いちいち恥ずかしがる凛花が面白く、眠気も忘れてご機嫌だった。

麗麗は二人を臥室《しんしつ》へ通すと、凛花が身に着けていた装飾品や簪《かんざし》を抜き、結った髪を下ろしてその場を後にした。

「――凛花」

疲れの滲む顔で待ち切れないと、紫曄は自らの上衣《うわぎ》を脱ぎ凛花を牀《しんだい》へ誘う。が……

「あの、主上、申し遅れましたが今夜は……抱き枕のお役目はちょっと難しいです」

「なんだって？」

衣装を緩めていた紫曄の手が固まった。信じられないという表情を隠さず、凛花の眼前に迫る。

「どういうことだ。月は出ている」

「いえあの、出てるんですけど、すっごく細いですよね？」

「月が出ていれば猫になれるのではなかったのか」

言い訳は許さないと、紫曄は凛花の腰と手首を掴み尚も迫る。

「そうなんですけど、満月に近いほど虎化《とらか》は安定するし、欲求も高まるんです。今夜のように細い月だと、多分……変化《へんげ》は半刻も経たずに解けてしまうと思います。……

詳しくお話しておらず申し訳ございません」

睡眠を心待ちにしていた紫曄には申し訳ないが、こればかりは仕方がない。下げた頭の上で「チッ」という舌打ちが聞こえ、凛花は心苦しさに眉を寄せる。

「……ならばそのままでいい。来い」

「えっ」

「あちらへ戻るのも面倒だ。それに、試してみるのもいいかもしれないしな」

凛花の手を握ったまま、紫曄は牀《しんだい》に腰掛け言う。

「えっ⁉」

投げやりにも聞こえる平坦な声に、凛花の聡い耳がいつもと違う硬さを感じ取った。

(待って。試すってどういう意味？　そういうのは、心の準備がまだ……！)

ドクドクという心臓の音が凛花の全身に響いている。これは期待や恥じらいの高鳴りではない。戸惑いと恐れからの動悸だ。だって凛花は、『抱き枕』は割り切ったが、後宮妃としての覚悟はまだできていない。

「凛花。こちらへ」

グイと手を引かれ、脚を突っ張っていた凛花は勢いのままに紫曄の胸に倒れ込む。そしてそのまま二人は牀《しんだい》の上に寝転んだ。

「随分と熱烈な……」

「違います！　だって、主上が引っ張るから！」

顔と顔を合わせ言い合って、すると紫曄はニヤリと笑い、凛花を思い切り抱きしめ――いや、脚まで使って羽交い締めにした。

「ん！　主上、ちょっと！　苦し……！」

「あー……やはりあの毛並みのほうが気持ちがいいか」

残念そうな声ではあるが、そこに怒りは感じられない。ただ消沈し、毛並みを撫でる代わりに凛花の頭を撫でている。

凛花は妃としてのお試しを求められているのかと体を硬くしていたが、そんな様子のない紫曄にホッとし、次第に申し訳ない気持ちになっていく。

（主上はただ、虎の私を抱き枕にするように、人でも抱き枕になるのかお試しする気だったのかぁ）

「あの……ごめんなさい。少しの間なら虎になれますが……」

「いや、いい」

「でも、これじゃ眠れないでしょう？」

「うーん……」

目を閉じ唸りつつ、凛花を抱きしめ長い髪を撫でる。虎猫にするように首筋に顔をうずめ、背や腰を撫でる。

「あ、あの！　ちょっと、くすぐった……！」

凜花は笑いを堪え、紫曄の胸を腕で押し身を捩る。

「お前、やってることが猫と変わらないな」

「だ、だって、主上が猫扱いするからじゃないですか」

ならば……と、紫曄は悪戯を思い付いたとニヤリと笑い、凜花に頬ずりをして耳を噛んだ。

「うっわ⁉」

「お前な……。もうちょっと色っぽい声を出せないものか？」

「突然こんなことをされたら変な声が出ます！　もう、声なんか主上が出せばいいじゃないですか！　いつも私を撫でて『ああ……っ、はぁ～……』って言ってるあの声はなかなか色っぽいと思いますが？」

凜花はジロリと紫曄を見上げ言う。

「俺が色っぽくてどうするんだ」

ハァー……と、紫曄がもらした吐息が凜花の耳をくすぐって、凜花はピクリと肩を揺らした。

「ッあ……！」

感度のいい耳が吐息の奥の、隠れた色まで拾ってしまい鼓膜がビリリと震えた。つい出てしまったそんな声に、凛花は口を押えうなじから耳まで真っ赤に染めてしまう。

「へぇ。いい声だな、凛花」

今度は吐息だけでなく、声まで耳に流し込まれ、凛花はゾクリと肌を粟立てた。

（ああ、これご機嫌な声だ。この主上の声って耳に心地よすぎて……よくない！）

明らかに狙ってやっているし、でも面白半分だ。凛花はちょっと悔しく思うが、紫曄は猫の子を弄ぶような愛で方をなかなか止めてくれない。

そのうちに、凛花は抱きしめられている体だけでなく、五感の全部を紫曄に鷲掴みにされている気分になってしまう。

「ふっ……ぅ」

ただドキドキと鳴り騒ぐ鼓動で自分の中がいっぱいで、与えられるものに悶えることしかできない。そんな凛花を分かっているのかいないのか、紫曄は改めて、凛花の髪をさらりと撫でた。

「あのふわふわな猫の毛とは違うが、滑らかでさらさらで……これはこれで心地いい」

言いながら、紫曄は凛花のつむじから肩、腕、敷布に広がった長い銀の髪を撫でる。

（あれ……でも、なんだかこの撫で方って……？　虎の体を撫でる時と一緒？）

それなら、自分も虎の時と同じにすればこんなに恥ずかしくないのでは？　凛花はそんな風に思い、体からそろりと力を抜いた。

「うん……人肌も温かいか。寝るにはやはり猫のほうがよいが……」

失礼だな。凛花はそう思いつつ、紫曄の背に腕を回しぽんぽんと優しく叩く。すると凛花の頭上から、ふぁ……という噛み殺した欠伸が聞こえた。

「さっきの『眠りを誘う茶』が効いたのか……？」

「今日は食事も取ったし、湯浴《ゆあ》みで体がほぐれてたので、お茶が効きやすかったのかもしれませんね」

「お前の言うことを聞いてよかった……。今夜の抱き枕もまあ、悪くはないしな」

「本当に失礼ですね……！」

凛花は頬をほんのり赤くさせて見えない頭上を睨む。

「もう……。ほら、寝付くまで撫でて差し上げますから、ゆっくりおやすみください」

「……ああ」

虎猫の凛花を抱き枕にする時と同じように紫曄は胸に抱え込み、額に口づけ頬を寄せる。

「凛花……お前が問題なく猫になれる頃になったら教えてくれ……」

「え……？　えっと、もう数日待てば――」

「お前から誘われてみたい……」

ドキンと凛花の心臓が跳ねた。そういえば先日も、湯殿《ゆどの》で似たようなことを言われていた。『猫がお待ちしています』と誘ってはくれないのか？　と。

（眠くなって甘えてるのかな……）

凛花は熱くなる頬と胸にむず痒さを感じ、なんて答えようかと逡巡し口籠る。

「で、でも、私から主上をお誘いするなんて……朔月妃には無理でしょう？」

最上位の弦月妃ならともかく、最下位で新参の凛花が皇帝への文を取り次いでくれと願い出るのは難しい。

「書庫で老師か兎杜に言付けてくればいい……『猫がお待ちしています』とでも……」

紫曄はお願いだと言うように、半分寝ぼけた声で凛花に乞う。

「わ、分かりました……そのうちに」

そう答えると、紫曄は満足したのか凛花の目元に口づけ、穏やかな寝息を立てはじめた。その吐息には、もう凛花の耳を煩わせるような色はなく、安堵と安らぎしか感じられない。むしろ甘ささえ感じてしまい、凛花はどうにも落ち着かない。

凛花はハァと小さな溜息を落とし、抱きしめ返してその背と髪を撫でてやる。

（主上……クマは前よりは薄くなってたけど、前回の『抱き枕』から少し間が空いたし、やっぱりあまり眠れてなかったのかな）

そう思ったら、意地悪をされてもちょっと際どいお試しをされても、甘えられても嫌な気持ちはしなかった。ただ、うまく眠れないこの人をゆっくり眠らせてあげたい。

凛花はそう思いながら熱い頬をそっと寄せた。

◆

「……あれ？」

目を覚ました凛花は牀榻《しょうとう》に一人だった。天幕を開けてみると窓からは薄明りが差していて、紫曄の姿はどこにもない。

「あれ？　え、今って何刻？」

凛花が呟くと、臥室《しんしつ》の扉がそうっと開き麗麗が顔を覗かせた。

「あ、麗麗」

「ああ、お目覚めでしたね。おはようございます、凛花さま」

「あの、主上は？」

「はい。日の出の少し前にお帰りになりました。ここを出る姿が人目に触れて、また凛花さまが他の月妃《げっぴ》さまに睨まれないようにと」

「へ？」

そんな気遣いをしてくれるなんて少し意外だと、凛花は一瞬そう思ったが、そんなことないか……と独り言がもれていた。

（主上は強引なようでいて優しい。昨夜だって『抱き枕』以上のことはしなかった。ここはあの人の後宮なんだから、もっと横暴に振る舞ったって……）

――ああ、だから眠れないのかな。

凛花はふと、そんな風に思った。紫曄は『冷徹な皇帝』と形容されるが、優しさを気取られないよう、そのように振る舞っているのかもしれない。

「お見送りもしないで申し訳なかったかな。麗麗、主上は何かおっしゃってた？」

「いえ……あの、昨夜は少々疲れさせてしまったようなので、凛花さまは寝かせておくようにと……おっしゃってました」

麗麗はキリリとした表情で言うが、耳を朱に染めているのは隠せていない。

（主上め……！　確かに昨夜は黄老師との面会もあって緊張したし、主上の意地悪で情緒が乱れて疲れたけど……！）

どうしていつも誤解される言い方をするのだ!?　と凛花はふつふつと湧き上がる羞恥心で頬を赤くする。紫曄の不眠症と凛花の虎化《とらか》という二つの秘密を守るため、寵姫《ちょうき》だと思わせておいたほうが無難なのは分かる。

「ほんと、人のこと揶揄ってばっかりなんだから……」

むぅっと唇を尖らせぼやいたが、心臓はトクトクと軽やかな音を立てている。

「さあ、凛花さま。お着替えをしてお食事にしましょう」

「そうね。畑の世話もしなきゃいけないし、それに今日は忙しいのよね！」

「何ご予定がございましたか……⁉」

うっかり失念してしまっていたか⁉　と麗麗が顔を強張らせた。

「書庫へ行くのよ。黄老師は『お好きな時に書庫へおいでなさい』っておっしゃってくださったでしょう？」

「昨日の今日でいらっしゃるとは思っておりませんでした……」

「ふふ！　だって調べたいことは沢山あるし、それに小花園《しょうかえん》についても老師に伺ってみたいし」

そして少しの後、書庫へ向かう凛花の前には、何故か矛と剣《つるぎ》を携えた麗麗があった。

護衛にしても物々しくないか？　と、凛花は何か心配事でもあるのかと麗麗に訊ねたが、返ってきた答えは「いいえ。私は本を読むことは苦手ですので、中庭で鍛錬をしていようと思います！」という予想外のものだった。

第四章　小花園《しょうかえん》と禁秘《きんぴ》

その日の夕刻。

後宮の各月妃《げっぴ》の宮に、皇帝から公開調練の労いと見舞いの品が届いた。贈られた品は、あの余興に参加した全員分の布地だった。雨に降られ泥で衣装を汚してしまった詫びだそうだ。あの日まとっていたものよりも上等な布地に、どこの侍女たちもワッと歓声を上げげた。それから一緒に届けられた菓子は、留守番役をした女官や宦官《かんがん》、下働きの宮女たちへの気遣いかもしれない。

「あら。随分どっさりね、麗麗」

茜色の空の下、庭で草をむしっていた凛花は、麗麗が抱えた布地と菓子の箱を見上げそう言った。

「はい！　なかなか趣味のよい布地ですし、折角ですから何か仕立てましょうか、凛花さま」

「そうねぇ……あ、でも私のはいらないわ」

「え？」

「まずは麗麗が自分の分を選んで、自分用に仕立てて。それからあとは朔月宮の皆に分けてくれる？　女物だけど、宦官《かんがん》にだって家族はいるでしょう？」

袖をまくった腕を晒し、凛花はニカッと笑う。

「かしこまりました。ですが凛花さま、全てを分けてしまってはさすがに主上に申し訳ないので、一番上等なものは凛花さまに使わせていただきますね」

「麗麗がそう言うなら分かったわ、そうして」

麗麗は気遣いができる主を好ましく思い、しかし欲がなさすぎる……と苦笑してしまう。だが、朔月宮に届いたのはこれだけではない。

「凛花さま、それではこちらは如何いたしましょうか？　主上からの御文も添えられておりますよ？」

そう言って、後ろに隠していた紫曄の気持ちがこもった贈り物を凛花に見せる。

「え？　主上からって……うわ！　麗麗それ、苗木じゃない！」

「はい！　隣国に生えている珍しい薬草だそうです」

麗麗が差し出した木箱には小さな苗が三つ、厳重に梱包され収められていた。月妃《げっぴ》たち全員に分け隔てなく上等な布地を贈った紫曄だったが、凛花にだけはこっそり、彼女が一番喜びそうなものを手配していたのだ。

「うわぁ……！　もしかしてこれって、塩に強く、荒れ地でも育つっていうアレかな？　わぁ初めて見た……！　麗麗、説明書きはある？」

「はい、こちらに。凛花さま、ひとまず鉢に植え替えますか？」

「そうね、これをよく読んでからだけど……できれば小花園《しょうかえん》の畑に植えたいわ」

「これからですか？」

凛花は苗と庭、それからまだ日暮れまで少し間はあるが、厚い雲に覆われた空と麗麗の顔を見比べ申し訳なさそうに続けた。

「……だめ？　この苗、少し弱ってそうだし早く土に植え替えてあげたいの。あ、でも一つはここに植えたいんだけどね？　初めて育てるものだから、できるだけ早く、いくつかの条件の場所に植えてみたくて……」

なるほど。一ヶ所では全滅の恐れがあるということか。麗麗は三つの頼りない苗を見て、ぐずついている空を見上げ、うーんと唸り腕組みをして考える。

この後は湯浴《ゆあ》みと夕餉の予定だ。厨房はもう予定通りに動いているし、お湯を沸かす手順も整えられている。決められた予定通りに物事が進まなければ、働く者たちの予定が押してしまう。小花園《しょうかえん》行きを捻じ込み、皆に負担を掛けることを主は望むまい。

麗麗はそう思う。

「――分かりました。少々予定を調整してまいりますので、凛花さまはここに苗を植えてお待ちください」

予定を後ろに倒すのではなく、前倒しにしたほうが被害は少ない。

それに丁度、皇帝から届いたばかりの品がある。きっと他の宮では侍女から順に選ばせ、下に届く頃には僅かしか残らない。でも朔月宮は人が少ないし、女官たちに十分な量を渡しても余裕がある。

(よし！　凛花さまのお気持ちだと言って、下働きに多めに分配しよう)

そうすれば不満は出ないはず。

「ごめんなさい麗麗！　ありがとう——！」

庭から背中に向かって掛けられた言葉に、麗麗は満面の笑みで応える。

ああ、この真っ直ぐな言葉と笑顔が、私にとっての何よりの褒美だ。麗麗はそう思いながら、速足で厨房へ向かった。

◆◆◆

バタバタと支度を早める朔月宮とは真逆に、弦月宮では粛々といつも通りの時間が流れていた。よく言えば粗相などあり得ないほどに落ち着いた宮。悪く言えば粗相など許されない緊張に満ちた宮。それが、表面上は品よく雅やかな弦月宮だ。

そんな宮の主である弦月妃は今、皇帝から届いたという品に眉をひそめていた。

「先日の公開調練に臨席されました月妃《げっぴ》さまへの労いと詫びだそうです」

「弦月妃さま、とてもよいお品でございますよ」

「どのようなものをお仕立ていたしましょうか」

滑らかな絹の感触にほぅと息を吐く銀簪《かんざし》の侍女たちを見下ろして、弦月妃は添えられていた文を読んでいた。この手跡は皇帝の直筆ではない。それに書かれている内容も、気遣う言葉はあれど事務的なもの。使われている紙が弦月妃の好みに沿ったものなのが救いか……。弦月妃はそう思い、不快感も露わに顔をしかめた。しかし、自分もこの布地を貰えるものとはしゃぐ侍女たちは、目の前の主の機嫌が降下したことに気が付いていない。そんなことは、この宮では命取りだというのに。

「ねえ、このお品は全ての月妃《げっぴ》に届けられているのよね？　皆同じものなのかしら？」

おっとり首を傾げつつ、扇で口元を覆った弦月妃が訊ねた。

「は、はい。お品も量もほぼ同じと聞いております」

「ほぼ？　全く同じではないのか？」

聞き返された侍女たちは、口を噤《つぐ》み気まずそうに目を逸らす。

「そのようなことお気になさらずとも……」

「こちらの布地は最上級ですし、弦月妃さまの白いお肌と射干玉《ぬばたま》の髪によくお似合いになりますわ」

「当たり前でしょう。それで、朔月宮にはどのような品が運ばれたのかしら?」

にこやかに微笑み言うが、その瞳は笑っていない。

侍女たちは互いに目配せし合うが、俯いたまま誰も言葉を発しようとはしない。

自分の身の安全と出世のため、協力者から情報を得てはいるが、全てを主に喋るのが上策とは限らないのだ。喋ることで身の安全が脅かされることもある。

「言いなさい」

パン！　と肘掛けに扇を打ち付けた音が響き、侍女たちはビクリと肩を揺らす。

「早く」

「……さ、朔月宮への品は、三人の宦官《かんがん》が運んでおりました」

「三人？　ここへ持ってきた者は二人だったのではなくて?」

「……はい。その通りでございます」

「そう」

朔月宮に仕える人間は少ない。そのように弦月妃の祖父が采配しているからだ。そしてこの弦月宮には人が多い。人も多く、最上位の妃である弦月妃よりも、最下位の朔月妃に多く品が届けられているだと?　弦月妃はそう腹立たしさを覚えた。朔月妃に対して、そして皇帝紫曄に対してもだ。

（忌々しい……！　あのような、後宮でも畑仕事をするような妃がわたくしよりも上だと言うの⁉　侍女をたった一人しか連れぬような、序列も考えず出しゃばるような妃が……あんな女が選ばれ、寵愛を受けているだなんて……！）

弦月妃は扇の柄をギリリと握る。しかしそんなことでは、その高い矜持から蓋をし、閉じ込めていた格下への嫉妬心は抑えきれなかった。

（朔月妃は、公開調練でも最上位の妃であるわたくしに恥をかかせた。わたくしは妃として、董家の娘として相応しくあるようにと幼い頃から頑張ってきたのに。だというのに朔月妃は何？　ちょっと主上に気に入られたからって好き勝手して……！）

──許せない。ずるい。

弦月妃、董白春はついにそう思ってしまった。

朔月妃が気に入らなくとも『ずるい』だなんて思いたくはなかったのに。

『ずるい』の感情には、『妬ましい』や『羨ましい』の気持ちが含まれているからだ。格上である弦月妃が、格下の朔月妃にそんな感情を持つのは敗北を意味する。董家の白春が人を羨むなんて、決してあってはならないのだ。

──だが、自分は今その禁忌を侵してしまった。

弦月妃はそう自覚し、わななく口元を扇で隠す。どす黒い思いとは、一度認めて解放してしまえば歯止めが利かない。彼女が心の奥底に押し込んでおいた、屈辱の一件まで這い出てきてしまうくらいに。

それは以前、祖父の力を借り、皇帝を宮に招待した時のことだ。

『弦月妃は、望月妃に相応しいものを全て持っている。しかし、お前を皇后にすれば宦官《かんがん》の専横を後押しすることになる。だからお前が董家の娘である限り、私がお前を望月妃にすることはない』

その言葉は彼女にとって衝撃的で、酷い屈辱だった。確かに自分は董家の娘だからここにいる。それは誇りだった。だがそのことで、皇帝には白春という個人ではなく、董家の人間、董家のひと欠片としてしか見てもらえなかった。

（朔月妃は大した家柄でもなく、眉唾の神託なんてもののおかげで月華宮《げっかきゅう》にいる。わたくしのような資質もないくせに『猫』だなんて呼ばれてあの方に愛されている。――ずるい。許せない……！）

弦月妃だって、秘かに紫曄に憧れていた姫の一人だ。だから余計に、この嫉妬心を認めたくなかった。厄介なことになるのが自分でも分かっていたからだ。

「……お前、小花園《しょうかえん》の花を見ておいで」

弦月妃は歪んでしまった扇で一人の侍女を指して言った。

銀簪《かんざし》の侍女の中で一番若く、一番下っ端の新人侍女だ。家格は低いが、素直に仕事をするので役に立つと聞いている。

「は、はい！　あの……ですが、今からですか……？」

弦月宮では夕餉を終え、この後は妃の肌の手入れをしながらの湯浴《ゆあ》みの時刻だ。日はとっくに落ち、しかも先程からは大雨が降り出した。こんな中、後宮の外れにある小花園《しょうかえん》へ行き植物の様子を見るなど、泥だらけになることは確実だし、その後の仕事にも響く。

「あら、わたくしは今見ておいでと言ったのよ。昨日でも明日でもないわ。今よ」

「お、お言葉ですが雨足も強く……小花園《しょうかえん》には灯りもございませんし……」

傘を差し、灯りを持って、足下の整っていない小花園《しょうかえん》へ踏み入るのは困難だ。何も今でなくとも、せめて翌朝でもよいのでは。侍女はそんな気持ちから、つい口答えをしてしまった。

「お前、その簪《かんざし》を取り上げようか？　今すぐにここから追放してもいいのよ？」

「い、いいえ！　申し訳ございません、すぐに行ってまいります！」

「籠一杯に摘んでおいで」

「かしこまりました！」

侍女は小柄な体を縮こまらせ頭を下げる。いつもとは違う『籠一杯』という命令に内心で首を傾げたが、今度は口には出さない。摘むように命じられた花は、弦月妃の肌の手入れに使っているもので、毎日必要な分だけを採取しているものだ。鮮度が命だから、使う分だけ摘み取るようにと口を酸っぱくして言われていたのだが……

「それからお前。鳥籠を用意しておくようにと、いつもの宦官《かんがん》に伝えて」

「かしこまりました」

筆頭侍女が意味深な笑みを返す。その横で、新人侍女は雨避けを羽織り、角灯《ランタン》と籠を持って弦月宮を飛び出していった。生き物の世話などできっこないあの妃が、鳥を飼うのか？　また仕事が増えてしまいそう……と、憂鬱に思いながら。

「生意気な野良猫も、わたくしを受け入れない主上も痛い目を見ればいい……」

弦月妃はぽつりと呟く。そして何かを思い付いたのか、ぱちりと目を瞬き考えるような仕草を見せた。

ああ、この姫は何を思い付いたのだろう。侍女たちは微笑みの下で身を硬くし、どうか何も命じられませんように……と秘かに祈る。『銀簪《かんざし》』という特別な扱いを受けてはいるが、弦月妃に心酔しているのは乳兄弟である筆頭侍女のみ。あとは箔付けのため、あわよくば皇帝の手が付けばと思い仕えている者ばかりだ。

「ねえ、眉月妃さまはどんなご様子かしら？」

「眉月妃さまでございますか？　朔月妃さまではなく……？」

「ええ。公開調練では眉月妃さまも嫌な目にあったでしょう？　心穏やかにお過ごしか、すぐにご機嫌を伺ってきて」

笑みを深くする主人は一体何を企んでいるのか。侍女たちはそう思うが、返していい言葉は決まっている。

「かしこまりました」

下げられた揃い銀の簪《かんざし》が、揺れていた。

◆◆◆

「眉月妃さま、どうか御父君にお返事をお書きになってくださいませ」

「嫌よ」

眉月妃はだらしなく榻《ながいす》に体を横たえ髪の手入れをさせていた。今夜のお遊びの相手は最近のお気に入り。美しい髪を見せてやろうと、香油を使い念入りに梳いている。

「眉月妃さま。御父君から再度御文が届いております。どうか……」

「うるさいわねぇ……。あとで読むからそこに置いて出ていって！」

眉月妃は侍女が持った悪趣味な文箱《ふみばこ》に顔を顰めて言った。

将軍である父からの文など、読まなくても内容は分かっている。どうせまた、先日の公開調練での出来事について、怒りのままに書き散らしているだけだ。

「くっだらないわぁ」

ハッと言い捨て、眉月妃は乱暴に文箱《ふみばこ》を開けた。

眉月妃の生家である呂家においては、女は男よりも劣る価値が低いもの、子は親に従うものとされている。息子は武を担う者として厳しく育てられるが、娘は無関心のまま放置されていた。体面を保つため着飾らせ、望めば教養も与えられたが、勉学に興味のない眉月妃は華やかなことだけを楽しみ、美しく成長した。

「はぁ〜。お父様ったら、また同じことを書いてきたのぉ？」

目に飛び込んできた荒々しい筆跡で記されているのは、武門の娘のくせに、あの有名な故事《こじ》を知らないとは何事だ！　という前回も見た内容だ。

「知ってるわけないじゃない。わたくしが書物を放り投げ遊んでいても叱らなかったのはお父様なのに、無理を言うわぁ」

その後も続く同じ小言に、眉月妃は呆れながら読み流したが、前回とは違う最後の一文にふと眉を上げた。

『よからぬ遊びを黙認していたのは、華やかな美しさで存在感を示していたからだ。馬鹿なだけの月妃《げっぴ》に価値はない』『お前の代わりなどいくらでもいる。格下の妃に庇われた恥を雪《そそ》ぎ、その価値を示してみろ』

「はぁ〜？」

（恥を雪げですって？　あれは朔月妃が勝手にやったことなのに、どうしてわたくし

が叱られなきゃならないのよ）

自分は窮屈な後宮に入り、眉月妃となったことで呂家の娘としての役割を十分に果たしている。だというのに、馬鹿と呼び、代わりはいる、価値を示せと言うのか……！　眉月妃は苛立ちのままに書状をぐしゃぐしゃにし、思い切り投げ捨てる。

「あの野良猫のせいだわぁ……。朔月妃……どうしてくれようか！」

眉月妃は真っ赤な唇を歪め、声を荒らげた。

◆◆◆

大粒の雨がざあざあと降る中、凛花と麗麗は苗木を抱え小花園《しょうかえん》へ向かっていた。

「無理を言ってごめんなさい、麗麗」

「いいえ、お気になさらないでください」

麗麗は微笑んで、差した傘を主のほうへ更に傾けた。苗木を抱えた凛花の肩が少し濡れていることに気付いたからだ。本当ならば、苗木も作業道具も傘も全て自分が持ちたいところだが、真っ暗な中を歩くには、角灯《ランタン》を持った腕を伸ばし先を照らさなくてはならない。麗麗の濡れた腕先がぼんやり照らす足下は、見事なまでにぬかるんでいる。

「凛花さま、足下にお気を付けてください」

「うん。……っあ」

ぐにょ、と爪先が泥に埋まりかけ、凛花は小さく声を上げた。

「どうされました？　あっ、足首を捻りましたか⁉」

「ううん、大丈夫。ただ、靴と裾……脚まで汚しちゃったなと思って。ごめん、麗麗」

泥汚れを落とすのは大変だというのに、先日の公開調練に引き続き、今度は自分の我儘で泥汚れを作ってしまった。それに、せっかく夕餉と湯浴《ゆあ》みの予定を前倒しにして帳尻を合わせてもらったのに、これでは帰り次第また湯を使うことになってしまう。余計な仕事を増やしてしまい申し訳ない……と、凛花は気落ちしたが今更後悔しても遅い。

「仕方ない。できるだけ汚さず、手早く済ませよう！」

「はい。お風邪を召してはいけませんし急ぎましょう」

小花園《しょうかえん》に着くと、凛花はさっそく裾をまくり上げ、大急ぎで穴を掘り苗木を植えた。

「これでよし！」

弱々しい苗は心配だが、今は土の養分に賭けるしかない。作ったばかりの庭の畑よりは頼りになるし、この場所なら雨風も多少は防げる。

「麗麗、お待たせ……どうかしたの？」

　顔を上げると、傘を差す麗麗が遠くを睨んでいることに気が付いた。

「はい。あちらに灯りが見えたので警戒しておりました」

　あちら、と麗麗が指さしたのは小花園《しょうかえん》の奥。美しい花が咲いている一角だ。

「え？　こんな大雨の中ここに用がある人なんている？」

「私も凛花さま以外にはいないと思っておりましたが……あれは弦月宮の侍女ですね。ほら、あの銀簪《かんざし》が光っています」

「ええ？　……あ、本当だ。何してるんだろう」

「多分、弦月妃さまが美容にお使いの薬草花を摘んでいるのでしょう。あの小柄な侍女は以前にも見かけたことがございます」

「そんなものが生えていたのね！　雨降りじゃなきゃ今すぐ確認しに行くのに……！」

　この小花園《しょうかえん》は放置されていたと聞いているが、元々は昔の望月妃の薬草園だ。薬に使う薬草だけでなく、後宮らしく美容に効果がある植物が生えていても不思議はない。

「弦月妃さまのご実家は、後宮に深く根差した一族ですからね。意外と小花園《しょうかえん》にも詳しいのかもしれません」

「ああ、お爺さまが宦官《かんがん》の長だものね。そっか、資料は後宮にあったか……。弦月妃さま、小花園《しょうかえん》の植栽図とか持ってるのかな……」

もしもそんなものがあるのなら、是非見せてもらいたい。

まずは調査から！　と考えた凛花だったが、書庫には小花園《しょうかえん》についての記録が見当たらず、どこからどう手を付けたらよいものかと悩んでいたのだ。

地道に調査をするのは構わないが、毒があったり、触れただけでかぶれてしまったりする危険な植物もある。凛花は分かっても、共に作業をする麗麗には分からないし、未知の植物が生えている可能性もある。放置されている間に自然繁殖が進んでいるが、元々の植栽図があれば注意の目安にはなる。

しばらく立ち話をしていると、二人で眺めていた小さな灯りがゆっくりと遠ざかっていった。あちらの侍女は凛花たちには気付かなかったようだ。

大雨の中で傘を差し、角灯《ランタン》片手に採取していれば気付かなくても当然だ。気が付いた上に、あれが弦月宮の侍女だと分かった麗麗が凄いのだ。

「さて、私たちも帰りましょうか。あ、麗麗。あの侍女が採取してた花、今度見に行きたいから場所を覚えておいてくれる？」

「かしこまりました」

ぺちゃ、ぐちょっと足音を立て戻る中、凛花は銀簪《かんざし》の侍女が摘んでいた花のことを考えていた。

（美容に使えて、夜に咲く春先の花……何があったかな。夏の花なら心当たりがあるんだけど……。あっ、もしかしたら、今はあまり栽培されていない植物ってこともあるかもしれないんじゃゃ？）

「ああ～、弦月妃さまと仲がよかったら聞けたかもしれないのに……！」

　思わず心の声が漏れていた。

「残念でございますね」

「残念すぎるわ。私、弦月妃さまには徹底的に嫌われてるみたいだし……。まあ、それも分かるけどね」

　弦月妃は正真正銘、完璧なお嬢さまだ。州候の娘ではあるが、田舎の野山や畑で働き伸び伸び育った凛花とは何もかもが違う。きっと、価値観やその目線も根底から異なっている。

「――凛花さま。しばらく身辺にはお気を付けください」

「えっ？」

「先日の公開調練では、結果的に弦月妃さまと眉月妃さまに恥をかかせる結果となりました。後宮では逆恨みもございます」

「うん……。そうよね」

　凛花は小さく頷く。あの時はあれが最善と思ったが、二妃に向けられた矢を見過ごすべきだったと思わなくもない。しかし、それで黄老師への師事が叶ったかと考えると分からないし、後味も悪い。

「ハァ……後宮って難しい場所ね」

凛花に目線を落とした。靴はもう、泥で色が変わってしまっている。

「ねえ、麗麗。主上から頂いたお品って、もう朔月宮の皆に配った？」

「いえ、まだですが、急いだほうがよろしかったでしょうか」

「ううん。まだでよかった」

凛花は自分以上に肩を濡らし、足下に泥を跳ね上げている侍女を見上げて言う。

「ほら、また衣装を汚した上にこんな泥だらけの靴じゃ、宮も汚してしまうでしょう？　だから皆に、私からお詫びと労いに何か渡したいなと思って。……どうかな」

「はい。皆とても喜ぶと思います」

「そう？　それじゃ何がいいかな……あ、薬草茶や香草茶はどう？　色々な組み合わせで試作したのが沢山あるのよね」

「ああ、それはいいですね！」

特に下働きの者が喜びそうだ。よいお茶は高価でなかなか口にできないもの。それから書類仕事に従事する者たちにも嬉しいし、美容に気を遣う上級女官たちも喜ぶ。

「あ、麗麗にはまた他の物を用意するからね！」

「いえ、頂けるのであれば同じ物で……あ、疲れが取れる薬草茶だととても有り難いです！」

最近また鍛錬を始めた麗麗にも、薬草の産地として名高い雲蛍州の薬草茶は有り難い品だ。

「分かったわ。じゃあ麗麗は一番に好きなお茶を選んでね」

沢山持ってきてよかった！　そう笑う凛花に微笑み返し、麗麗は思った。

――きっとこの方は、朔月宮だけでなく、月華宮《げっかきゅう》じゅうから好かれる妃になると。

◆◆◆

「おはようございます、凛花さま。本日はどのように過ごされますか？」

まずは庭の畑の世話をして、小花園《しょうかえん》の苗木の様子を見て、昨夜銀簪《かんざし》の侍女が摘んでいた薬草花も確認したい。だが小花園《しょうかえん》はまだぬかるんでそうだ。また靴を汚しては申し訳ないしな……と凛花は悩む。

「うーん……今日は書庫へ行きます！　あと、できたら苗木の様子だけ見に小花園《しょうかえん》にも行きたいかな。地面の様子が心配だけど、どうかな？　麗麗」

「かしこまりました。それでは私が先に様子を確認して参りましょう」

凛花が書庫へ向かうと、黄老師は珍しく不在だった。老師には好きにしてよいと言われているので、凛花はいそいそと本を選び一人席に着いた。

今日選んだのは『虎になった男』や『狼に変わる男』『兎の使徒』などの神話が書かれている本だ。これは幼子でも知っているようなお伽噺の本ではなく、古語で書かれたお伽話の原典のような希少本だ。

月の女神嫦娥《じょうが》に加護を与えられたが、強力な加護に身が耐えられず獣に変化《へんげ》してしまった話。国を護りたいと女神に願い、その身を獣に変えた話など、様々な逸話が記されている。だが、凛花が知りたい『変化《へんげ》しなくなる方法』は見当たらない。

(うーん……月の加護、女神の使徒、人には過ぎた月の力が溢れ……って、女神や月信仰の話ばかりね。変化《へんげ》する人間に関して詳しく書かれてる部分はないかな……月を見ると変化《へんげ》する……か)

それにしても、どのお話も嬉々として変化《へんげ》している人物ばかりだ。昔から広く信仰されている月の女神の神話だから当然かもしれないが、この加護を嫌がった人間の話はないものか。

凛花はじっと考え込み書架を睨む。

(この本は女神や加護を賛辞するもの……私が見たいのはその逆……)

「あ。禁書だったりして？」

『変化《へんげ》したくない』ということは、月の女神を拒むことと解釈されてもおかしくない。もしそうなら、そのような書物は神月殿《しんげつでん》によって隠されている可能性があるのでは？

凛花はそう思い、書庫の奥の奥にある禁書棚からそれらしい本を手に取ったが――

「駄目だ……。ぜんっぜん分かるように書かれてない……！」

見つけたのは神月殿《しんげつでん》によってまとめられた『禁忌』の本だった。古語自体は読めるが、神月殿《しんげつでん》独特の言い回しなのか、いちいち月賛辞で『禁忌』を覆い隠していたり、肝心な部分になると突然絵になっていたりと、意味を推測することすら難しい。

「ハァ……」

溜息を吐き机に突っ伏すと、中庭で鍛錬をしている麗麗の「ハッ」という声が聞こえてきた。

「暁月妃さまに相談してみたくなっちゃうわ……」

元高位月官《げっかん》なら何か知っているかもしれないし、この禁書の意味も分かるかもしれない。とはいえ、神月殿《しんげつでん》に『禁忌』とされていることを月妃《げっぴ》に相談するのは危険すぎる。それに神託のこともある。女神の加護とされる変化《へんげ》の力を凛花が持っていると知られれば、今以上に微妙な立場に立たされそうで面倒でもある。

「神託かぁ……」

自分に出された神託とは、一体どんなものなのだろう。凛花はこれまで内容を気にしたことはなかったが、書物に記されている加護と変化《へんげ》、神月殿《しんげつでん》との関係を考えるに、虎化《とらか》の体質が無関係とは思えない。

「あ～……いい天気だなぁ」

小さな窓から覗く空は雲一つない。きっとこのまま一日晴れて、夜には少し太りはじめた月が出る。

「――朔月妃さま？」

突然の声掛けにビクッと肩を揺らしたが、この愛らしい響きが混じる声は兎杜だ。

「吃驚《びっくり》した……。兎杜、来てたのね」

「はい。驚かせてしまい、申し訳ございません。何度かお声を掛けたのですが……朔月妃さま、お悩みの様子ですが、本日は何を読まれているのですか？」

「ええ、古語の本を読んでいたの」

凛花は古びた表紙を見せ、積んでいた本に視線を向けた。

「ああ、随分珍しいものをお読みだったのですね！　こういった書物はここには少ないんですよね。やっぱり神月殿《しんげつでん》だとか……あ！　あとは主上がお持ちかもしれません」

「主上が？　月の神話の本を？」

「はい！　老師から聞いたことがあるんですが、宝の一つとして、皇帝にだけ受け継がれる書物があるそうなんです」

兎杜はこっそり凛花に耳打ちする。

「そうなのね。でも、宝物扱いじゃ見せていただくのは難しそうね」

「どうでしょう……？　ただ、僕も古語で書かれた書物をいくつか読みましたが、そこに出てくる虎や狼の多くは神獣なんです。国の要を守ってくださっているとか。ですから『虎になった男』や『狼に変わる男』は物凄く強い武将のことを指しているのでは？　と思ったんですよね」

　朔月妃さまはどう思いますか？　と、兎杜は無邪気な顔で凛花を見る。

「そうね……面白い解釈だと思うわ」

　神話や伝説は何かの比喩であることが多い。実際に獣に変化《へんげ》する人間が存在すると知らなければ、兎杜の解釈が自然かもしれない。

（ああでも、だから雲蛍州に虎に変化《へんげ》する人間がいるのかな？　うちって国境《くにざかい》に位置してるし……）

「ところで朔月妃さま、何か主上に言伝《ことづけ》はございませんか？」

「言伝《ことづけ》？」

「主上が顔を合わせる度に僕に聞くんです。心待ちにされているご様子なのですが……？」

　心待ち？　何か約束してたっけ？　と凛花は首を捻る。が、手元の本が目に入ってハッとした。

（もしかして、『猫がお待ちしています』って言伝《ことづけ》しろって言ってたやつ……!?）

寝ぼけた戯言と思っていた凛花だが、兎杜に度々確認しているのなら、紫曄は本当に言伝《ことづけ》を待っているのだ。

（何してるのよ、主上は……！）

凛花は頬を赤く染め、胸に落ち着かないむず痒さを感じてしまう。

「朔月妃さま？　えっと、ご無理に言伝《ことづけ》をとは申しませんので、読書をお続けくださ い。あ、そうだった、今日は老師は書庫へお越しになれないそうです」

それを言いに来たんだった、と兎杜は小さな舌をペロッと出した。こういうところは子供っぽくて可愛らしい。

「それでは、本日は僕もこれで失礼いたしし――」

「え、ちょっと待って！」

礼を取り退出しようとした兎杜の挨拶を凛花が遮った。

このまま兎杜を帰らせるわけにはいかない。今夜はきっとよい月が出る。紫曄への言伝《ことづけ》をお願いしなければならない。

「朔月妃さま？」

「あの……あのね、兎杜」

あの恥ずかしい『猫がお待ちしています』をどうにか上手く言い替えることはでき

ないか？　それとも言葉ではなく文にして託すとか……

いいや駄目だ！　文にしたのなら、兎杜だけではなく文を確かめるお役目の者にも『猫がお待ちしています』を見られることになる。

（それなら兎杜に言伝《ことづけ》するほうがまだいい……！）

それに、上位の二妃に反感を買っている今、文はあまり好ましくない。

（主上の夜の予定なんて情報、流されたらどう利用されるか分からないもの）

「朔月妃さま、どうかされましたか？」

（ああ、じっと待ってくれている兎杜に申し訳ない。早く仕事に戻らなくてはいけないだろうに、私がぐずぐずしているから……！）

「あの、兎杜。主上にお伝えしてほしいことがあります！」

「はい！　承ります！」

凛花は意を決して膝を屈め、恥ずかしくて言えないと思っていたあの言葉を兎杜に小声で告げた。

「……は、はいっ！　確かにお預かりしました！」

兎杜は頬をほんのりと染め、嬉しそうに微笑み書庫を後にした。そして残された凛花はというと――

「あぁぁ……恥ずかしい……！」

膝を抱えしゃがみ込み、熱くなった頬を両手で押さえ羞恥に呻いた。その後、凛花は読書に全く集中できなくなってしまった。小花園《しょうかえん》の様子を確認しにいった麗麗からは、足下が悪いと報告を受けた。そう聞いては行くことは憚られ、凛花は仕方なく早めに朔月宮へ戻り、ひたすら薬研《やげん》で薬草を挽いて過ごした。

そして夕刻。妙な気恥ずかしさを感じつつ、紫曄を迎える支度をしていた凛花のもとに、差出人のない文が届けられた。

これを持ってきた宮女によると、仕事をしていたところ『朔月妃さまへ急ぎ届けてくれ』と子供に託され、慌てて麗麗へ持ってきたらしい。

「宮女に手渡した者は兎杜のようですが、兎杜なら直接持ってくるとも思うのです」

麗麗は少々警戒し、その文を受け取ったのだという。だが、文自体に気になる点は特になく、迷ったあげく凛花のもとへ持ってきた。

「そうね。でも兎杜は昼間も忙しそうだったし、きっと主上に便利に使われちゃってるのよ。兎杜ってばいい子だから……」

紫曄の侍従《じじゅう》は何人かいるが、後宮に入れるのはまだ子供である兎杜だけだ。他に皇帝付きの宦官《かんがん》もいるが彼らだって忙しい。特に皇帝の夜の予定があれば、毎日の仕事にその準備が加わる。

「そうですね。それに兎杜なら信用できますしね」

「信用？」

「はい。凛花さまはお気付きではないのですか？　あの方、やはり皇帝という地位にいるせいか独占欲が強いと申しますか……。凛花さまに余計な者を近付けたくないのでしょう。宦官と言えども男性ですから」

麗麗は珍しくクスリと笑い、文を開いて凛花へ手渡す。

「主上のこれは、そういうのとは違うと思うのよ……？　だってその」

『ただの抱き枕だし……』という言葉は呑み込んだが、ほんのり感じる頬の熱さは誤魔化せない。凛花は麗麗の生温かい視線から逃げるように、文に目を走らせた。

「あら？　今夜は主上の輝月宮《きげつきゅう》にお呼ばれみたい」

「まあ……！　おめでとうございます、凛花さま」

後宮の作法として、皇帝は寵姫《ちょうき》のもとへ足を運んでも、自身の宮へ呼んでも構わない。だが『通われる』よりも『呼ばれる』ほうが意味があると言われている。皇后との臥室《しんしつ》もあるそこへ呼ばれる意味は……？　ということだ。

「ありがとう。でも……別にそういう意味じゃない……ね？　たまには自分の牀榻《しょうとう》でゆっくり寝たいとか、その程度の気紛れよ、きっと」

もしかしたら物凄く良質な寝具を揃えたのかもしれない。抱き枕と寝心地のいい寝具で快適な睡眠を得るつもりなんじゃない？　凛花はそんな風に、のんきに捉えていた。

◆

麗麗を伴い朔月宮を出ると、空には薄い雲の陰で月が見え隠れしていた。

いつもよりも少し早い時刻の逢瀬となるが、あの程度の薄雲ならばそのうち晴れる。問題なく抱き枕の役目ができそうだと、凛花は内心でホッとした。

（だって……。人の姿で抱き合うのは、ちょっと心臓に悪すぎるんだもの）

凛花はじわりと耳を熱くしてしまう。それに少し久し振りの虎化《とらか》なので、凛花自身も楽しみだったりする。

「凛花さま、私はここまでだそうですので、こちらでお見送りいたします。明朝お迎えに上がりますので、ご心配なくお過ごしください」

「ええ。ありがとう、麗麗」

門衛《もんえい》の奥に、見慣れぬ宦官《かんがん》と女官が待機していた。凛花を紫曄のもとまで案内する役らしい。麗麗に笑顔を向け歩き出した凛花だったが、今、少々心細さを感じていた。

この輝月宮《きげつきゅう》を正面から訪れるのは初めてだ。宦官《かんがん》は一言も発しないし、女官も無愛想。さすが皇宮付きだけあって最下位の朔月妃に振りまく愛想はないらしい。

（歓迎されてる感じがしない……。この二人は、主上がよく眠れていないことを知っているのかな）

「朔月妃さま。あちらで主上がお待ちです」

女官は一本道の廊下で奥を指しそう言った。宦官《かんがん》は出入り口で控えている。まるで見張りのようだが『この先は主上と月妃《げっぴ》さましか入ることが許されておりません』そう言われてしまえば頷くしかない。

（なんだか緊張する……）

凛花は普段よりも薄手の衣装に、上衣《うわぎ》を羽織った姿でその扉の前に立った。

（なんて声を掛けよう？　その前に扉を叩く……？　待って、いつも私のもとに訪れた主上はどうしてた？）

自分から抱き枕になりにいく。これまでとは違い、自らその状況を望むのだ。

（この扉を叩くことで、何かが変わってしまいそう）

ドキドキ、ドキドキ。凛花の胸が鼓動を速めていく。怖気づいたのか、それとも期待なのか。胸で逸る音には確かに甘い疼きがあって、凛花はキュッと唇を噛みしめる。

――よし。

スゥッと息を大きく吸って、扉を叩こうとしたその瞬間。凛花の耳に予想外の声が聞こえた。

『……紫曄さま』

ドキン、と大きく胸が鳴った。

（女性の声だ。それに紫曄さまって――）

皇帝を名前で呼べるような人間は限られている。公式の場では、現在は誰一人呼ぶことを許されていない。

（名前を呼ぶなんて、余程親しい人間でしかあり得ない……）

ドキン、ドキンと凛花の胸が大きな音を立てる。

――気付かれるかもしれない。

いや、呼ばれて来たのだから隠れる必要はないのかもしれない。だけど、堂々と扉を叩くには心臓が嫌な音を立ててしまっている。

（この声の主は誰？）

逡巡している間にも会話は漏れ聞こえてくる。

凛花は、声の主がどうしても気になってしまった。廊下の向こうに女官の姿はない。多少妙な動きをしても大丈夫だ。凛花はその確信のもと、目を閉じ深呼吸をし、虎の聴力を借りることにした。まだ太りきっていない月の下では、息を吸うようには聡耳になれない。とはいえ、集中すれば問題ない。凛花はうるさく鳴る心音を掻き分けて、扉を隔てた向こう側に耳を澄ませる。

大丈夫。呼ばれた先に先客がいただけだ。自分の立ち位置を確認して、場合によってはそっと朔月宮へ戻る。

――何も聞きたくない。いや、聞かなくてはならない。

そんな相反する気持ちの耳に届いた声は、聞き覚えのある特徴的な喋り方の声だった。

『安心した。以前よりは顔色がよいな』

女性にしては少し低めの声と、中性的な話し方。そして清廉な響き。これは暁月妃、赫朱歌その人だ。紫曄は後宮嫌いと言っていたが、そんなことはなかったのか。それに、彼女と凛花を共に呼ぶとは……実は複数の妃を臥室《しんしつ》に呼ぶような趣味だったのか？　凛花は混乱しつつ耳を傾ける。

『私が出した神託で、紫曄さまに愛しい猫ができた……。うーん、少々妬けるかな？』

『戯れを言うな、朱歌』

（えっ、私が後宮に入ることになったあの神託を、暁月妃さまが……!?）

神託を出せるような月官《げっかん》は希少な存在だ。そんな特別な月官《げっかん》が、どうして後宮に入ることになったのか。

（それに主上も……『朱歌』と名前で呼んでる。二人は親しい間柄だったのね……）

凛花はざわめく心を落ち着かせようと深く息を吸う。

『朔月妃さまとはどうだ？　さっさと寵姫《ちょうき》と認めればよいのに』

『寵姫《ちょうき》ではない。あれは……ただの抱き枕だ』

『白銀の虎が膝から下りる時、月が満ちる。――神託通り、紫曄さまが満たされるのなら、その抱き枕を望月妃に据えればいいでしょう』

（今の言葉……それが私に出された神託なの？　白銀の虎って……！）

まさに自分のことではないか。だからあの初めての夜、抱いて眠った虎が妃であったという異常事態が受け入れられたのか。

『本当にそれでいいのか？　神月殿《しんげつでん》は大きな力を持っている。神託に従い朔月妃を特別扱いすることは、皇帝として正しいのだろうか』

凛花が初めて聞く、皇帝としての紫曄の声だった。

（主上は神託に従うために、私を『抱き枕』にしたのかな……）

いつも寝不足の顔で虎猫の凛花を求め、甘える姿しか知らなかった。こんなことを考えていたのかと、凛花は皇帝としての紫曄を何も知らない自分を思い知る。

『神月殿《しんげつでん》のことは私に任せればいい。私はそのために後宮へ入ったのだから』

『朱歌』

『私だって紫曄さまのことが大切なんだよ。……知っているだろう？』

しゅ、と衣擦れの音がして、紫曄が大きく息を吐いて二人の会話が止んだ。

（帰ろう……）

凛花は心の中で呟くと、耳を澄ますことを止め、扉からそうっと離れた。

◆◆◆

「――はは！　こんなに素直な紫曄さまは子供の頃以来だな。すっかり大きくなった」

腕を伸ばしその頭を肩に抱き寄せた暁月妃朱歌は、懐かしい手触りに破顔した。

「ぷっ……はは！　本当にな。朱歌が神月殿《しんげつでん》に入る前は、朱歌と雪嵐と晴嵐と、四人でよく遊んだものだった」

遠い昔を懐かしみ、三人目の幼馴染みの肩から顔を起こす。

紫曄にとって朱歌は兄のような存在だ。将来、紫曄が帝位に就いた時のことを考え配された遊び相手だったが、朱歌は女子というよりは、まるっきり男子だった。双嵐と一緒になって木に登り、いくつか年下の紫曄がついていけず悔し泣きをすれば、『私が教える、任せろ！』と言って今のように慰めた。

「神月殿《しんげつでん》のことは私が抑える。月妃《げっぴ》になったといっても、実質は最高位の月官《げっかん》だ。皇帝の手が付いていないことは証明できるし、いつでも神月殿《しんげつでん》へ戻れる」

「お前な。ならばここへ来たのは拙かったのではないか？」

妙な噂が立てば月官《げっかん》に戻れなくなる可能性がある。

「大丈夫。私は女にしては背が高いし、宦官《かんがん》姿も違和感ないだろう？　噂が立つなら紫曄さまと美貌《びぼう》の宦官《かんがん》の密会だ」

「嬉しくない噂だな」

「ははは！　神託を出した私が二人と話をしたかったんだ。紫曄さま、あなたの不安も好意も、伝えなくては『抱き枕』はいつまでも猫のまま、虎になれず膝の上で丸まっているだけだよ」

その言葉に紫曄は息を呑んだ。朱歌はどこまで知っているのだ？　と。

「朱歌、神託の解釈は……いや、そうじゃないか」

今は解釈のことはどうでもいい。ふざけた姿で朱歌が忍んできた理由は神託の話をするためではない。煮え切らない紫曄の尻を叩くためだ。

「そうだな」

神託のことも、不安も、眠るだけでなく凛花と話をしなければならないか。少々こそばゆいが……と、紫曄はそう思う。

「ああ、それがいい。ところで遅くないかな？　朔月妃さまはまだかかな。あの方にもきっと文が届いていると思うが……？」

朱歌は螺鈿《らでん》細工の置き時計に目をやり言った。受け取った文に書かれていた時刻よりも少し早く訪問したが、紫曄が呼んだとされた時刻はもう過ぎている。

「また道に迷っているのかもしれん。しかし、今夜ここへ寄こされたのが朱歌で本当によかった。手跡まで似せて俺からの文を偽造する阿呆がいるとはな」

「そうだね。でもどうして私だったのかな？　『幼馴染みの元月官《げっかん》』にも恥をかかせようとしたのか、お手付きにして神月殿《しんげつでん》に戻れなくするつもりだったとか？」

「俺が兄のような朱歌に手を出すわけがない……！」

紫曄は苦虫を噛み潰したような顔で、心底嫌そうに言う。

「私も考えただけでも鳥肌が立つぞ！　まったく、こんな茶番を仕組んだのはどなたかな」

金にも見えるその瞳を冷たく光らせ、朱歌は手元の文を握り潰した。

暁月妃朱歌は、世間知らずな神月殿《しんげつでん》育ちの箱入りと思われているが、そんな純粋なだけの箱入りには、高位月官《げっかん》など務まらないのだ。

◆◆◆

唇を噛みしめ、凛花は入り口とは逆方向に廊下を進んでいた。あの女官や宦官《かんがん》に、早々に帰る姿を見せたくなかったからだ。

(勝手にうろついて、見つかったら咎められるかもしれないけど……今は少しだけ一人になりたい)

そう思い無言でただ歩いていると、薄い月明かりが差す袋小路に突き当たった。柘榴《ざくろ》模様の装飾が美しい漏窓《ろうそう》からは、庭と月が覗いている。

(あんな恥ずかしい思いをして『猫がお待ちしております』なんて兎杜に言伝《ことづけ》しなければよかった)

そうしたら、こんな気持ちになることもなかったし、大人しく抱き枕に徹していられた。暁月妃さまと親しいことも、そのうち分かることだったろうし――

(ん……？　どうして今夜、ここに暁月妃さまがいたの？)

何かがおかしくないか？　何かがちぐはぐだ。

(兎杜に託した伝言は伝わっているはず。あの兎杜が仕事を疎かにするとは考えられない。だというのに、主上は暁月妃さまを招いていた。私が呼ばれた同時刻に……)

「違う。私はここに呼ばれる予定じゃなかった」

いつも通り、大体いつもの時刻に朔月宮で待っているはずだったのだ。

「あの文か……」

『抱き枕』との時間を大事にしている紫曄が、親しい妃と凛花を鉢合わせるような失態を犯すはずがない。

（これ、誰かが仕組んだことだったりして？）

そう考えればしっくりくる。兎杜が直接麗麗に文を届けなかった不自然、突然呼ばれた不自然、鉢合わせの不自然。どれもそう仕向けられたのなら納得だ。

（あの文はやっぱり偽物か、本物だったとしても改ざんされたものかも。でも、こんなことを仕出かして、私が訴え出れば罰を受けることになるだろうに……）

「――ああ、そうか。訴えても無駄なのか」

きっと黒幕は、後宮内で強い力を持っている人物。最下位の朔月妃が何を言っても痛くも痒くもない地位にある者だ。

（それに、私が訴え出るわけがないって思ってるんだ）

これは衝撃や屈辱を与えてやろうと仕組まれたこと。恥をかきました！と申し出るのはひどい屈辱だし、神託の妃と、寵姫《ちょうき》の評判に傷が付くだけだ。

「普通に考えれば訴え出るわけがない……」

こうなると、案内の者たちも怪しく思えてくる。では、そんなことをできるのは誰か。凛花の脳裏に浮かんだのは、宦官《かんがん》や後宮に強い影響力を持つ董家、弦月妃の姿だ。

（でも、あの気位の高いお嬢さまがこんな下品な手を使う？　閨《ねや》という秘め事で人を嘲ろうと考えは――）

「眉月妃さまか」

自身の宮でよくない遊びをしていた姿を思い出す。公開調練で武官に目を付けていたり、兎杜にまで将来のお誘いをしたりしていた。

「弓矢の件で恨まれてるとは思ってたけど、こんな仕返しする？」

――するか。眉月妃さまは武門の出身だ。もしかしたらあの場に、将軍である父親もいたのかもしれない。となれば叱責は免れないだろうし、名誉挽回しようと仕掛けたのも理解できる。

「分かるけど……悪趣味だわ」

凛花はついに溜息と共に項垂れて、漏窓《ろうそう》が作る影絵の中に蹲《うずくま》った。悔しいが、凛花は仕掛けた人間の思惑通りにしっかり落ち込み動揺している。甘い疼きを覚えはじめていた胸は今、ズキズキという痛みに苛まれている。

（嫌だ……。あの二人と同じ場所にいたくない）

ああ、でも主上はこの後、そ知らぬ顔で朔月宮に来るかもしれない。『朱歌』と呼んだ唇で凛花の名を呼び、抱きを愛でて眠るために。

「会いたくない」

そう口にした凛花の胸が、ぎしりと軋む。

凛花は立ち上がり周囲を見回して、突き当りと思っていた影の中に小さな扉を見つけた。とぼとぼと歩を進め、戸を開け――月を見上げた。

（走りたい。後宮の月妃《げっぴ》の衣装なんか脱ぎ捨てて、虎になって風を感じたい）

「――……え？　どうして？」

凛花は信じられないものを見る目で、自身の両手を見つめた。大地を蹴る虎の手ではなく、ヒラヒラとした袖をまとった人の手のまま。風が巻き上げるのも、自慢の白虎の銀毛ではなく長い銀の髪だ。

虎になって駆けたいと願い月を見上げたというのに、その体は人のまま。

「どうして？　虎に、なれない……!?」

戸惑いに揺れながら凛花は庭へ出た。しっかり月光を浴びればいいのでは？　走りながらなら変われるのでは？　何度も何度も月を見上げ、今まで自然にできていた変《へん》化《げ》を試す。だが、どうしても虎に変わらない。

「……まぁ、いいか」

これが自分の求めていた『変化《へんげ》しない体質』だ。あまりに突然すぎて混乱するが、もう抱き枕の役目もどうでもいいし、後宮にいる目的もなくなってしまった。

早く帰ろう。そう思って見上げた人の目で見る月は、虎の目で見るよりも少し色褪せていた。

「凛花さま!?」

朔月宮へ戻ると、麗麗が飛び出してきた。

凛花を送ってからそれなりに時間が経っているのに、麗麗は何故か門前でウロウロしていたのだ。

「……ただいま、麗麗。こんなところでどうしたの？」

「どうしたのではありません！　凛花さまこそそんなお姿で、お一人で、どうして……！　ああ、こんなに冷えて！　さあ、早く中へ！」

麗麗は湯を張った盥《たらい》を用意し凛花の足を温める。

「温かい……。麗麗、ありがとう。でも、どうして休んでいなかったの？」

「凛花さまをお送りして戻ると、薄月宮の侍女が参ったのです」

「薄月宮？　霜珠さまの侍女が……？」

今夜のことを仕組んだと思われる眉月宮や、鉢合わせしかけた暁月宮から接触があったのならまだ分かる。何故、薄月宮なのだ？　と凛花は首を傾げる。

「それが、本日、薄月宮にも文が届いていたそうなのです」

その文には差出人がなく、持ってきた下働きの宮女は『主上からの御文だそうです』と言ったらしい。侍女はこれを霜珠に知らせても、喜ぶどころか酷く動揺するだけなのが分かっていたし、大事な文を宮女へ託すのもおかしい。だから彼女たちは、その文を精査したのだという。

「私もそうするべきだったと、今は後悔しております」

麗麗は凛花の足を温めながら俯き話す。凛花に届いたあの文は、様々な要因が重なりすり抜けてしまったが、皇帝との接点がほぼない薄月宮では警戒したのだ。

調べてみれば、文は何人もの手を介しており、正規の手段も踏んでいなかった。見慣れぬ立派な装いの宦官《かんがん》が『今晩、薄月妃さまをご所望です』と手渡してきたので、受け取った宮女は皇帝からだと思ったらしい。

「それで、どうにもおかしいと、薄月宮の侍女が『朔月妃さまもお気を付けくださ い』と知らせてくださったのです」

「ああ……。そういうことね……」

今夜のことは、私だけじゃなく霜珠さまに対する嫌がらせでもあったのか。凛花は重い溜息を吐く。

（やっぱりこれ、公開調練での出来事に対する報復かな……）

「凛花さま。それで……早くお戻りになった理由を伺ってもよろしいですか？」

「あー……」

凛花は口を濁しつつも、一人で抱えるのは難しいかと観念し、耳にしてしまった内容を麗麗に話した。

◆

翌日は、爽やかな朝だった。日差しもほどほど、風も心地よく絶好の畑日和。

だが、よく眠れなかった凛花は、まだ牀榻《しょうとう》の中で布団にくるまっていた。

(あの後、もう一度月を見上げてみたけど、虎に変わることはできなかった……)

あんなに変化《へんげ》する体質を改善したい！　と思っていたのに、その力がなくなった途端こんなにも動揺し、心細くなるとは思っていなかった。

いや、弱っているのは虎化《とらか》できないことだけが原因ではない。紫曄と暁月妃の親しそうな会話が耳から離れないのだ。目を閉じれば考えてしまう、思い出してしまう。

(……抱き枕になれなくなって丁度よかったのかも)

最近は以前に比べれば眠れているようだったし、抱き枕なしで眠ることにも慣れたほうがいい。元々凛花は、いつかは虎に変化《へんげ》しなくなる予定だったのだから。

「はぁ……」

虎に変化《へんげ》しない体質を望んでいたのに、どうしてこんなにも重苦しく、悲しい気持ちになってしまうのだろう。

「私……まだ、主上の抱き枕でいたかったのかな……」

ズキンと凛花の胸が痛んだ。一晩牀で思い悩んでいた、認めたくない自分の気持ちを言葉にしたらポロリと涙が落ちた。

ずっと厄介に思っていた虎化《とらか》を紫曄に歓迎してもらえて、認めてもらえて求められて、きっと凜花は嬉しかったのだ。それに最初は嫌々だったが、一緒に眠るのも気安く言葉を交わすことも、抱きしめられることも撫でられることも心地よかった。

(そっか……。私、主上のこと――……)

朝を喜ぶ鳥たちの声を聞きながら、凜花は頭から布団を被り、寝床の中で巣ごもりするように丸まった。

「……さま、凜花さま。お休みのところ失礼いたします」

控えめな麗麗の声に、凜花はハッとし目を開けた。いつの間にか眠っていたらしい。

「主上がお見えです」

「えっ……」

ドクンと凜花の心臓が跳ねた。

「体調が悪いとお伝えし、お帰りいただいてもよろしいでしょうか」

昨夜の話を聞いた麗麗は怒り心頭のようで、凜花を紫曄に会わせたくないらしい。

その気持ちが嬉しくて、凜花はフッと笑顔をこぼしてしまう。

「ううん、お会いする。昨夜も勝手に帰っちゃったしね……」

昨夜、朔月宮に紫曄が来ることはなかった。ということは、紫曄が凜花を呼んだのは本当だったのだ。

（じゃあ、あの宦官《かんがん》や女官はやっぱり主上のところの人だったのかな……？　私を案内したけど勝手に帰ったようだ――って言えるのはあの人たちだけだものね）

「主上……何しに来たのかな」

怒っているのか心配しているか……。どんな顔で何を話したらいいのかな、と不安を感じる凛花は胃を押さえてしまう。

「麗麗、急いで着替えるからとりあえずお茶をお出しておいて」

「かしこまりました」

麗麗はそう頷いたが、その顔はぎゅっと眉間に力を入れた渋い顔。凛花は申し訳ないような嬉しいような気持ちで後ろ姿を見送って、ノロノロと牀から出た。

◆◆◆

「月妃《げっぴ》とはよく言ったものですね。御寵愛は移ろうものですもの」

「どういう意味だ？　麗麗」

「凛花さまはお支度中ですのでもう少々お待ちください」

「あ、ああ。麗麗、凛花の体調はどうだ？　無理はせずとも……」

「お待ちくださいませ」

いつもとは違う対応の麗麗に紫曄は首を傾げた。

昨夜、凛花が訪れないが何かあったかと問い合わせたのだが、麗麗からは『ご訪問いたしましたが、体調を崩しまして戻りました。本日の御召は控えさせてください』と返答があった。昨夜は朱歌からおかしな文が届いた話も聞いていたので、見舞いを兼ねて話をしにきたのだが……。

「……『白銀の虎が膝から下りる時、月が満ちる』か」

紫曄は、昨日久し振りに聞いた神託を呟いた。昨夜、朱歌は神託についてそろそろ凛花本人にも知らせるべきだと、宦官《かんがん》に変装し紫曄のもとを訪れた。朱歌は会えなかったことを残念がっていたが、紫曄は内心ホッとしていた。

あの、解釈があやふやな『膝から下りる時』の部分を、凛花が妙な解釈をしたら困るなと思ったのだ。元々、取り引きと称して始まった『抱き枕』だ。黄老師への師事が叶い、毎日のように書庫通いをしている今、凛花に抱き枕を続ける利益は特にない。

（凛花なら『神託を完璧に当てるために膝から下りましょう！』とでも言いかねない）

月妃《げっぴ》から降りて雲蛍州へ帰ります。だって神託ですから！　などと言い出したら堪らない。今の紫曄にとって、凛花と、虎猫の抱き枕はなくてはならない大切なものになりつつある。神託などなければよかったのに。そう思ったこともあるが、神託がなければ、きっと凛花は月妃《げっぴ》候補にも挙がらなかった。

（しかし『膝から下りる』というのはやはり気になるな……）

紫曄は膝の上で丸まる、猫のような虎の凛花を思い出す。あの温もり、柔らかさ、撫で心地。どれも手放したくない。

そんな風に紫曄がぼんやり考えていると、扉が静かに開き待ち人がやってきた。

「お待たせして申し訳ございません。主上」

顔色が冴えないだけでなく、凛花の声にいつもの明るさがない。

「体調を崩したのか、凛花」

「いいえ。少々眠れなかっただけで……」

「眠れなかった？　お前が？」

いつもあんなに寝付きがいいのに？　散歩中に虎猫の姿で不用意にうたた寝をして、恥ずかしがっていたくせに数分で寝息を立て始める凛花が？　と、紫曄は違和感に眉をひそめた。

「まだ体調が悪いのなら無理をしなくていい」

「申し訳ございません」

伏し目がちでこちらを真っすぐ見ず、固い口調の凛花に紫曄はいよいよおかしいと感じ席を立った。俯く凜花の頬に手を伸ばしそっと顔を上げさせると、凜花はうっすらクマのある顔で唇を噛みしめていた。

「どうした」

「……主上、私はもう抱き枕にはなれません」

「なんだ、突然」

どうしてだ。紫曄は頭をガツンと殴られたような衝撃を感じた。

眠るために欲した『抱き枕』は、眠るためだけではない大切な時間だと、大切なのは『抱き枕』ではないと自覚し、その気持ちを伝えようと思った矢先に何故？

「お前、暁月妃との話を聞いたのか？」

凜花はサッと目線を逸らし俯く。神託の話を聞き、予想通り『膝から下りる』と言い出したのかと、紫曄はそう思った。

「――主上にはもう、私は必要ありませんでしょう？」

凜花が、口元だけの似合わぬ笑みと共に言う。

「どうかお帰りください」

「なんっ……」

苛立ちが紫曄の心に渦巻き湧き上がり喉が震えた。凜花の『帰れ』という拒絶の言葉に、思いもよらぬほど揺さぶられ、動揺してしまう。

「お前は、俺の妃だろうが……！」

添えていた手に思わず力が入り、掴み上げるような形で強引に目と目を合わせた。

すると、やっと真正面から覗けた凛花の目には、恐れよりも悲しみの色が濃く浮かんでおり、紫曄はハッと我に返った。

「すまない、悪かった……」

皇帝という立場にそぐわぬ謝罪の言葉で頬から手を離すと、凛花は首を緩く横に振った。その、無気力というか、言葉を受け止めてもらえていないような仕草に、紫曄の胸がずくりと疼き嫌なものがじわりと滲み出す。

(なんだか、謝罪が伝わっていないような気がする)

これまでの凛花は、いっそ常識外れなくらいに小気味よい反応を返していた。あんな出会い方の副産物か、皇帝としての紫曄ではなく、紫曄個人に対してくれていたように感じていた。

だというのに、今はそれがない気がするのだ。手応えのない、御簾越しの皇帝と臣下のような感情のないやり取りに感じてしまう。

「主上。月妃《げっぴ》をお望みになるのなら、私以外の方をお望みください」

凛花はその場に跪き、皇帝に仕える妃として完璧な作法でそう言った。

◆

紫曄は無言のまま朔月宮を出た。

憤慨しているわけではない。ただ何も言えなかっただけだ。凛花に正しい作法で相対され、キッチリ引かれた線を感じてしまい上手く言葉が出なかったのだ。

今日は一生懸命に捻出した休日だったのにどうしてこうなった？

何故、凛花は急にあんな態度を取ったんだ？

「違う、麗麗もか……」

なんなんだ、これは。紫曄は黒いモヤに覆われた心とは裏腹の、穏やかな青空を恨めしげに見上げ、仕事場に向かって歩みを進めた。

「眠い！」

バン、と乱暴に扉を開けた紫曄は仕事をしていた側近の顔を一瞥し言った。

「おや、お気に入りの抱き枕のところに眠りに行ったのでは？」

「眠いなら寝ればいいだろ。ほら、窓際で日向ぼっこするか？」

双嵐が声を重ねて言うと、紫曄はムスッとした顔で窓際に腰を下ろした。

「はぁ……。兎杜、面倒ですが麗麗に話を聞いてきなさい」

「紫曄、俺が添い寝してやるか？　それとも仕事するか？」

「いらん。眠らないし仕事もしない」

双子は子供っぽい返事をする主に苦笑すると、広げていた書類を適当に片付けお茶を淹れはじめる。お茶請けは、朔月妃凛花から差し入れられた甘い菓子だ。

◆

「主上、麗麗に話を聞いてきました！」

お茶を飲む双嵐の傍らで、紫曄は榻《ながいす》で綿枕《クッション》を抱きしめ半端な睡魔と戯れていた。

「で？　なんて言っていたのですか？」

「はい！」

兎杜は麗麗から聞いた昨晩の出来事を語った。文が届き凛花が紫曄のもとへ向かったこと、薄月宮にも同じ文が届いていたこと、凛花が青い顔で一人戻ってきたこと。話を進める度に紫曄の目は胡乱《うろん》になっていき、最後には大きな大きな溜息を吐いた。

「――ですが、僕は朔月宮へ文を届けておりません」

兎杜は子供らしい声に、怒りを滲ませ言った。

やっていない仕事を自分の仕事と聞かされ驚いたし、腹が立ったのだ。適当な宮女に大事な文を預けるような、いい加減な仕事をすると侮られたことがひどく悔しい。

「いや、俺は兎杜にと預けたはずだぞ？」

「預けた？　失礼ですが主上、兎杜に直接託したのではないのですか？」

「あー……そうだな。その辺にいた者に兎杜に渡してくれと……」

雪嵐は小さく溜息を吐き、晴嵐はズズッとお茶を飲む。紫曄は、そういえば公開調練以降、細かな調整に神経を使い、文を渡したあの時も寝ぼけていたかもしれない……と昨日を思う。

「やられましたね、主上」

兎杜も事情は分かっているが、あまりにも迂闊《うかつ》な主に渋い顔を見せる。

「昨夜は暁月宮にも文が届いたらしい。朱歌が朔月妃と話すいい機会だと訪れたので共に凛花を待っていたが……。それを誤解をされたか」

紫曄は小さく舌打ちをし、二重に迂闊《うかつ》な自分に項垂れた。

兎杜へ託したつもりだった文は、写され暁月妃と薄月妃にも届けられた。妃同士を鉢合わせ、騒ぎを起こさせるつもりだったようだが、暁月妃と薄月妃のことを知らなすぎてどちらも騙せていない。

しかし、運悪く凛花だけは引っ掛けられてしまった。もし虎の聡い耳を持っていなければ、妙な誤解などせずに済んだろうが……

「紫曄だけのせいだけではありませんね。私たちも脇が甘かった」

「どこかの月妃《げっぴ》の僕《しもべ》が紛れ込んでたか……うっかりしてたな」

雪嵐と晴嵐も珍しい失態に苦い顔だ。

「いや、俺が悪い。しかしこんな企みはすぐに露見すると分かるだろうに」

実際、紫曄たちはちょっと話を聞いただけで予想が付いてしまっていた。この杜撰な手口と下らなさ、それから朔月妃に敵意を持っている妃は『眉月妃』だと。

「手を貸した者は報酬が欲しかったのでしょうか？　すぐに罰せられ、退官させられてしまうのに」

「そうですね。ですが退官後の保証があったのかもしれません」

「アハハ。ここは人気の職場じゃないしなぁ。そりゃ眉月妃の下のほうが楽だろ」

紫曄の近くで働く官は休みが少ない。仕事量と人数が未だ釣り合っておらず、少人数でなんとか回している状態だからだ。

「あー……。情けない」

皇帝が待遇で売られたのかと紫曄は更に項垂れる。

「あなたは後宮はあまり注視していませんでしたし、信用できる人間もまだ多くないですからね。改善しましょう」

雪嵐は笑みを深くして言った。失態ではあるが、紫曄お気に入りの『抱き枕』とのことだ。気さくなやり取りができる妃と聞いているし、誠実に順を追って話したなら、こじれた糸はすぐに解れるだろう。

それよりも、これはよい機会だ。犯してしまった失態は手柄に変えればいい。

「鼠捕りをしましょう。紫曄」

「そうだな」

「それから待遇改善もな。老師に相談するか」

「あ、老師なら丁度いまお手隙ですよ！」

わいわいともう今後の対策に話を移した部下たちを横目に、紫曄は生あくびをしながら呟く。

「凜花も、あのように拒否しなくたっていいものを……」

眠りたいだけではない。ただ、純粋に凜花との時間が欲しかったのにとぼやいてしまう。

「あの……主上。僕、麗麗から聞きましたけどちょっと乱暴に『抱き枕』を強要したとか……？」

「そんなことは……！　いや……そうか、そうなるか」

ハッキリと拒絶した凜花に『お前は、俺の妃だろうが……！』と、つい皇帝の立場を振りかざしてしまった。そうしたら、凜花も月妃《げっぴ》として臣下の礼を取った。あの瞬間、完全に線を引かれたと紫曄は感じたのだ。

「俺がいけなかった」

ハーッと苛立ちまじりの溜息を吐く。

「溜息ばかりで鬱陶しいなぁ～紫曄」

「紫曄、あなたが皇帝として口を開いたから、彼女も正しく妃の態度を取ったのではないですか？　朔月妃さまはなかなか自由ですが、しっかりとした方じゃないですか」

晴嵐が項垂れるその肩を抱き、雪嵐は幼い頃のようにしょげた頭を撫でて言う。

こんな風に落ち込む姿を見せるのは本当に久し振りだ。皇帝という冠を脱いだ姿をさらけ出させる朔月妃は、やはり紫曄にとってよい妃だと双子は思う。

一時の息抜きや気晴らしではなく、素の自分を預けられる場所は大切なものだ。

「紫曄、早く仲直りしましょうね」

「また眠れなくなったら大変だしな」

「あの、僕から朔月妃さまにお話しましょうか？」

兄のような幼馴染みだけでなく、随分年下の兎杜まで心配そうに紫曄を覗き込む。

「……いい。そのくらい自分でできる」

皇帝紫曄のあまりにも素直な姿と言葉に、三人は笑った。

第五章　虎猫の妃と午睡の庭

数日後。茜色の空の下、凛花は庭の畑に水を撒いていた。

「凛花さま、本日も文が届いております。あの……何か食い違いがあったのですよね？」

麗麗は何通目かの文を手に、気遣わしげな顔で主を見つめる。

あの日以降、紫曄からは何通もの文が届いている。届け人は今度こそ兎杜だ。そして麗麗も凛花もあの夜のことは誤解だったと説明を受け、文で謝罪もされている。

「うん。そうね」

「凛花さま、主上が直接話をしにいらっしゃらないのが気に入らないのですか？　お気持ちは分かりますが――」

「そうじゃないのよ、麗麗。でもいいの。私はもう『抱き枕』になれないから、主上にはお会いしないと決めたの」

その返答に、麗麗は思わず溜息をこぼしてしまいそうになる。この数日間、凛花の言葉は決まってこれだ。

（凛花さまは何故こんなにも頑なになるのだ？　それに笑顔も見せないし……。一体どうしてしまわれたのか……）

麗麗はそう思う。あんなにも明るかった凛花が、あの夜を境に顔を暗く曇らせ、すっかり元気を失ってしまっている。

「それでは書庫に行きませんか？　黄老師と兎杜も待ってらっしゃいますよ」

「ううん。書庫にはもう行かない」

書庫行きは『抱き枕』の対価だ。対価だけをのうのうと受け取るわけにはいかないし、虎化《とらか》しなくなった凛花にはもう、必要のないことだ。

「ありがとう、麗麗。ごめんね」

ああ、今夜もいい月が出そうだ。凛花は沈む夕日を眺め、そう思った。

◆

夜が更けた朔月宮は静かだ。

凛花は牀榻《しょうとう》の中、眠れぬまま紗《しゃ》の窓布越しに輝く月を眺めていた。何度も寝返りを打ったせいで掛布はぐしゃぐしゃ、敷布も皺だらけだ。

「はぁー……っ。もう！」

大きく息を吐くと、凛花はガバリと体を起こした。

月明りの下、歩く影が一つ。さすがに寝衣《しんい》のままでは憚られると、気軽な衣装に着替えた凛花だ。妃とは思えない軽装だが、その銀の髪色からすぐに凛花だと分かる。

（あー……虎の姿で駆けたら最高に気持ちいい夜だったろうになぁ）

そよそよと髪を撫でる風を受け、凛花は夜空を見上げ心の中で呟いていた。

それに、夜の散歩は虎の姿のほうが都合がいい。たまに見かける衛士《えじ》の目を避けながら、凛花はこっそり建物の隙間を抜けていく。そして辿り着いたのは、しばらく訪れていなかった小花園《しょうかえん》だ。

「ああ、よかった。しっかり根付いてくれた」

屈んだ凛花がそうっと触れたのはまだ小さな苗。公開調練の後に紫曄から贈られたあの苗だ。庭に植えたほうも順調に育っているし、厳しい土地でも育つという触れ込みはさすがだ。凛花は力強い苗に微笑みかけると、小花園《しょうかえん》の散歩をはじめた。

「あ、そういえばあの花って、この辺だったっけ……」

苗を植えたあの夜、銀簪《かんざし》を挿した弦月宮の侍女が花を摘んでいた。辺りを少し見回すと、百合に似た白い花がいくつか咲いていた。

「これかな」

（麗麗は、弦月妃さまが美容のために使ってるって言ってたけど……？）

凛花はそっと顔を近付け匂いを嗅いでみる。芳しさを期待したが、予想に反して香りはほとんどしない。

（あれ？　百合の仲間っぽいから強い香りがするかと思ったんだけど、違うのかな）

花弁を数えたり葉を観察してみたりするが、やはり知らない植物のようだ。後宮で改良されたものかもしれない！　と、凛花は久し振りに気持ちをはずませる。

「持ち帰って調べてみよ」

凛花は銀簪《かんざし》の侍女がしていたように花を摘む。すると突然、やけに甘い香りが花から漂い、凛花は顔をしかめた。

「えっ、凄い香り。花の蜜かな、それとも汁なのかな……」

花の首元を摘まんだ指からも同じ匂いがしている。

「これは丸ごと持って帰ってみたほうがいいか――」

屈んでうきうきと根元に手を伸ばした瞬間、凛花は後ろから口を塞がれ、素早く体を拘束された。

「ン⁉　むぅーっ⁉」

月夜の下、凛花は荷物のように担がれ小花園《しょうかえん》から姿を消した。

◆◆◆

その頃、朔月宮では麗麗が薬湯《やくとう》を片手に、凜花の臥室《しんしつ》の前でウロウロとしていた。

寝付けていないのではないか、うなされてはいないか。近頃の落ち込んだ様子の主を心配して、寝付きがよくなる薬湯《やくとう》を持ってきたのだ。凜花がいつも紫曄に差し入れている薬湯《やくとう》だが、これは凜花好みに生姜を少しだけ多く入れてある。

（随分と静かな様子……。もう眠っているならいいけど……）

こんな不作法は褒められたことではないが、最近の凜花は何か悩みを抱えているようで麗麗は気が気ではなかった。まさかとは思うが、思い詰めてよからぬことをしでかしてしまうのでは……と、そんな危惧までしてしまう。

「――凜花さま？」

麗麗は迷いつつ、心配する気持ちからそっと扉を開けて中を覗いてみた。半端に幕布が捲られた牀榻は、もぬけの殻だった。臥室を後にした麗麗は、バン！　と扉を大きく開けて庭に面した居室を見回した。主は早朝から庭に出て畑の世話をしていることがある。一人で着替えられる気軽な衣装がない。露台に置いてあった外履きもない。

「凜花さま！」

麗麗はサッと顔色を変え、廊下へと走った。凜花は無断で夜の散歩に出た前科がある。灯りを持っていった様子はないが、慣れた場所なら歩けるくらいに今夜の月は明るい。きっと気晴らしに近くに出ているだけだ。きっと何も心配はない。

（庭に荒れた痕跡はなかった。室内も同様。だが――）

頭の中では『大丈夫』『無事なはず』そう考えるが、嫌な予感が拭い切れない。

麗麗は急いで自室へ戻り愛用の得物を引っさらうと、裾をまくり上げ廊下を走った。

「ひゃっ！　麗麗さま⁉」

「どうなされたのですか⁉」

下働きの宮女たちがギョッとして声を上げた。翌朝の準備中だった宮女がまだあちこちで仕事をしていた。

「お前たち！　各所の衛士《えじ》に凛花さまを捜せと伝えろ！」

「はっ、はい！　あの、麗麗さまはどちらに⁉」

こんな時刻に武器を持って一体どこへ⁉　と問いかける。

「主上のもとだ！」

寵姫《ちょうき》の侍女とはいえ、たかが女官が押し掛けて会える相手ではない。しかしつい先日、凛花は妙な奸計に掛けられ皇帝との仲をこじらせた。今回もまた、いずれかの月妃《げっぴ》による企てかもしれない。

（まさか後宮内で、月妃《げっぴ》を攫うような痴《し》れ者《もの》がいるとは思えないが……）

主上のせいだ。主が意気消沈しているのも、姿を消したのも、あの方が臆病で煮え切らないから……！

麗麗は口に出したら咎められるような、そんなことを思い、腹立たしい気持ちと不安を抱えて朔月宮を飛び出した。そして麗麗は走りながら考える。薄月宮や暁月宮へ注意喚起の使いを出すべきか？　と。

先日の件でやり取りのあった薄月宮、見舞いの名目で非公式ながら謝罪をもらった暁月宮にも一応の義理はある。それにまた二妃が巻き込まれている可能性もある。

そう考えを巡らせつつ後宮の大辻に差し掛かった時、麗麗の目に不自然に揺れる庭木が映った。瞬時に矛で茂みを突くと「ヒッ！」という声が上がった。その場にへたり込みガタガタと震えていたのは、皺だらけで薄汚れた衣装を着た女。銀簪《かんざし》を挿し、紅梅色《こうばいいろ》の帯を締めた小柄な女官だった。

「お前！　何をしている！」

「おっ、お助けください……！　どうか！」

青い顔で平伏したこの女官に、麗麗は見覚えがあった。

彼女は雨の小花園《しょうかえん》で花摘みをさせられていた、弦月妃の侍女だ。

◆◆◆

小花園《しょうかえん》を臨むように建てられたこの庵《いおり》は、数代前の望月妃の手による休憩用のもの。

庵の名の通り小さく質素だが、放置されていたにもかかわらず建物は健在だ。

そこへ運び込まれたのは大きな荷物……ではなく、凛花だった。四肢を拘束されて、目隠しに猿ぐつわまで噛まされている。

(ああもう！　後ろから近付いた人間に気付かなかったなんて……！)

凛花は怯えるでもなく、間抜けな自分に憤慨していた。

(油断してた……！　虎化《とらか》できなくなって、その恩恵を失ったことを忘れてたなんて……！　何してるのよ、私！)

悔しいが何とかして危機を脱してやる。凛花は人並みになってしまったが、唯一自由になる耳を澄ませた。

『お姫さま、ご友人をお連れしましたよ』

(友人？　誰よ、このお姫さまって……！)

『この辺りでいいか。転がすぞ』

声の主は二人。どちらも男性だ。そして凛花は言葉の通り乱暴に床に放られた。打ち付けた尻と肩が痛いが、男の手から解放されたことに少しホッとする。

「うふふ。跳ねっ返りの山猿……じゃなくて、野良猫も形無しねぇ？」

グイッと噛まされた布が引っ張られ、顔を上げさせられた。そのおかげで布が緩み、凛花はほうと息を吐く。まだ目隠しはされたままだが、ふわりと香ってきたのは甘ったるい彼女の匂いだ。凛花は溜息を吐くと、もごもごと口を開いた。

「……眉月妃さま、ですね」

「ふふっ、バレちゃったのね？　ああ、大声は出しちゃだめよ」

眉月妃はクスクスと笑いながら凛花の目隠し布を取り去る。次いで死角で刃物を抜く音がして、ビクリと肩を揺らした凛花の髪が一房切り落とされた。

「大人しくねぇ？」

凛花は床に転がったままの姿勢で頷き眉月妃を見上げた。

相変わらずの華やかな装い。彼女の顔はよく見えないが、笑う度にその豊かな胸が揺れているのでご機嫌なのはよく伝わってくる。

そして凛花は、目に入る範囲で自分の状況を推察した。

運ばれた距離感から、凛花にはここが『望月妃の庵《いおり》』だと察した。中に入ったのは初めて。でも、ここはきっと小花園《しょうかえん》を眺めるための室ではない。肝心の観賞用の大窓は見えないし、床と壁以外何も見えず寒々しい。

（物置の小部屋かな。う～ん……外に出られそうなのは、高い位置の小窓だけか）

明かり取りの小窓からは、柔らかな月の光が差し込んでいる。

「随分大人しいのねぇ？　うふふ、緊張しているのかしら？」

「……そうですね」

（眉月妃さまは何故、こんなことをしておきながら堂々と顔を晒しご機嫌なの？）

宮廷内に強い後ろ盾もない最下位の月妃《げっぴ》など、取るに足らず思っているのか。それともこの件は発覚しないという自信があるからなのか。

眉月妃の後方には、凛花を担いできたらしい男たちの姿がある。着ているものは宦《かん》官《がん》の衣装だが、一人は髭を生やしているし、もう一人は喉仏が目立っている。

（彼らは宦官《かんがん》ではなく、れっきとした男性だ）

これは嫌がらせ程度では帰してもらえないかも……と、凛花はさすがに冷や汗をかく。

「うふふ。さぁて、あなたたちにもご褒美を差し上げないといけないわね」

眉月妃はうっとりするような甘い声で言い、男たちを振り返った。そして一人の男が彼女にそっと何かを手渡す。

（何？　小箱と……香炉《こうろ》？）

こんな殺風景な場所にそぐわないものの登場に、凛花はまじまじとそれを見つめた。

すると、その視線に気付いた男がにんまりと笑い、凛花は嫌な予感に眉をひそめた。

「ふふ。このお香、素敵な香りでしょう？　仲良くしているお友達から頂いたの」

眉月妃は小箱の蓋をそっと開け凛花にそれを見せてやる。まだ焚いてもいないのに、その甘い香りは凛花の鼻まで届くほどだ。

（この香り、あの花に少し似てる？　それから眉月妃さまの香りともよく似てる）

凛花の脳裏に、攫われた場所に咲いていた白い花が思い起こされた。あれは美容に効果のある薬草のはずだ。それに、あの花を使っていたのは――

「お友達って、弦月妃さまのこと？」

「あらぁ。やぁね、あの方はお友達じゃなくってよ？　でもね、私には色々なお友達が月華宮《げっかきゅう》中にいるの」

眉月妃が、ふふ！　と笑い傍らの男たちに腕を絡めると、彼らはじっとりとした手付きで眉月妃の腰を撫で、頬に口づける。

（あー……どこかで聞いた声だと思ってたけど、この二人、前に眉月宮で見かけた男たちか。眉月妃さまのよくない遊びのお相手ね……）

嫌な予感が益々強まったなと凛花は思った。なんとか逃げたいが、手足は拘束されたままだし、逃げ道になりそうな窓は高所の小さなもの一つ。

（――虎になれたらよかったのに）

そう唇を噛みしめる凛花をよそに、香炉《こうろ》に火がくべられ床に置かれた。ゆったり、ゆらぁりと、薄い煙と共に甘ったるい香りが小さな物置内に広がっていく。

「さて。わたくしはここで見物させていただくわぁ」

「……見物？」

「ねえ、朔月妃さま？　後宮では、行方知れずになる妃なんて珍しくはないのよ」

うふふ、ふふ！　と笑う眉月妃が袖を振る度に、むせるほどの甘い香の煙が巻き上げられ、床に転がる凛花だけでなく男たちの鼻にも届く。

何のための香か想像したくもないが、絶対に嗅がないほうがいい。凛花は顔を伏せ呼吸を抑えるが、徐々に頭がクラクラと痺れてきてしまう。

『主上のお気に入りか』『眉月妃さま、本当に遊ばせていただいても？』『ええ。うふふ！』そんな会話が下卑た笑いと共に交わされて、凛花はいよいよ身を強張らせた。

――覚悟を決めなければいけないかもしれない。

そんな風に思ったその時、凛花の耳が、床から伝わる微弱な振動に気が付いた。不揃いにバタバタと響くこれは、大勢の足音だ。

(こんな夜更けに？　月華宮《げっかきゅう》のはずれであるここまで届くほどって……)

「ねぇ、朔月妃さま？　今どんなお気持ちかしら」

凛花は床から聞こえる足音に耳を澄ませつつ、ギッと眉月妃を睨み上げた。

「わたくしね、わたくしに恥をかかせたお前が泣き叫び、恥を晒すところを見たいの。だって、わたくしはお前のせいで……！」

恥をかかせたとは、公開調練でのことか。ここまで恨まれていたなんて……と、凛花はまた一つ後宮を学んだ気がした。面子を守り気位を保つため、月妃《げっぴ》とはここまで卑怯で醜悪なことをするのかと嫌悪を感じた。

「ふふ！　特等席よ。わたくしたちを、たっぷり楽しませてちょうだいね」

眉月妃の言葉を合図に、凛花は男に圧し掛かられ、もう一人が足縄を切った。男の肩越しに見える小窓から月が覗いており、凛花は願いを込めて見つめるが、体にざわめきを感じるだけで変化《へんげ》は叶わない。

（やっぱり……虎にはなれないの……⁉）

凛花はせっかく自由になった脚も押さえ付けられ、悔しさに歯噛みする。

「さて、寵姫《ちょうき》さま……ん？」

凛花に跨った男が周囲を見回し、縄と小刀を持った男が窓に飛び付いた。

「ちょっと、何をしているの！」

眉月妃はまだ分かっていないが、男たちは周囲の異変に気が付いたようだ。凛花はニヤリとほくそ笑む。凛花の耳には、小花園《しょうかえん》に迫る複数人の足音と、ガチャガチャという鎧らしき音も聞こえていた。

「灯りだ。衛士《えじ》か……兵士じゃあるまいな」

顔見知りがいたら面倒だと男は舌打ちをした。こいつは軍籍か、と凛花は察した。

「はぁ？　あ、でも兵士が近付いているのなら好都合ね！」

眉月妃はうふふ！　と笑うと、置いてあった金盥《かなだらい》の中に、香が入った箱をぶちまけ火を点けた。そして一人で扉の外へ出て、ガチャン！　と閂《かんぬき》を落とした。

凛花と男たちはここに閉じ込められたのだ。

「眉月妃さま⁉」

「何をなさるのですか！」

男たちが声を上げると、眉月妃は外から笑い声を響かせた。

『うふふ！　たあっぷり、媚薬を吸うといいわ！』

ああやっぱり！　と凛花は心の底から呆れた。媚薬なんてものは、ただ快楽に耽るだけのものではない。あれは毒薬のようなものだ。

（そんなものを、あんなに沢山燃やしたの……⁉）

凛花の視線の先では、もうもうと燃える香の煙が立ち上っている。

『兵たちに朔月妃のおいただと知れるよう、せいぜい盛って場所をお知らせしてあげなさい！』

「眉月妃さま！　それでは我々まで捕縛されるだろ……っう？」

強く焚かれた香のせいか、火を消そうと駆け寄った男が体をゆらりと傾かせ膝を着いた。

「あの女……！　っあ……ハァッ」

そして凛花に圧し掛かっていた男は、脚の間でガクリと項垂れている。

顔を背けできるだけ煙を避けていた凛花には、燃える香の影響はまだないが、男たちは顔を苦悶に歪ませている。

『馬鹿はお前たちよ。わたくしの弱みになるような者を生かしておくはずがないでしょう？』

ギリギリと歯を食いしばる音が聞こえ、凛花は恐る恐る脚の間を見た。男は顔を真っ赤にさせ焦点も定まっていない。明らかに様子がおかしい。

『そのお香ね、吸い過ぎるとお脳が使い物にならなくなってしまうんですって！』

眉月妃は扉の前でまだ喋っている。そのうちに兵士がここに来るというのに、いつまでも留まっているのは凛花が嬲《なぶ》られる様を楽しむためか？

（ほんっとうに悪趣味……！）

凛花がそう思った時、下肢に蹲《うずくま》る男と目が合った。男は体が熱いのか乱暴に襟元を開けると、血走った目で凛花に迫った。

「嫌！」

『うふふぅ！　早く！　早くお声を聞かせなさいよ！　朔月妃！』

凛花は蹴り上げ抵抗するが、男は難なく脚を掴みニヤリと笑った。凛花はゾッとし、肩を使って後退ると、いつの間にか背後にいたもう一人の男に顎を掴まれた。

(嫌！　口づけは、嫌！)

――主上じゃなきゃ嫌だ。

そんなこと、思ったこともなかったはずなのに。胸の内とはいえ言葉にしたら、あやふやに燻っていた心がストンと腑に落ちた。

(嫌だ、嫌！　脚も腕も唇も、どこもかしこも触れるのはあの人じゃなきゃ嫌……‼)

そう思った瞬間、凛花の目に月が映った。そして一瞬で血が沸騰したように体が熱くなり、腹の底から声が出た。

「グガァッ‼」

咆哮《ほうこう》一つで眼前の男は腰を抜かし、脚を掴んでいた男は壁まで蹴り飛ばされ気を失った。

「ヒィッ⁉　と、虎……ッ⁉」

月明りを背にゆらぁり立ち上がった白虎は、尻餅をつく男を青い瞳で見下すと、張り手を喰らわせて失神させた。そして小窓へ駆け上ると、窓枠ごと打ち壊し外へと跳んだ。

(ああ！　やった！　虎になれた！)

凛花は清々しい気持ちのままに「ガォオ！」と吠え、心の赴《おもむ》くままに月夜に駆け出した。今行きたい場所はただ一つ。紫曄のところだ。

（主上に会いたい）

再び虎になれた凛花の心にあったのは、ただそれだけだった。

小花園《しょうかえん》へ迫る灯りを避け走っていると、凛花の視界に一人の女が映った。眉月妃だ。凛花の咆哮《ほうこう》と、男たちが張り飛ばされる音を聞いて逃げたのか。背後を振り返りながら、足をもつれさせ走っている。

（眉月妃に逃げられるのも癪よね……！）

凛花は聖人君子などではない。元々『跳ねっ返りの薬草姫』と呼ばれているような、淑やかさとは縁遠い性質の娘だ。それに今は虎化《とらか》していて獣の本能が強い。加えてあの香の効果か、気持ちが高揚しており、怖いものなど何もない気分。

凛花は牙を剥き出し、木を駆け上ると、目標の上――眉月妃の背中目掛けてトーンと飛んだ。それほど大きくない凛花の虎であっても、高所から飛び掛かられた眉月妃は無様に地面に突っ伏した。

「な、なによ……っ⁉　ヒィッ……‼」

振り返った眉月妃を見下したのは、もちろん虎の凛花だ。凛花は心地よい悲鳴に喉を鳴らし、前脚でその顔を踏み付けると、耳元で「グルァッ！」とひと鳴きしてやった。すると眉月妃は、呆気なく気を失った。

トーン、トトーン！　と、凛花は人目を避け屋根の上を飛ぶように走り行く。

（ああ、なんだかすっごく体が軽い！　それに前より速く駆けられてるんじゃない？　ものすごく気持ちいい……！）

小花園《しょうかえん》をあっという間に抜け、いくつもの屋根を越えていく。その間、衛士《えじ》たちが持つ灯りをいくつも目にしたし、『朔月妃さま！』と呼び掛け捜す声も聞こえていた。

（きっと、私の不在に気付いた麗麗が衛士《えじ》を動かしてくれたんだ）

凛花は頼りになる侍女に胸を熱くする。迷惑と苦労ばかり掛けてしまい申し訳ない。戻ったら必ず感謝を伝えなきゃとそう思う。

人としての思考を巡らせながらも、虎の脚は止まらない。

月華宮《げっかきゅう》で凛花の虎化《とらか》を知っているのは紫曄一人だけ。秘密の共有というのはこんなにも甘いものだったのかと、今更知った凛花は尻尾をピーンと立て走る。

（早く主上に会いたい）

何故なのかは分からないけど、蓋をしていたものが溢れ出してしまったようで、駆ける脚と一緒で気持ちの抑えが利かない。

（麗麗、ごめん！　主上のところに行ったらすぐに知らせてもらうから……！）

凛花は侍女に心の中で謝罪して、早く目的の場所——紫曄のもとへ行こうと、また屋根を跳んだ。

◆◆◆

「晴嵐、凛花は見つかったか？」

「いや、まだのようだ。合図がない」

「雪嵐、何か手掛かりは？」

「いま精査しています」

ここは輝月宮《きげつきゅう》の手前の高楼。後宮の奥を睨む紫曄の隣には、双嵐の姿があった。

晴嵐は窓から外に目を凝らし、雪嵐のもとへは各月妃《げっぴ》の宮から来た宦官《かんがん》が報告を上げている。そしてここへ駆けこんできた麗麗は、もし凛花がひょっこり帰ってきた場合を考え、朔月宮へと戻されている。

ほんの四半刻《しはんとき》前のことだ。

本来、紫曄は執務を終えている時間であるが、だらだらと奏上文に目を通していた。

すると、いつものように顔を出した晴嵐が予想外の人物を連れてきた。

「お前は凛花の……！　麗麗、何かあったのか」

「はい！　何卒、凜花さまをお助けください……！」

麗麗はひどく焦った様子で口を開いた。凜花が姿を消したこと、途中で弦月宮の侍女を保護したこと、その侍女が身の危険を感じ、弦月宮を抜け出したことを語った。

「彼女の実家は薬屋を営んでいて、本人も多少の心得があるそうです」

銀簪《かんざし》の侍女は弦月妃に命じられ特別な美容液を作っていた。原料となる植物は毒にもなるもので、彼女は美容液以外は決して作らないよう、その情報も秘匿していた。

だが少し前、見知らぬ宦官《かんがん》に弦月宮から連れ出され、危険な加工を命じられた彼女は逆らえずに作ってしまう。加工品は持ち去られ、そのまま監禁された彼女は『処分する』と話しているのを聞いてしまい、なんとか逃げ出したところを麗麗に保護された。

「侍女を処分だと？　宦官《かんがん》風情が」

「さて。どこの妃の命令でしょうね」

侍女といえども、後宮の女は全て皇帝のものだ。当然、勝手な処分は許されない。

「それで？　それが凜花とどう繋がる」

「彼女は加工品を持ち去った宦官《かんがん》が『今度こそ眉月妃さまのお気持ちも満たされよう』『野良猫を辱めてやりましょう』と話していたのを聞いています」

麗麗は怒りを込め、又聞きのその言葉を口にした。

「今度こそ、ですか。眉月妃さまが関わっているとしたら、これ以上の目こぼしは厳しいですね」

麗麗の背後から顔を出したのは雪嵐だ。矛を手に、今にも飛び出していきそうな麗麗は弟に任せ、自身は保護された侍女から話を聞き、大体の絵図が見えたところでこちらへ合流した。

「報告上は、朔月宮以外には特に変わりないようです。それからその加工品ですが、香や煙草にして吸うと高揚し、媚薬の効果が出るそうです」

「ろくでもないものを……」

媚薬は後宮にはつきものだが、自分の妃が持っていたと聞けば紫曄が忌々しく感じるのも無理はない。

「紫曄、朔月妃さまの捜索は後宮衛士《えじ》に命じた。お前は動かずここで待て」

「例の侍女は私の部下が保護していますし、弦月宮と眉月宮も引き続き監視しています。決して動かないように、紫曄」

できることは既に双子がやっている。寵姫《ちょうき》と呼ばれていようとも、たった一人の妃のために皇帝が動く姿を見せてはならない。それは紫曄にも分かる。しかし……

「分かった。頼む」

（——皇帝なんて、雁字搦めで何もできないな）

むしろ自分のせいで凛花を危険に晒している。

紫曄は不甲斐なさに歯噛みして、ぽっかりと浮かんだ月を見上げた。

◆

「お、合図だ」

晴嵐のその声に、紫曄が席を立ち窓へと駆け寄った。

夜空に明るい光が一つ上がっている。何かを発見した場合に上がる連絡用の花火だ。

「白か」

「ああ。ま、これで朔月妃のお散歩じゃなかったってことが決定だな」

白色は『何らかの異変やその痕跡』があった場合に上がるものだ。目的の達成——この場合は朔月妃凛花の発見になるが、その場合には赤色の花火が上がることになっている。そのうちに、衛士《えじ》たちが掲げている灯りがざわざわと動き出すのが見え、次いでパパッと白色花火が二つ連続で上がった。

「おや、何か想定外の異変があったようですね」

花火の音を聞いた雪嵐も、窓際へ寄って外を見る。

その手にあるのは、月妃《げっぴ》たちのこれまでの動向がまとめられた報告書だ。先日の

『夜の鉢合わせ』の背景も調査の上で記されている。

「んっ？　衛士《えじ》の動きがおかしいな。賊でも出たか？」

「後宮にか？　なかなか非現実的だが……」

晴嵐は軍を出すか？　と思案し、紫曄はバラバラと散らばっている灯りに目を凝らす。しばらくして、衛士《えじ》の足音と共に報告が届いた。

「報告します！　小花園《しょうかえん》にて意識のない男を発見、捕縛しました！」

一つ目の白色花火はこれだ。さあ、次いで上がった二連花火の報告はまだか。紫曄と双嵐が待っていると、駆け込んできた男はなんとも言えない顔をしていた。

「報告します！　あの……虎が目撃されました！」

「虎ぁ？」

「虎、ですか？」

予想外の中でも斜め方向のその報告に、晴嵐と雪嵐は揃って首を傾げ「虎？」と聞き返す。そして紫曄は一瞬口ごもり、唯一の心当たりを思い浮かべて目を見開いた。

「まさ、か？　その虎はどんな虎だ？　どこで目撃された？」

「はっ！　中型の白虎で、目撃場所は小花園《しょうかえん》からほど近い建物の屋根です！」

（中型？　凛花は猫ほどの大きさのはず。しかし……まずいな）

紫曄は虎の探索と捕獲について話し始めている側近たちを見た。

もしも野生の虎なら捕獲か駆除が必要だ。しかしこの騒動の最中に珍しい白虎とくれば、どう考えても凜花でしかない。さて、どうするか——

「報告です！　月妃《げっぴ》さまと思われる女人が発見されました！」

窓の外には赤い花火が一つ浮かんでいる。

「朔月妃さまか？　いや、そこまでは分かりませんね。発見された月妃《げっぴ》さまがどなたなのかの確認をしなければ……」

雪嵐は発見された月妃《げっぴ》の確認をさせるため、各宮の筆頭宦官《かんがん》を集めろと指示を出す。衛士《えじ》をはじめとした多くの者は月妃《げっぴ》たちの顔を知らない。だが発見されたのが凜花であれば、銀髪の特徴からそうだと分かる。その身なりから月妃《げっぴ》と見当はついても、誰なのかまで分からないということは、それは多分、凜花ではない。

それに紫曄は、発見されたのが朔月妃——凜花ではないとほぼ確信している。

「その月妃《げっぴ》さまの様子は？」

「はっ！　命に別状はございません！　うわ言で『獣に叩かれた』と申しているとか」

ぶっ、と紫曄が吹き出した。

（その月妃《げっぴ》はやはり凜花ではないな。むしろ叩いたのが凜花だろう）

◆◆◆

パンッ！　パンッ！　と上がる白い二連花火を横目に、凛花はある場所を目指し駆けていた。

（――いい匂い。この匂いの主は、このまま真っ直ぐ行ったあの場所にいる）

地上で何事かを叫んでいる衛士《えじ》のことなど無視だ。白虎の姿を見せてしまったのは迂闊《うかつ》だったが、それも仕方がない。

急に気が付いてしまったのだ。このいい匂いに。どうにも惹かれて仕方がなくて、多くを考えることもできず衛士《えじ》の前に姿を晒してしまった。

（ああ、本当にいい匂い。なんで今まで気が付かなかったんだろう？）

クンと鼻を鳴らせば胸が満たされる。風に乗って香ってくる御花園《ぎょかえん》の花々よりも断然いい匂いだ。どんな匂いかと聞かれたら、頭が蕩けそうになるほどのいい匂いで、胸が高鳴って心が踊って、居ても立ってもいられなくて今すぐに駆け寄りたくなる程の『いい匂い』

そして凛花は一点を見つめる。

（あの灯りのある三階だ。あそこに主上がいる）

何故こんなに会いたいのかは分からないけど、再び虎になったことで気付いたことがある。頭で悩んで蹲《うずくま》っていても仕方がない。本能と心で感じることが、自分の本心なのだと。この匂いに気付いてしまった途端、凛花の悩みもモヤモヤも、悲しみもいじける気持ちも全て吹っ飛んでしまった。

（虎でも抱き枕でもなんでもいい。多分、あの人に求められていることは本当だから——）

自身を追い掛け捜す衛士《えじ》たちを見下ろして、虎猫の凛花は尻尾をピンと立て笑う。屋根の上、白い毛並みは月光色に淡く染まっていた。

◆◆◆

「紫曄、何か隠していませんか？」

「……いや」

報告に上がった者たちを下がらせた途端、雪嵐が紫曄に詰め寄った。

様子がおかしい。そう感じているのは晴嵐も同様だ。朔月妃の身を案じ、あんなにも苛立っていたくせに今は落ち着きを取り戻している。

「紫曄、猫ちゃんの居場所が分かったのか？」

「いや、分かってはいないが……」

「では無事だと？　どの報告で分かったのですか？」

「総合的に見て、なんとなく……？」

　歯切れの悪い紫曄の言葉を、双子はよく似た顔で訝しんだ。

「説明は難しいが、朔月妃は多分無事だ。あー……そうだな。雪嵐は朔月宮へ向かってくれ。宦官《かんがん》たちもそちらに集めろ。晴嵐は小花園《しょうかえん》へ向かい状況の確認と収拾を」

　紫曄が出した指示は二人の予想外のものだった。

　雪嵐は、関与が疑われている弦月宮や眉月宮へ行けと言われると思っていた。晴嵐は、突然出てきた虎の捕縛を命じられるのでは？　と期待していたが、実際にはとっくに部下を向かわせている小花園《しょうかえん》へ行けと命じられてしまった。どういうことだろう。紫曄の言葉はまるで、この場所から双嵐を排除するための方便に聞こえてしまう。

「承知いたしました。朔月宮へ向かいましょう」

「了解した。収拾つけてくるわ」

　揃ってはそう、わざとらしいくらいの微笑みで承諾の返事をした。

　二人は並んで廊下をのんびり歩き、目を合わせる。言葉はなくともお互いの考えていることなどよく分かるが、今回ばかりは言葉が出た。

「紫曄、虎のことは何も言いませんでしたね？」

「普通はさ、自分の女がいなくなって虎が出たってなったら大騒ぎするよなぁ？」

何か面白いことが起きている予感がする。双子はニヤリと笑い合う。

一見すると、雪嵐は論理的に考え行動するように見え、晴嵐は勘や感情で動いているように見える。だが実は、どちらも根底では『面白さ』を基準に考えるとんでもない二人だ。公開調練での出来事がいい例。様々危険はあったが、面白そうなので矢を射掛けた。それが双嵐だ。

「勘ですけど、危険はなさそうですし追い払われてやりましょうか」

「そうだな。勘だけど、大人しく言うこと聞いてやるのがよさそうだよな」

紫曄が何を隠しているのかは分からないが、きっと、そのうちに巡ってくる面白い機会を待ってやろう。

◆◆◆

「ん？」

一人になった紫曄は、ふと窓の外に目を向けた。何かが動いたような気がしたが、新しい花火は上がっていないし他にも変化はない。

（どこかに凛花の姿は見えないか……？）

あの白い毛並みなら夜闇にも目立つはず。紫曄は隣室へと足を向け、露台に出て辺りを見回した。木々の枝にも、臨む屋根にも虎猫の姿はない。下を見ても衛士《えじ》が等間隔で立っているだけだ。

「気のせい――……」

「ガぉ」

　鳴き声に弾かれ見上げると、屋根の上から逆さに白い虎が顔を覗かせていた。紫曄をじっと見つめるその瞳はまん丸で、何故だか紫曄の顔色を窺っているよう。

「…………凜花？」

「にぁオ！」

　嬉しそうに鳴いたその声は、虎とも猫ともつかぬ中途半端な声。思わず頬を緩め手を伸ばしたが、紫曄はハッとして辺りに視線を走らせた。控えめな声ではあったが虎の声は夜に響く。それに、白いその体も思った通り目立っている。

「おいで」

「ン！」

　ストン、と足音もなく紫曄の隣に降り立って、白虎の凜花はスリ……と脚に擦り寄った。衣越しではあるが、久し振りのその感触に、紫曄は思わず笑みをこぼして凜花を抱き上げた。

　無事を確認した安堵と、久し振りの『抱き枕』の感触に、紫曄は大きく長く息を吐いた。ふわふわの毛並みはいつも通り柔らかくて、心地よくて、肩に載せられた肉球の掌はふにっとしていて温かい。

「無事でよかった。それから助けに行ってやれず、すまなかった」

ギュッと抱きしめると、虎の凛花が「がぉ？　にゃあ……？」と戸惑いがちに声を出し、ペロリと紫曄の頬を舐めた。

（いいんですよ、そんなこと。衛士《えじ》を動かしてくれたのは主上でしょう？）

虎の凛花は心の中でそう返す。

「はは！　ザラザラだ」

「にぁ！」

「それにお前……ちょっと大きくなってないか？　前より重いような……」

凛花は丸い瞳を照れ臭そうに揺らしていたが、続いた言葉に『下ろして！』と前より少し立派な虎の脚をばたつかせる。

「ガぅ⁉」

——と、その時。パシュッ！　という音がして、露台のすぐ上に白色の花火が上がった。凛花は何の光⁉　と身構え、紫曄は凛花の白い体を隠すように抱きしめた。

だが、それがいけなかった。露台の下、警護の衛士《えじ》たちが「主上！」と悲鳴にも似た声を上げた。紫曄はすっかり虎型の凛花に慣れているし、凛花も意識は人だ。それ故、他の人間から『紫曄が虎の凛花を抱き上げている』この状態が、どんな風に見えるのかをすっかり失念していた。

「しまった。勘違いされているぞ」

「ぐゎ……にゃ!?」

露台から見えていた衛士《えじ》の姿はあっという間に消え、『早く！　主上が虎に襲われている！』そんな声と共に、バタバタという足音が楼内に響き出す。そして武器を掲げた衛士《えじ》たちが、入室の許可を求める声もなしに扉を開けた。

「主上！　ご無事ですか!?」

「――何事だ」

紫曄は扉に背を向けたまま横顔を見せ、静かに言った。

じろりと視線を受けた一番乗りの衛士《えじ》は、ピタリと足を止めその場に直立してしまう。駆け付けた他の者たちも同様だ。

皇帝の宮近くを守る衛士《えじ》とはいえ、直接口をきく機会などない。助けようと駆け付けた彼らだったが、初めて対峙した皇帝に視線一つで石にされてしまった。

「と、虎が……」

一番乗りの衛士《えじ》はなんとか言葉を絞り出す。

目の前の男は、版図を広げた歴代の皇帝とは違い、執務室に引きこもり、書類仕事ばかりをしている新米皇帝だ。帝位に就いた時こそ冷徹だなんだと噂はあったが、即位以降は特に派手な話もない。きっと高官の傀儡になっている若いだけの皇帝だ。衛士《えじ》たちはそう思っていた。

だが、この威圧感はどういうことだ？　何故、これまで侮っていられたのだ？　もしかしたら、この男は虎よりも恐ろしいのかもしれない。彼らはそんな風に思った。

月明かりで逆光となっているせいか、その紫の瞳がやけにギラリと煌めいて見え肝が冷える。自然と直立していた彼らが息を詰めていると、紫曄はゆるく視線を泳がせ、口を開いた。

「虎か。あれは……あー……飛びついてきたが、投げたら逃げた」

「……は？　な、投げ？」

「ああ。どこからか迷い込んだ子虎だ。放っておけ」

「は、はっ！　ですがお怪我などは……」

「ない。それから、しばらくここと輝月宮《きげつきゅう》に人を近付けるな」

「はい！」

紫曄は頷き、片手で下がれと示すと、衛士《えじ》たちはその場を後にした。

「――もういいぞ、凛花」

足音がすっかり遠ざかり静かになった頃、紫曄が俯き呟いた。すると衛士《えじ》たちからは死角となっていた、紫曄の膨らんだ上衣《うわぎ》の中から銀の髪が零れた。

「危なかったぁ……！」

顔を出したのは人に戻った凛花だ。包まった上衣《うわぎ》からは顔だけでなく、その白い首や肩、鎖骨までが覗いている。凛花は今、全裸だ。

「お前……もう少し色々考えろ」

紫曄はハァーっと深い息を吐き、見上げてくる凛花を抱きしめた。

「小花園《しょうかえん》から逃げてきたのだろうが、矢を射掛けられたらとは考えなかったのか？もしも虎から人に戻る姿を見られたらと考えなかったのか？　裸でお前……どうやって朔月宮に帰るつもりだったんだ……！」

覆い被さるようにして抱える腕の力は強く、凛花は息が詰まるほど。だけど胸に苦しさを感じるのはそのせいだけではない。久し振りに見た紫曄の顔には疲労が滲んでいて、その声からはひどく心配を掛けたことが伝わってくる。

（主上……きっとまた眠れていなかったんだ。それなのに私が迂闊《うかつ》に散歩になんか出て、うっかり攫われたりしたから余計に心労をかけた）

「ごめんなさい」

凛花は間近の瞳を見上げ、その背中に腕を伸ばしぎゅうっと抱きしめ返した。

「……いや、違う。お前が自力で逃げてくれて本当によかった」

「ふふ。自力じゃないですよ。主上が衛士《えじ》を出してくれたでしょう？」

「命令を下したのは俺だが、麗麗が知らせてくれたおかげだ」

「ああ、やっぱり麗麗が……。あとで謝らなくっちゃ」

一介の侍女が皇帝に助力を願い押し掛けるなんて、罰せられてもおかしくない。

「礼も言ってやれ。俺はここで、じっとお前を待っていただけだ」

「はい。麗麗と主上と、捜してくれた衛士《えじ》のおかげです。そのおかげで隙が生まれて、逃げようとして……私、また虎になれたんですもん」

「また？　どういう意味だ」

凛花は緩く微笑み、あの鉢合わせの夜から虎化《とらか》できなくなっていたと話した。それから、これも隠していたけど本当は虎になりたくなくて、虎化《とらか》しなくなる方法を調べたくて、黄老師への紹介を『取り引き』として願い出たと言った。

「そうだったのか」

「はい」

「てっきり俺は、お前は虎になることを楽しんでいるのかと思って……」

「そう思いますよね。……ええ、確かに楽しんでもいたんです」

ちょっと申し訳なさそうな顔をした紫曄を見上げ、凛花は苦笑する。

「矛盾してるんですけど、虎になって駆けるのは楽しくて好きなんです。でも月が満ちていく度に、自分の意思とは関係なく高揚を感じることが不安で、聞こえなくてもいいことまで聞こえてしまう耳が嫌で……。ああ、虎にならない体質だったらよかったのに！　って思うようになったんですよね」

――そうだ。

幼い頃は虎になることが楽しくて、自分だけが虎化《とらか》できると知って誇らしくも感じた。だけど子供には聞かせないようにと、密かに交わされる嫌な話が聞こえてしまったり、狩りをしたい攻撃的な気持ちになったり。成長するにつれてそんなことが起こるようになり、自分は虎なのか？　人なのか？　と怖くなったんだった。

（あれ？　そういえば私、その頃から虎の姿が成長しなくなったんじゃない……？ずっと小さな、子虎のような猫のような大きさのままだった）

凛花はふと、自分を照らす月明りに気が付きそっと見上げる。

（虎に変化するには、月と、虎になりたいと強く思うことが必要。だけど私は、虎化《とらか》することに迷いを持ってしまった。じゃあ、再び変化《へんげ》できるようになって、しかもちょっと大きな虎になれたのはどうして……？）

「凛花？　どうした」

気遣わしげに見下ろされる瞳を見上げた。

（ああ、そうか。私は嫌なことを聞きたくなくて、もう主上に会いたくない、抱き枕

の虎になんかなりたくないって思ったから……。だから虎化《とらか》できなくなったのか）

そう思ったら、じわりと顔が熱くなって、胸に柔らかなくすぐったさが生まれた。

「私、捕まって、その……触れられるのは主上じゃなきゃ嫌だって思ったんです」

紫曄は眉を寄せた険しい顔で、凜花を強く抱きしめる。

「それで、そう思ったら虎になって相手を蹴り飛ばしてたんですよね」

「蹴り飛ばした？　では、……無事だったんだな？」

「はい！　それにもう一人は張り飛ばしてやりましたよ」

「さすが跳ねっ返りだ。お前が強くて本当によかった」

凜花もそう思う。こうして抱きしめられ、守られるのは楽だし心地いい。だけど一人になった時に何もできない猫では困る。虎でなくては凜花じゃない。

「お前と話がしたい。伝えたいこともある」

「はい。……主上、また眠れていませんでしたよね」

凜花はクマが滲む目元をそっと撫でる。

「眠れるか。何をどう説明してもお前からは恨み言すら返ってこないし……。誤解だと分かってくれたか？」

「はい」

「……また、抱き枕を所望しても？」

「はい」

　凛花はにこりと微笑み答える。

　しかし、と紫曄は不安に思った。凛花は、本当は虎になりたくなかったのだと言っていた。今度こそ無理強いはしたくないと凛花の瞳を覗き込み、その奥に僅かでも押し殺している気持ちはないかと紫曄は窺う。

「主上。あなたが必要だって言うなら、私は虎になってもいいんですよ」

　これで伝わるだろうか？　はっきりと言葉にするのはまだ気恥ずかしいが、瞳の奥にあるものが、その寝不足の眦を淡く染めているものと同じだということを。

　凛花は愛おしい気持ちを込めて、背伸びをして紫曄の頭を撫でる。

「俺も、抱き枕にしたいのはお前だけだと思う」

　紫曄は少しの早口でそう言って、背伸びの腰を抱き寄せ凛花に口づけた。

「ところで……お前をどうやって朔月宮へ帰そうか」

「あ」

　ここに女物の衣服などないし、その前に全裸で一体どこから現れた⁉　となる。それに全裸という姿で見つかったとなれば、要らぬ誤解と憶測を呼ぶ。

　明るい月明りの下、二人は抱き合ったまま頭を捻っていた。

◆

その後、凛花は迎えに呼んだ麗麗の手を借り、朔月宮へ帰ることとなる。

紫曄の上衣《うわぎ》を羽織っただけの主の姿に、麗麗は青ざめたが『逃げ出す時に泥にはまったらしい』と紫曄に告げられれば、皇帝の言葉として頷くしかない。

そういう事にするのだなと理解した麗麗は、一刻も早く凛花を連れ帰ろうと、自らの衣装を脱ぎ凛花に着せようとした。が、それでは今度は麗麗が裸になってしまう。

仕方なく紫曄は双嵐を呼び戻し、雪嵐、晴嵐から一枚ずつ衣を剥ぎ取り、自分の上衣《うわぎ》を麗麗に着せ、なんとか体裁を整えた。矛を持ち鎧も着る麗麗であるので、非常事態であった今夜、男物を着ていてもそれ程おかしくはない。

とはいえ、朔月宮までの道のりは人払いを徹底し、双嵐が二人を送り届けた。

そしてこの一件は、詳細が語られることはなく、関係者たちの処分のみで幕を閉じる。小花園《しょうかえん》で見つかった男たちは『後宮に足を踏み入れた罪』で追放処分。眉月妃の親しい友人である彼らはそれなりの家柄であるが、追放されるだけで済むか、済まないか。月華宮《げっかきゅう》は追及しないが、後は各家当主にお任せだ。

やり過ぎた眉月妃は、間もなく後宮を去った。例の香については、幾人かの宦官《かんがん》や女官の手を経て入手したとのことで、表向きの調査はすぐに打ち切られた。

その姿が見え隠れしていた弦月妃についてだが、彼女へのお咎めはなし。直接的な証拠が何一つ出なかったからだ。

騒動の夜、弦月妃は大人しく宮にいたようだし、あの鉢合わせの夜についても同様。麗麗が保護した侍女の証言はあったが、彼女が語ったことは『小花園《しょうかえん》で香に加工された植物を育てていた』『弦月妃の命令で大量に摘んだ』その二点だけ。弦月妃に『まあ、わたくしが美容液にしていた植物が何か……？』そう小首を傾げられてしまえばそれまでだった。

◆

「そんなことがあったなんて……！　朔月妃さまがご無事で何よりでした！　あの、これは僕と老師からのお見舞いです」

数日後、朔月宮を訪れた兎杜が憤慨しつつ、見舞いの水菓子を差し出した。

「ありがとう、兎杜。でもほら、怪我も何もないし、むしろいいこともあったのよ」

「いいことですか？」

「ええ！　小花園《しょうかえん》はしばらく余人の立ち入りは禁止で私が管理することになったし、主上がいらっしゃる時なら、こうして皆さんもご一緒できるようになったしね」

凛花の小さな庭には、いつかの朝と同じように席が設けられ、凛花、紫曄、そして双嵐と黄老師、兎杜の姿があった。卓に並ぶ菓子を作ったのは凛花と麗麗で、お茶を淹れているのは保護された銀簪《かんざし》の侍女、明明《めいめい》だ。

本来後宮は男子禁制であるが、今回の騒ぎを受け『朔月妃は特別に大事にされている』と見せるため、紫曄の側近たちの出入りが許されることになった。

凛花の朔月宮には、まだ心を許せる腹心の存在が少ない。おかしな噂が流れることも予想されるが、それよりも朔月宮が侮られないことのほうが重要だ。

「まったく。お前が新たな眉月妃になってもよかったのだぞ？」

紫曄は桃の香りがする茶杯を持ち、隣の凛花に言う。

元眉月妃の失態と共に、後ろ盾であった父将軍の力を削ぐこともできた。暁月妃、薄月妃は凛花が位を飛び越すことになんの不満もない。むしろ『さっさと望月妃になればいいのに』と言っているくらいだ。凛花が眉月妃に就く障害は何もない。

「ですから主上、私は朔月妃がいいんです。せっかくこの庭に畑も作ったし、小花園《しょうかえん》へは朔月宮が一番近いし……。眉月妃になる利点がありません」

凛花は何度も伝えた、朔月妃のままでいたい理由を再び口にする。

「え？　利点がありません……ですか？」

「利点がない」

「利点……プッ」

兎杜は不思議そうに目をパチリと瞬かせ、雪嵐は頷き、晴嵐は遠慮なく笑う。

「主上。妃の位以上の利を用意してやらねば、また愛想をつかされかねませんぞ？」

黄老師も笑いを堪えたにやけ顔で、遠い目で畑を見つめている紫曄に言った。

「えっ！　あの、主上のことが嫌ってわけではないんですよ⁉」

「ああ、それは理解している……」

理解はしても、溜息が漏れてしまうのはどうしようもない。

朔月妃という最下位の妃のままでいたいという凛花の言葉は、紫曄に近付くことを拒絶し振ったようなもの。朔月宮は後宮の端。皇帝が暮らす輝月宮《きげつきゅう》に最も遠い場所だ。

後宮において、月妃《げっぴ》の位は単なる序列ではない。その位は、後ろ盾の強さによって決まる宮廷の縮図でもある。寵姫《ちょうき》と呼ばれる凛花が下位であることは、後ろ盾である皇帝の力に疑問を持たれてしまう。それに、凛花自身の扱いも、上位と下位では何もかもが違い、変わるのだ。

上位の妃になれば軽々しく動けなくはなるが、その分、守られ尊重され安全になる。

「私も、凛花さまに早く位を上げていただきたいのですが……」

「朔月妃さまってば、本当に欲がありませんのね」

「麗麗、明明、聞いてたの？」

二人の侍女の手には出来立ての胡桃餡餅が。その香ばしく甘い香りに皆の目が輝く。

「はい。ですが私、朔月妃さまのお気持ちがちょっぴり分かる気もします」

そう言い明明は微笑む。あの事件後、明明が弦月宮に帰されることはなかった。今回のことに弦月妃が絡んでいたという証拠は出ていないが、限りなく怪しい。処分と言われていた明明は、きっと何かを知っている。紫曄としては、対弦月妃の手札として確保しておきたい人材だ。

そんな理由もあり明明は保護対象となり、黄太傅《たいふ》直属大書庫付きの女官と身分を変えた。朔月宮付きではあまりにも立場が弱いので、それならば……ということだ。

とはいえ実際の職場は朔月宮だ。現在、信頼できる侍女が麗麗一人という凜花には味方が必要だ。保護してくれた麗麗や紫曄に恩義を感じている明明は、きっと凜花にもよく仕えるだろう。

「朔月宮はのんびりとしていて心休まる場所ですもの。私、こんなに居心地のいい月《げっ》妃《ぴ》宮があるとは思いませんでした」

弦月宮の女官たちはどんな気持ちで日々過ごしているのか。明明の言葉を聞くと少々胸が痛む。

「明明が朔月宮を気に入ってくれてよかった。それに私、薬師でもある明明と過ごせて嬉しいわ」

「ありがとうございます、朔月妃さま。薬草のお世話でもお役に立たせてくださいませ！」

◆

朔月宮でのお茶会は和やかに過ぎていき、まずは双嵐が仕事へ戻り、老師と兎杜が手土産のおやつを持ち書庫へ戻った。明明は先日踏み荒らされてしまった小花園《しょうかえん》の整備に顔を出しに行き、麗麗は空いた席と食器の片付けを始めた。

「主上は、今日はお休みなんでしたっ……け？」

「なんだ。さっさと帰ってほしかったのか？」

じろりと凛花を見て、紫曄は少し冷めた茶を飲む。皆が帰った今、二人は縁台に並んで腰掛け、美しい薬草畑に変わった庭を眺めていた。

「そうじゃないですよ！　ただ、ちょっと珍しいなと思いまして……」

「たまには、昼間からお前に会いたかっただけなんだがな」

「えっ」

じわりと凛花の頬が熱くなった。あの騒ぎ以降、紫曄は凛花への好意を隠さず、言葉も惜しまなくなった。できるだけなんでも話すと決めたらしいが、凛花はその対応に苦慮している。今のところ恥ずかしさと嬉しさが拮抗していて、なかなか上手く言葉を返せないままだ。

「それとも、夜のほうがよかったか？　夜が待ち遠しいならそう言えばいい」

「ま、待ち遠しいのは主上じゃないんですかっ？　ほら、もうそろそろ月が細くなる頃だし……抱き枕はちょっとお休みですし……」

「別に、虎猫でなくとも抱き枕にしたいが？」

してもいいか？　そんなことを囁きニヤリとする紫曄を、凛花は赤い頬でちょっぴり拗ねたように睨み上げた。羞恥が上回ると何も言えなくなる、こんな凛花が愛おしくて堪らない。紫曄はそう思い、赤い耳で俯いてしまった凛花の銀糸を撫で、抱き寄せた。

『白銀の虎が膝から下りる時、月が満ちる』

この神託は結局どんな意味で、どんな解釈が正しいのか、未だはっきりとはしていない。

だが、こんな暖かな昼下がり。月夜には褥《しとね》で抱き枕となる虎猫の妃は、人払いをした庭で月を満たしていた。寝不足気味の紫曄がうとうとし始めると、凛花はそっとその膝を貸してやる。以前よりクマが薄くなった寝顔が愛おしい。こっそりそんなことを思い、膝の上の黒髪を撫でる。

そしてそのうちに、凛花もうとうと頭を揺らし、瞼をとろりと下ろしてしまう。
――よく眠れますように。
薬草が香る二人きりの庭で、月華宮《げっかきゅう》の虎猫姫はそう呟いた。

妾腹の生まれのため義母から疎まれ、厳しい生活を強いられている莉珠《りじゅ》。なんとかこの状況から抜け出したいと考えた彼女は、後宮の宮女になるべく家を出ることに。ところがなんと宮女を飛び越して、皇帝の妃に選ばれてしまった！　そのうえ後宮には妖《あやかし》たちが驚くほどたくさんいて……

◉各定価：726円（10%税込）

◉Illustration：ボーダー

この作品に対する皆様のご意見・ご感想をお待ちしております。

おハガキ・お手紙は以下の宛先にお送りください。

【宛先】

〒150-6008 東京都渋谷区恵比寿4-20-3 恵比寿ｶﾞｰﾃﾞﾝﾌﾟﾚｲｽﾀﾜｰ 8F
（株）アルファポリス　書籍感想係

メールフォームでのご意見・ご感想は右のＱＲコードから、
あるいは以下のワードで検索をかけてください。

アルファポリス　書籍の感想　検索

ご感想はこちらから

アルファポリス文庫

月華《げっか》後宮《こうきゅう》伝《でん》　～虎猫姫《とらねこひめ》は冷徹皇帝《れいてつこうてい》に愛《め》でられる～

織部ソマリ（おりべそまり）

2022年　3月　25日初版発行

編集－加藤美侑・森順子
編集長－倉持真理
発行者－梶本雄介
発行所－株式会社アルファポリス
〒150-6008東京都渋谷区恵比寿4-20-3 恵比寿ｶﾞｰﾃﾞﾝﾌﾟﾚｲｽﾀﾜｰ8F
TEL 03-6277-1601（営業）　03-6277-1602（編集）
URL https://www.alphapolis.co.jp/
発売元－株式会社星雲社（共同出版社・流通責任出版社）
〒112-0005 東京都文京区水道1-3-30
TEL 03-3868-3275
装丁イラスト－カズアキ
装丁デザイン－株式会社ナルティス
印刷－中央精版印刷

価格はカバーに表示されてあります。

落丁乱丁の場合はアルファポリスまでご連絡ください。

送料は小社負担でお取り替えします。


ISBN978-4-434-30071-4 C0193